AF126435

BERND LEIX
Schwarzwald-
Himmel

BERND LEIX

Schwarzwald-Himmel

Oskar Lindts elfter Fall

GMEINER SPANNUNG

Bisherige Veröffentlichungen im Gmeiner-Verlag:
Schwarzwald Hölle (2016), Blutspecht (2014),
Mordschwarzwald (2013), Fächerkalt (2012), Fächergrün (2011),
Fächertraum (2009), Waldstadt (2007), Hackschnitzel (2006),
Zuckerblut (2005), Bucheckern (2005)

Besuchen Sie uns im Internet:
www.gmeiner-verlag.de

© 2018 – Gmeiner-Verlag GmbH
Im Ehnried 5, 88605 Meßkirch
Telefon 0 75 75 / 20 95 - 0
info@gmeiner-verlag.de
Alle Rechte vorbehalten
1. Auflage 2018

Lektorat: Claudia Senghaas, Kirchardt
Herstellung: Mirjam Hecht
Umschlaggestaltung: U.O.R.G. Lutz Eberle, Stuttgart
unter Verwendung eines Fotos von: © Frank Wohlfeil/fotolia.com
Druck: GGP Media GmbH, Pößneck
Printed in Germany
ISBN 978-3-8392-2259-1

Personen und Handlung sind frei erfunden.
Ähnlichkeiten mit lebenden oder toten Personen
sind rein zufällig und nicht beabsichtigt.

PROLOG

»Genussraum für die Seele«, so schreibt die Baiersbronn Touristik. »Wer hier wandert, den erwarten absolute Stille, ausgesprochen wohltuende Höhenluft und der Duft des Tannenwaldes.«

Der Baiersbronner Wanderhimmel® bietet nicht nur weitläufige Wege in einem der schönsten Wandergebiete Deutschlands, sondern auch eine Vielzahl von bemerkenswerten Genießerstationen mit besonderen Gaumenfreuden.

Wandern in würziger Waldluft – wunderbar!

Einkehr in urigen Vesperhütten – paradiesisch!

Bewegung gepaart mit kulinarischem Hochgenuss – einfach himmlisch!

Eine unwiderstehliche Kombination.

Eine Wohltat für Körper und Seele.

Eine Auszeit vom strapaziösen Alltag.

Aus gestressten Großstädtern werden entspannte Schwarzwald-Schwärmer.

Aus getriebenen Leistungsträgern werden relaxte Naturliebhaber.

Aus aufgeregten Hektikern werden befreite Genießer.

Kein Wunder, dass es auch immer mehr junge Leute zur Erholung in dieses Wanderparadies mitten im Nordschwarzwald zieht – zum Wander-Wunder im Wald.

1. KAPITEL

»Einfach herrlich, diese Aussicht«, schwärmte Carla, rückte die Sonnenbrille zurecht und ließ den Blick schweifen.

Oskar stimmte ihr zu: »Heißt ja völlig zu Recht ›Panoramastüble‹.« Mit einem großen Stofftaschentuch tupfte er sich den Schweiß von der Stirn und spähte nach einem freien Tisch. Die Terrasse der Wanderhütte oberhalb von Schwarzenberg war gut gefüllt, wie immer bei schönem Wetter.

»Komm schnell, da hinten stehen grad welche auf.« Er fasste seine Frau an der Hand und zog sie hinter sich her. »Glück gehabt!«, stöhnte der füllige Mittfünfziger und ließ sich ächzend im Schatten eines Sonnenschirmes auf weiche Sitzpolster fallen. »Mannomann, was für ein Aufstieg …«

Carla nahm neben ihm Platz. »Deine Kondition war auch schon mal besser.«

»Daheim in Karlsruhe ist es halt schön eben«, brummte ihr Mann. »Da strengen ein paar Kilometer Fußmarsch nicht so an wie hier in diesen Bergen. Aber jetzt haben wir es ja geschafft.«

»Kennst du den Unterschied zwischen Spaß und Freude?«, lächelte seine schlanke Gattin. »Nein? Freude ist Spaß plus Anstrengung. Die Zufriedenheit wird ungleich größer, wenn auch etwas Mühe dabei ist.«

»Dann bin ich jetzt wirklich zufrieden«, meinte Oskar und winkte der Bedienung: »Ein Weizen, alkoholfrei, bitte.«

»Isotonisch«, bestätigte die freundliche Kellnerin. »Das ideale Wandergetränk. Bringt den Flüssigkeitshaushalt gleich wieder in Ordnung.« Dann wandte sie sich an Carla: »Was darf es bei Ihnen sein?«

»Kaffee bitte, einen großen, und dazu …«

»Eine Schwarzwälder?«

»Richtig! Hier oben schmeckt die garantiert noch mal so gut wie unten im Tal.«

Zu Füßen der beiden Karlsruher lagen die Dörfer des oberen Murgtals. Viele Kilometer weit reichte an diesem sonnigen Frühlingssonntag der Blick nach Süden.

»Schau doch, die unterschiedlichsten Grüntöne«, schwärmte Carla. »Dunkle Wälder, frische Wiesen.«

Oskar schielte zum Nebentisch: »Und dann noch diese saftigen Blätter im Salat dort drüben.« Er winkte der Bedienung und grinste: »Für mich auch einen, natürlich einen Wurstsalat!«

»So viel zum Thema gesunde Ernährung«, hob seine Frau die Augenbrauen. »Aber was soll's, die Stärkung haben wir uns jetzt wirklich verdient.«

Einige Minuten lang genoss das Ehepaar schweigend die fantastische Aussicht. Oskar wischte sich immer wieder über die Stirn und meinte schließlich mit geschlossenen Augen: »Ohne Fleiß kein Preis. Wer dem Himmel näher kommen will, muss sich eben anstrengen.«

»Jetzt mach mal halblang. So schlimm war es ja wirklich nicht, von der Bahnstation in Schönmünzach hier hochzuwandern. Der Schwarzwald ist schließlich ein Mittelgebirge. In den Alpen wär's noch mal ganz anders.«

»Aber dort gibt's diese praktischen Bergbahnen. Wunderbare Aufstiegshilfen, damit schwebt man ruckzuck nach oben.«

Carla zeigte in die Ferne: »Du hast Baiersbronn vergessen.«

»Den Sessellift mit seinen engen Sitzen?« Oskar schlug die Augen auf. »Da habe ich doch jedes Mal Mühe, an der Bergstation wieder rauszukommen.«

Seine Frau zwickte ihn schnell in die Hüfte: »Abspecken, das hilft! Etwas beweglicher könntest du ruhig wieder werden.«

Die Antwort bestand lediglich aus einem tiefen Seufzer, doch dann brachte die flinke Kellnerin zum Glück die Bestellung.

»Kirschtorte für die Dame, etwas Herzhaftes für den Herrn«, zwinkerte sie, stellte auch die Getränke auf den Tisch und wünschte einen guten Appetit.

»Danke«, nickte Oskar Lindt. »Den lassen wir uns nicht so schnell verderben.« Und als die Bedienung außer Hörweite war, fügte er hinzu: »Nicht mal durch anzügliche Bemerkungen über körperliche Mängel.«

Carla schob sich eine Kuchengabel voll Sahne in den Mund und antwortete halblaut: »Täusch dich nicht, mein Lieber. Das Fitnessprogramm hat gerade erst begonnen.«

Oskar riss die Augen auf: »Soll das eine Drohung sein? Willst du mich drei Wochen lang durch die Wälder jagen?«

»Genau das habe ich vor«, grinste seine Frau. »Wer jahrelang Verbrecher jagt, wird nun selbst zum Gejagten.«

»Na, wir werden ja sehen«, kam die leicht mürrische Antwort. Lindt beugte sich vor und widmete sich seinem Wurstsalat. »So schnell bringt einen erfahrenen Kommissar nichts aus der Ruhe.«

»Aber ins Schwitzen offensichtlich schon«, sagte Carla und klatschte ihm geschwind auf den schweißnassen Rücken. »Dein neues Polo ist ja völlig durch.«

»Lass das!«, empörte sich Oskar. »Ist unangenehm.«

»Bis wir weiterwandern, bist du wieder trocken. Du erinnerst dich an den Verkäufer gestern im Sportgeschäft?«

»Der hat mir dieses tolle feuchtigkeitsableitende Kunstfaserzeugs ja regelrecht aufgedrängt, obwohl ich eigentlich viel lieber meine stabilen Baumwollhemden trage.«

»Man muss mit der Zeit gehen. Schau dich um. Zum Wandern gehört heutzutage eben auch die entsprechende Funktionskleidung.«

Lindt betrachtete verstohlen die gut gelaunten Wanderer an den anderen Tischen, maulte »ja, ja« und stach wieder energisch in den Wurstsalat.

»Drei Wochen ohne Großstadtmief«, freute sich Carla. »Wenn das Wetter so toll bleibt, werden wir uns bombig erholen.«

»Und was machen wir bei Regen?«

»Wellness im Hotel natürlich. Außerdem kann man immer wandern. Es gibt ja kein schlechtes Wetter, sondern nur unpassende Kleidung.«

»Steht das auch im Prospekt der Baiersbronn Touristik?«

»Klar doch«, strahlte Carla. »Hab ich auswendig gelernt. Und überhaupt: Jetzt ist Urlaubsstimmung angesagt, keine Miesepeterei!«

Ihr Mann nahm seine Serviette und wischte sich über den Mund. »Versprochen. Drei Wochen lang nur noch positives Denken.«

»Na bitte, geht doch.«

»Positiv kulinarisch, selbstverständlich«, schmunzelte der Kommissar. »Von allem was.«

Carla griff zum Rucksack, suchte nach ihrem Smartphone und tippte kurz darauf herum. »Wir könnten von hier aus zu Fuß zurückwandern. Drei Stunden über Schönegründ bis Heselbach. Es wären nur noch zwölf Kilometer.«

Oskar warf einen misstrauischen Blick auf das Display. »Und die Höhenunterschiede? Zeigt dein Gerät die auch an?«

»Du solltest zu Hause wieder öfter das Fahrrad nehmen und deinen Dienstwagen im Präsidium lassen. Dann würdest du keine solchen Fragen stellen.«

»Oje, das sagt alles«, stöhnte Lindt. »Bergauf – bergab. Ich bin schon jetzt total erschöpft.«

»Positiv«, fiel ihm seine Frau ins Wort. »Wolltest du nicht positiv denken? Spaß plus Anstrengung! Heute Abend wirst du vollkommen zufrieden sein.«

»Und wenn ich unterwegs schlappmache?«

»Dann gehen wir runter ins Tal und steigen irgendwo in die Bahn – versprochen!«

Sie erntete einen zweifelnden Blick, aber keinen Kommentar mehr und so kam es, dass ein körperlich recht ungleiches Karlsruher Ehepaar die Wanderstrecke zurück zum Hotel Heselbacher Hof an diesem, ihrem ersten echten Urlaubstag nach der Anreise, tatsächlich zu Fuß bewältigte. Selbstverständlich trug Carla den Rucksack. Selbstverständlich legten die beiden an jeder schönen Aussicht eine Rast ein, doch genauso selbstverständlich erreichten sie am späteren Nachmittag ihr Quartier.

»Zur Erholung ins Wasser?« Carla warf Oskar einen weißen Bademantel zu. Er nickte, schlüpfte hinein ... ließ sich aufs Bett fallen und schloss die Augen.

Hätte er auch nur im Entferntesten geahnt, was sich in der kommenden Nacht ereignen sollte, wäre er sofort wieder hellwach gewesen ...

2. KAPITEL

Ein Knacken riss ihn aus dem Tiefschlaf. Oskar Lindt zuckte zusammen. Erschrocken fuhr er in die Höhe. Eine helle Gestalt näherte sich ihm. »Waaaah…!« Sein Schrei gellte durch den Raum.

»Oskar? Was ist?«

Die Stimme kam ihm bekannt vor. Stöhnend sank er auf das Kopfkissen zurück und rieb schlaftrunken seine Augen.

»Mann, hast du mich erschreckt!«

»Ich bin's. Oder wen hast du erwartet?«, antwortete Carla mit ihrer sanften Stimme und ließ den Bademantel fallen.

»Ganz weit … ich muss ganz weit weg gewesen sein«, stammelte ihr Mann.

»Tiefschlaf, siehst du, es wirkt. Die Erholung beginnt bereits.« Flink schlüpfte sie aus ihrem Badeanzug und schob sich zu Oskar unter die Decke.

»Ein Engel … es war … wie wenn ein Engel vor mir …«

»Keine Sorge«, lächelte Carla. »So weit ist es noch nicht. Nur ich im weißen Frottee. Bis dich die Englein in den Himmel holen, dauert es hoffentlich noch sehr lang.« Dann schmiegte sie sich an ihn und begann, sein Brusthaar zu kraulen.

Ein weiteres tiefes Stöhnen drang aus Oskars Mund. »Himmel, ja, Schwarzwaldhimmel.«

»Du hättest ruhig mitkommen können«, meinte Carla später. »Runter ins Schwimmbad. Toll, dieses Außenbecken. Ein Bad in der sinkenden Sonne, einfach herrlich.«

»Oh … ich war … ich war völlig platt von unserer Wanderung. Tut mir leid.«

»Das macht die frische Luft. Der krasse Gegensatz zum Tabakmief in deinem Amtszimmer.«

Lindt setzte sich auf. »Jetzt wo du es sagst«, grinste er. »Heute bin ich noch gar nicht dazu gekommen, mir eine Pfeife anzubrennen.«

»Nur auf dem Balkon«, zeigte Carla zu der großen Fenstertüre. »Und erst nach dem Essen. Oder hast du etwa keinen Hunger?«

Oskar schielte zum Wecker auf dem Nachttisch. »Ich glaube, wir sollten uns beeilen. Nicht, dass die Küche schließt.«

Seine Frau strich ihm zart über die Wange: »Komm, jetzt stärken wir uns erst mal …«

Die beiden Karlsruher kamen gerade noch rechtzeitig ins Restaurant, bestellten ein leichtes Abendmenü und genossen die Köstlichkeiten der Küche.

»Wunderbar«, sagte Oskar und wischte sich mit der Serviette über den Mund. »Eine Stunde von zu Hause und das volle Verwöhnprogramm.«

»Genau der richtige Ort, um den Kripo-Stress hinter dir zu lassen.«

»Ob du es glaubst oder nicht, heute habe ich noch keine fünf Minuten an die Arbeit gedacht«, nickte der Kommissar. »Paul und Jan machen das schon.«

»Du kannst dich auf deine Kollegen verlassen«, stimmte

ihm Carla zu. »Und außerdem ist hier von deinen Groß-
stadtgangstern weit und breit keiner zu sehen.«

»Verbrechensfreie Zone, hier im friedlichen Schwarzwald?«

»Selbstverständlich! Um das Murgtal machen die alle
einen weiten Bogen.«

»Na, wenn du dich da mal nicht täuschst. The evil is
always and everywhere.«

»Rainhard Fendrich?«

»Falsch geraten, Ba-Ba-Banküberfall, Erste Allgemeine
Verunsicherung.«

Carla schüttelte den Kopf: »Nein, nein, hier ist ›hea-
ven‹ nicht ›devil‹.«

»Black-Forest-heaven, die ideale Werbebotschaft für
internationale Gäste. Das kannst du dem Hotelier ja mal
vorschlagen. Da kommt er gerade.«

Gerade als der Hausherr den Tisch des Ehepaars Lindt
erreichte – »War alles recht?« –, tönte von der Runde am
Stammtisch allerdings eine ganz andere Botschaft her-
über. »Ich bring … sie um!«, stieß ein aufgedunsener Gast
mit stark gerötetem Gesicht aus. »Irgendwann … bring
ich … sie um!«

»Schwere Zunge«, kommentierte Oskar und sah den
Wirt mit gerunzelter Stirn an.

»Den muss ich jetzt heimschicken«, war die Antwort.
»Der hat wieder mal eines zu viel.«

»Hoffentlich setzt er seine Drohung nicht in die Tat um?«

Der Hotelier, der sich ihnen als Bernd Schneider vorgestellt hatte, winkte ab: »Das sagt er alle paar Tage. Schon
jahrelang. Keine Sorge, der Frieder ist ganz harmlos, aber
mittwochs, wenn wir Stammtisch haben, schmeckt ihm
das Alpirsbacher halt zu gut.«

Lindt hob sein Weizenglas hoch: »Kann ich verstehen.«

»Na dann, zum Wohl! Aber jetzt muss ich da rüber«, verabschiedete sich der Wirt und steuerte den Stammtisch an. Aufmerksam sahen Carla und Oskar zu, wie er dort seinem Gast den Arm um die Schulter legte, ihn mit sanftem Nachdruck von der Eckbank bugsierte und routiniert in Richtung Ausgang schob.

»Unser Ritual«, lächelte der in eine schmucke Trachtenweste gekleidete Hotelier, als er wieder am Tisch der zwei Karlsruher anlangte. »Bis er oben an seinem Hof ist, hat er sich wieder beruhigt.«

»Wen will er denn umbringen?« Lindt konnte nicht anders, als diese Frage zu stellen.

Bernd Schneider ließ sich auf einen freien Stuhl sinken und setzte eine sorgenvolle Miene auf. »Ach … ja …«, zögerte er, »es ist halt ein Elend, da droben im Eichwaldhof. Wir haben es ihm damals schon gesagt, dass er die nicht heiraten soll.«

»Offensichtlich hat er nicht auf Sie gehört?«, wollte Carla wissen.

»Torschlusspanik, ich denke, Sie wissen, was damit gemeint ist. Ein Bauer tut sich heute ja oftmals schwer, eine passende Bäuerin zu finden.«

»Und wenn er endlich eine hat, lässt er sie nicht mehr los?«

Hotelier Schneider runzelte die Stirn: »Ein wenig anders war es schon …«, doch dann lenkte er ab. »Sprechen wir lieber von Ihnen. Sie sind ja hier, um den Schwarzwald zu genießen. Kennen Sie denn schon unsere sagenhaften Wanderrouten?«

Lindt lächelte. »Meine Frau hat sich ganz schön was vorgenommen.«

»Hunderte von Kilometern«, strahlte Carla, worauf Oskar schlagartig seine Augen aufriss: »Was? Hunderte? Willst du mich umbringen?«

»Keine Sorge. Dafür ist dieser Frieder vom Eichwaldhof zuständig. Ich werde dich fit machen.«

Der Wirt betrachtete erst die schlanke Carla, dann den fülligen Oskar und legte sich die Hand auf seinen eigenen respektablen Bauch. »Lassen Sie es langsam angehen. Wir Männer in den besten Jahren müssen gepflegt werden. Bloß nicht übertreiben.«

Carla kniff ein Auge zu: »Beste Jahre? Vor Jahren war mein Mann deutlich flotter unterwegs und hatte noch nicht so viel zu schleppen. Davon könnte er einiges hier im Schwarzwald zurücklassen.«

Lindt stöhnte: »Leichter gesagt als getan, bei dieser sagenhaften Murgtal-Gastronomie.«

Der Hotelier zwinkerte zurück. »Wie Sie sehen, sind wir auch auf leichte Küche eingestellt. Da haben Sie heute Abend bereits hervorragend gewählt. Genuss und Fitness lassen sich problemlos unter einen Hut bringen. Unser Wellnessbereich hilft Ihnen natürlich dabei.«

Lindt hob erneut sein Glas und grinste. »Selbstverständlich bin ich ein Wellness-Fan, vor allem von Weizen-Wellness.«

Dass der Kommissar in dieser ersten Urlaubsnacht tief und traumlos schlief, lag nicht am Klosterbräu, denn er hatte die alkoholfreie Sorte gewählt. Wahrscheinlich war es eher der reichliche Sauerstoff, der während der Wanderung seine großstadtgeplagte Lunge geflutet hatte. Frisch und munter wachte er auf, wie immer um fünf Uhr. Ein schneller Blick ins andere Bett, Carla schlief noch – mit einem seligen Lächeln im Gesicht. Offensichtlich war sie sehr zufrieden, den überlasteten Mordkommissar nach vielen Jahren endlich zu einem richtig langen gemeinsamen Urlaub überredet zu haben.

Weiterschlafen? Nein, keine Chance, Oskar war hellwach. Er entschied sich für einen kleinen Rundgang, um das kleine Schwarzwalddorf Heselbach am frühen Morgen zu erleben. Auch zu Hause in Karlsruhe liebte er es, einen Morgenspaziergang zu machen, dabei die Frühaufsteher zu beobachten und mit einer Tüte frischer Brötchen zu Carla heimzukehren.

So leise es ging, kleidete er sich an: Outdoorhose, Poloshirt und leichte Fleecejacke – nahm die Schuhe in die Hand und zog die Tür des Hotelzimmers hinter sich zu. »Mist, jetzt habe ich doch …«, ärgerte er sich im Treppenhaus, Pfeife und Tabak drin vergessen zu haben, doch er wusste sich zu helfen. Auch im Handschuhfach seines Wagens lag immer genügend Rauchmaterial bereit. Lindt trat aus dem Hoteleingang, wollte hinüber zum Parkplatz und schaffte gerade noch einen Satz zur Seite.

Offensichtlich hatte die Fahrerin des kleinen Geländewagens überhaupt nicht mit einem frühen Hotelgast auf der Straße gerechnet. Die blonde Frau riss am Steuer, verfehlte knapp das Heck des Lindt'schen Mercedes und schoss mit aufheulendem Motor davon.

»Was war denn das?«, schüttelte Oskar den Kopf. »Es geht hier ja zu wie bei uns in der Stadt.« Fassungslos sah er dem grauen Suzuki Jimny hinterher. ›FDS-FP 60‹, erkannte er als Autonummer. FDS wie Freudenstadt, also eine Einheimische, aber überhaupt nicht so entspannt, wie es zu der beruhigenden Wald- und Wiesenlandschaft gepasst hätte.

Lindt schaute zweimal links-rechts, bevor er die Straße überquerte, und öffnete die Beifahrertür seiner taufeuchten weißen M-Klasse. Fünf Pfeifen und drei Tabaksdosen befanden sich im Handschuhfach – mehr als genug für eine genussvolle Morgenrunde. Er füllte sich seinen ledernen Tabaksbeutel, stopfte mit geübten Fingern eine große gebogene Pfeife, riss ein Streichholz an und bemerkte den grauen Wagen wieder. Jetzt fuhr der Jeep drüben auf der anderen Seite des kleinen Tales ziemlich schnell in Richtung Wald. Warum pressierte diese Frau am frühen Morgen schon so?

Der Kommissar in ihm kam durch. Wie hatte sie ausgesehen? Blond, ja. Kurze Haare, genau. Aber das Alter? Und ihr Gesicht? Würde er die Fahrerin wiedererkennen? Nein, höchstens aufgrund des Autos. Doch wieso sollte er? »Urlaub«, murmelte er halblaut vor sich hin. »Oskar, du bist hier, um abzuschalten, und nicht, um irgendwelche Leute zu observieren!« Es war doch völlig egal, was diese Einheimische schon kurz nach fünf so Eiliges zu erledigen hatte. Vielleicht waren ja Kühe von der Weide ausgebrochen? Er sah sich um. Nein, zwischen den Elektrozäunen waren weit und breit keine Rindviecher zu entdecken. Alle noch im Stall. Nur diese eine, diese blöde Kuh, die hätte ihn fast auf die Hörner … die hätte ihn fast auf die Motorhaube ihres Suzuki genommen.

Egal! Oskar Lindt drückte den glimmenden Tabak mit dem Stopfer leicht nach unten in den Pfeifenkopf und machte sich auf den Weg. Links, dann wieder rechts. Bergauf, die Straße hoch in Richtung Dorfmitte. Er registrierte den eckigen Turm der Petruskirche. Ja, dort wollte er sich umschauen.

Er ging gemächlich, wie es auch sonst seine Gewohnheit war, nicht im flotten Wanderschritt, den ihm Carla vorgab. Gehen und sehen, die Devise des aufmerksamen Beobachters. Er betrachtete gepflegte Holzzäune, Gärten mit Tulpen und späten Osterglocken, frisch gepflanzte Salatsetzlinge und stellte fest, dass die Entwicklung der Natur hier im Schwarzwald noch recht deutlich hinter dem Rheintal zurücklag. In manchen Häusern brannte bereits Licht und aus einigen Schornsteinen stieg Rauch auf. Oskar zog den Reißverschluss seiner Jacke höher und stellte den Kragen auf. Frisch, dieser Morgen. In Karlsruhe gingen die Leute wahrscheinlich schon im Kurzarmhemd und ohne Strümpfe zur Arbeit. Aber die Luft – sagenhaft. Selbst hier, mitten in diesem kleinen Örtchen, völlig frisch und sauber. Tief atmete er ein, gewahrte den Duft von frisch gemähtem Gras, hörte das Tuckern eines Traktors – tatsächlich, ein Bauer holte wohl gerade Futter von seiner Hauswiese. Füttern, misten, melken.

Lindt erinnerte sich an seine eigene Kindheit im Kraichgau. In einigen Jahren winkte der Ruhestand. Ob er zusammen mit Carla dann wieder aufs Land ziehen würde? Irgendwohin in die Natur? Weg aus der großen, lauten, stinkenden Stadt? Obwohl – ihre Wohnung in der Karlsruher Waldstadt war auch von sehr viel Grün umgeben. Dazu noch der Hardtwald dirckt vor der Haustür, eigentlich gab es nicht viel zu klagen. Aber so ein Häuschen im Schwarzwald? Ideal als Altersdomizil! Gelegentlich hatte er sich darüber schon Gedanken gemacht. Vielleicht wäre Carla ja gar nicht abgeneigt …? Und die letzte Ruhestätte auf einem so kleinen und idyllischen Friedhof wie diesem?

Lindt stand vor dem eisernen Tor und drückte die Klinke. Er ging ein paar Schritte, blies eine voluminöse

Rauchwolke Richtung Morgenhimmel und sah sich um. Ja, Friedhöfe hatten es ihm schon seit jeher angetan. Kurz kamen ihm die Exhumierungen in den Sinn, die er im Laufe seines langen dienstlichen Lebens veranlasst hatte, dann konzentrierte er sich auf die Inschriften der Grabsteine. Wein, Kallfaß, Schneider, Frey, Züfle, Rothfuß, Mast – immer wieder dieselben Namen. Familien, die sicher schon seit Jahrhunderten in diesem beschaulichen Dörfchen beheimatet waren.

Heimat, ging es dem Kommissar durch den Kopf. Wo war eigentlich *seine* Heimat? Auf dem Land? Da, wo seine Wurzeln lagen und wo er die Kindheit verbracht hatte? Oder in der Stadt, in der badischen Metropole, in der seine Kinder auf die Welt gekommen waren und in der er mit Carla seit Jahrzehnten wohnte? In der Nähe von netten Menschen, von Freunden, Nachbarn, Kollegen und Bekannten, mit denen sie sich bestens verstanden?

Konnte auch so ein herrliches kleines Schwarzwalddorf zur Heimat werden? Lindt trocknete mit seinem großen Stofftaschentuch den Tau von den hölzernen Latten der Sitzbank direkt an der Kirchenwand, setzte sich und genoss die Stille des Friedhofs.

Rechts von ihm ein frisches Grab. Er erhob sich wieder und trat näher. Übersät mit Blumenschmuck, deutlich mehr als üblich. Ein junges Mädchen, er betrachtete die Jahreszahlen, gerade siebzehn war sie geworden. Ein Unfall? Eine Krankheit? Ja, auch auf dem Land schlug das Schicksal unbarmherzig zu. ›Pia, Du bist uns in den Himmel vorausgegangen‹, las er auf der Schleife eines der vielen Kränze. Tragisch, wenn man ein Kind verloren hatte. Er dachte an seine drei bereits erwachsenen Töchter und schloss die Augen. Gewaltverbrechen an

Kindern gehörten zum Schlimmsten, mit dem er sich in seiner Dienstzeit zu befassen hatte.

Oskar Lindt setzte sich von neuem, zog an der Pfeife und schob sie im Mund von links nach rechts. Rauchen durfte man hier bestimmt nicht. Aber jetzt, am frühen Morgen, gab es ja noch niemanden, der sich daran stören konnte.

Vereinzelt waren Autos zu hören. Leute, die zur Arbeit fuhren. Weg vom Dorf, hin zu Fabriken und Büros. Völlig anders als früher. Wie viele aktive Landwirte es wohl in Heselbach noch gab? Dieser alkoholisierte Frieder vom … vom … ja, Eichwaldhof hatte der Hotelier gesagt, der gehörte wahrscheinlich dazu. Muskulös und breitschultrig, vielleicht früher einmal. Jetzt eher gebückt und verquollen. Trotzdem konnte sich Lindt ihn gut als Bauer vorstellen. Bestimmt Milchviehhaltung, Grünlandbewirtschaftung. Ackerbau? Nein, der war in dieser Gegend mit ihren steilen Wiesen vermutlich ganz selten geworden.

Der Urlauber zuckte zusammen. Er hörte einen Wagen schnell näher kommen, Bremsen, Türschlagen, das Quietschen der Friedhofspforte. Rasche Schritte näherten sich. Lindt nahm die Pfeife aus dem Mund. Eine kräftig gebaute Frau eilte an ihm vorbei … blond … Kurzhaarfrisur … das war doch … Sie blieb vor dem frischen Grab stehen, schaute sich suchend um, blickte unwirsch auf den unbekannten Besucher, machte kehrt und verschwand schneller, als sie gekommen war. Was war denn das gewesen? Kopfschüttelnd sah Oskar Lindt ihr hinterher.

Vollgas! Das Auto fuhr davon.

Jetzt würde er sie wiedererkennen. Garantiert. Der eine Blick hatte genügt, um ihre Gesichtszüge tief in Lindts Hinterkopf zu speichern. Schmerz? Anspannung?

Wut? Irgendetwas trieb diese Frau mordsmäßig um. Irgendetwas lief da gerade ganz schief! Offensichtlich!

Oskar sah auf die Uhr. Elf Minuten nach sechs. Eine halbe Stunde blieb er noch und brannte eine frische Pfeife an, dann setzte er seinen Rundgang zwischen den Gräbern fort. Schwarzwälder Familiengeschichten. Die einen hatten ein hohes Alter erreicht, andere waren in der Blüte ihres Lebens fortgerissen worden – er sah hinauf zum blassblauen Himmel – und schauten jetzt von oben zu …

Lindt ließ den Friedhof hinter sich, las interessiert die in der Nähe aufgestellten Hinweistafeln zur Dorfgeschichte, betrachtete die massive kleine Kirche, das ehemalige Waschhaus, danach den stattlichen Alt-Schulzenhof und ging auf dem Gernbachweg weiter. Ein gutes Stück nach den letzten Häusern genoss er den Ausblick ins Murgtal Richtung Röt, bemerkte dann unterhalb ein Gewerbegebiet mit mehreren Hallen und einem Holzwerk, folgte dem Weg hoch bis zum Wald und drehte um. Sein Magen meldete sich. Frühstück! Ja, das könnte er jetzt gebrauchen. Ob Carla schon wach war?

Kurz vor acht. Im Hotel herrschte bereits emsiges Treiben. Personal eilte hin und her. Gäste saßen schon vereinzelt an den Tischen. Kaffeeduft zog durch die Räume. Wo denn wohl das Buffet zu finden war? Lindt brauchte nicht lange zu suchen. Links um die Ecke, im nagelneu gestalteten Thekenbereich, fand er eine paradiesische Landschaft mit köstlichsten Frühstücksleckereien vor. Voller Vorfreude leckte er sich die Lippen, eilte nach oben und öffnete langsam die Zimmertür. Carla blinzelte ihn verschlafen an. Er beugte sich über sie: »Das Buffet ist schon aufgebaut. Himmlisch!«

Seine Frau schnupperte, rümpfte die Nase: »Anscheinend gibt's da unten auch einen Rauchersalon.«

»Bin schon unter der Dusche«, lächelte Oskar zurück.

»Aber dann müssen wir uns beeilen. Sonst ist das Beste weg.«

Carla schüttelte den Kopf: »Bestimmt gibt's genug für alle«, aber das hörte Lindt nicht mehr.

Eine gute Dreiviertelstunde später verließen die zwei Karlsruher ihr komfortables Hotelzimmer und gingen durchs Treppenhaus nach unten. Auf der letzten Stufe blieb Oskar abrupt stehen und hielt Carla zurück. »Halt, warte.« Hinter der Empfangstheke stand der Hotelier, davor … ja, das war doch … »Die hätte mich vorhin fast umgefahren«, raunte Lindt seiner Frau zu.

»Die stabile Blonde dort?«

»Ja, und auf dem Friedhof habe ich sie später auch wieder gesehen.«

»Was wolltest du denn am frühen Morgen schon auf dem …«

Der Kommissar unterbrach sie: »Psst, horch doch mal.«

Offensichtlich war die Frau vollkommen erregt. »Der war doch gestern Abend garantiert hier bei euch.«

»Ja, wieso?«

»Weg! Er ist weg. Nirgends zu finden. Die Kühe brüllen, weil sie gemolken werden wollen, und der Kerl ist nicht da.«

Der Wirt runzelte die Stirn. »Wann hast du es gemerkt?«

»Heute Morgen!«, zischte ihn die Frau an.

»Und wo …?«

Zornesröte schoss ihr ins Gesicht. »Das weißt du genau, dass ich es mit diesem Mann keine Nacht mehr aushalten kann!«

Ein tiefer Blick fixierte sie: »Wir wissen Bescheid. Alle wissen Bescheid. Und was willst du jetzt von mir?«

»Suchen!« Verzweiflung lag in ihrer Stimme. »Helft ihr mit, ihn zu suchen? Bitte.«

»Wo denn? Du warst doch bestimmt schon überall.«

»Ja, aber …«

»Von uns kann im Moment keiner weg. Die Gäste wollen frühstücken. Ruf die Polizei an und dann geh melken.«

Knallend haute die blonde Frau mit der flachen Hand auf die Empfangstheke: »Arschloch!«, und rannte aus dem Hotel.

Erst jetzt bemerkte der Hotelier, dass die Lindts alles mitgehört haben mussten. »Entschuldigung!«, stieß er seufzend hervor. »Wir haben ein Problem im Dorf.«

»Etwa der von gestern Abend, dieser … dieser Frieder?«

Carla fasste ihren Mann am Arm. »Komm, das geht uns nun wirklich nichts an.«

Oskar folgte gehorsam in Richtung Gaststube, bemerkte aber noch das Nicken des Wirts und dessen sorgenvollen Blick. Da lag Unheil in der Luft, gewaltiges Unheil, ganz klar.

»Der Wahnsinn!«, stieß Lindt aus, als die beiden vor dem opulenten Frühstücksbuffet standen. »Sieh doch nur. Schlaraffenland schon am frühen Morgen.«

»Trotzdem möchte ich noch wissen, was du auf dem Friedhof zu suchen hattest.«

»Ja, gleich, aber erst …«

Carla begnügte sich mit einem Brötchen, nahm Honig, Joghurt, Orangensaft und Früchte. Oskar lud gekochten Schinken, Rührei und gebratene Würstchen auf den Teller. Ein Brötchen platzierte er obenauf, das andere steckte er in seine Jackentasche. Ein missbilligender Blick folgte.

»Du darfst auch zweimal hingehen.«

»Muss mich doch stärken nach meiner Morgenwanderung.«

»Mindestens zehn Kilometer, wenn ich den Berg auf deinem Teller so ansehe.«

Oskar schwieg.

Kaffee mit einem kleinen Tröpfchen Milch für Carla, Milchkaffee halb-halb für ihn. Diese Gewohnheit hatten die beiden schon seit vielen Jahren.

»Da ist ein Kindergrab, ziemlich frisch«, begann Lindt, als er das erste kleine Bratwürstchen verzehrt hatte. »Ein Mädchen, siebzehn. Schlimm.«

»Siebzehn ist aber schon fast erwachsen.«

»Egal, ein ganzes Meer voller Blumen.«

»Und dort hast du diese Frau getroffen?«

»Ich habe etwas abseits auf einer Bank gesessen, da kam die in den Friedhof gerannt, bis zum Grab, hat sich umgeschaut, mir einen komischen Blick zugeworfen und ist wieder abgehauen.«

»Und dann wollte sie dich überfahren?«

»Nein, das war schon vorher, direkt hier auf dem Hotelparkplatz. Ich kam gerade noch zur Seite.«

Carla strich Butter und Honig auf ihr Brötchen. »Jetzt wissen wir ja, dass sie ihren Mann gesucht hat.«

»Ja, aber was ist mit ihm?«, gab Oskar zurück. »Offensichtlich ein Vermisstenfall.«

Seine Frau sah ihm fest in die Augen: »Für dich, Hauptkommissar Lindt, gibt es hier überhaupt keinen Fall! Verstanden? Der Kerl liegt garantiert irgendwo in einer Wiese und schläft seinen Rausch aus.«

Oskar rieb sich am Ohr: »Und wenn er …?«

»Kein Fall für die Kripo Karlsruhe! Ist das klar?«

Lindt senkte den Blick und widmete sich dem Rührei auf seinem Teller.

»Hast ja recht. Ich dachte bloß …«

»Am besten denkst du jetzt nur noch an unsere heutige Wanderstrecke. Ich hab mir da schon was Tolles ausgedacht.«

»Auweia, wieder zwölf Kilometer? Dann muss ich Blasenpflaster aufkleben.«

»Freu dich, keine großen Steigungen. Wir fahren mit der Bahn nach Freudenstadt. Am Stadtbahnhof steigen wir in den Bus zum Kniebis.«

»Also ganz nach oben?«

»Genau, 900 Meter Meereshöhe und von dort aus ziemlich eben in Richtung Baiersbronn.«

»Ziemlich eben?« Oskar wurde misstrauisch. »Gestern war unsere Wanderung das krasse Gegenteil von eben.«

Carla lächelte ihn an: »Versprochen. Eine leichte Strecke, völlig entspannt, bis zur Glasmännlehütte.«

Jetzt hellte sich Lindts Miene auf. »Bewirtschaftet?«

»Natürlich. Ich will dir ja nach der Tour den Genuss nicht verwehren.«

Er erinnerte sich: »Die Baumstammhütte oben an der Sesselbahn?«

»Richtig, am Skihang hoch über Baiersbronn.«

»Aber bitte ohne die Bahn mit ihren engen Sitzen.«

»Keine Sorge. Du musst nicht befürchten, stecken zu bleiben. Wir steigen anschließend ganz gemächlich zu Fuß ab.«

In diesem Moment bemerkte Lindt einen Streifenwagen, der sich Heselbach näherte.

»Untersteh dich!« Carla gab ihm unter dem Tisch einen kräftigen Tritt mit dem Fuß.

3. KAPITEL

Tatsächlich hielt die Organisatorin des Lindt-Wanderur-laubs Wort und die Anstrengung sich in Grenzen. Nur ein leichtes Auf und Ab. Gepflegte Wege, sonnendurch-flutete Wälder. Gelegentlich nahmen sich die beiden sogar an der Hand und wanderten wie ein junges Paar über die Schwarzwaldhöhen.

»Früher, ganz früher«, meinte Carla schelmisch, »hät-ten wir uns an einem solch herrlichen Tag auch mal in eine Waldwiese gelegt und in den Himmel geschaut.«

»Jaja«, verzog Oskar das Gesicht, »weiße Wölkchen über uns und Ameisen unter uns.«

»Spielverderber! Schau, da drüben die Lichtung. Ich glaube, wir müssen uns etwas entspannen.« Entschlos-sen zog Carla ihren Mann hinter sich her. »Feines wei-ches Moos und von Krabbeltierchen weit und breit nichts zu sehen.« Flugs schlüpfte sie aus ihrer Jacke, breitete das Fleece aus und machte es sich auf dem Waldboden bequem. »Komm!«

Kritisch betrachtete Lindt den Untergrund, konnte aber nichts Bedrohliches finden, tat es seiner Frau gleich und schloss die Augen. »Stechmücken gibt es zu dieser Jahreszeit wohl auch noch keine.«

Eine gute Viertelstunde lagen die beiden so, lausch-ten dem Gesang von Tannenmeise und Rotkehlchen, ließen sich von der Sonne des späten Frühlings wärmen und freuten sich, ein solch herrliches Wetter erwischt zu haben.

Irgendwann stieß Oskar einen tiefen Seufzer aus. »Hier gefällt es mir wirklich.«

»Ja, ein sagenhaftes Plätzchen«, stimmte Carla zu.

»Nein, nicht nur hier. Überhaupt im Schwarzwald.«

»Bin ganz deiner Meinung. Mehr Schwarzwald gibt's nirgends.«

»Diese Parole habe ich doch schon mal irgendwo gelesen. Baiersbronn Touristik, stimmt's?«

»Kann schon sein, aber recht haben die auf jeden Fall.«

»Was hältst du von ›Schwarzwald für immer‹?«

Carla setzte sich auf. »Für immer? Black Forest for ever? Wie meinst du das?«

»Na ja, später halt. Wenn wir mal älter sind?«

»Du zählst schon die Jahre bis zum Ruhestand, nicht wahr?«

Oskar antwortete liegend und mit geschlossenen Augen. »Stress und Großstadt haben wir jetzt lange genug gehabt. Wir sollten uns mal Gedanken über die nächste Lebensphase machen.«

»Das Häuschen im Grünen?«

»Wandern, so oft wir wollen.«

»Ein Garten mit Obstbäumen und Gemüsebeeten?«

»Mit Liegestühlen und Grill.«

»Sandkasten und Schaukel für die Enkel?«

»Vielleicht ein knuddeliger Hund?«

»Oder zwei E-Bikes für entspannte Radtouren.«

»Einkaufen direkt beim Bauern.«

»Und dann in Ruhe gemeinsam kochen.«

»Statt einer schnellen Mahlzeit am Abend.«

Carla schaute zu ihrem Mann hinunter. »Ich glaube, dafür könnte ich mich tatsächlich erwärmen.«

Lindt schlug die Augen auf. »Echt? Ruhestand im Paradies?«

»Karlsruhe ist ja nur eine Stunde entfernt. Mit der Bahn bequem zu erreichen, wenn uns nach Stadtluft wäre.« Dann ließ auch sie sich wieder zurücksinken und atmete tief durch.

»Vielleicht kann uns der Hotelier einen Tipp geben?«, überlegte Oskar. »Er weiß garantiert als Erster, wenn in der Gegend ein Haus zu verkaufen ist.«

»Stammtisch als Immobilienbörse?«

»Ja, so funktioniert das auf dem Land. Da reden die Leute noch miteinander.«

»Schwätzen, Oskar. So heißt das hier. Wir sind schließlich im Schwäbischen.«

»Das wäre mir egal. Oder meinst du, an zwei Badische wie uns verkauft niemand sein Anwesen?«

Carla schüttelte den Kopf. »Ach was! Das spielt heutzutage doch keine Rolle mehr. Eher, ob wir denen sympathisch sind.«

»Dann haben wir ja gar kein Problem«, lachte Lindt. »Du weißt doch: Es gibt Badische und Unsymbadische!«

Seine Frau lächelte zustimmend und rekelte sich in der Sonne.

»Duuu?«, unterbrach Oskar nach einiger Zeit die Stille.

»Ja?«

»Und wenn diesem Frieder echt was zugestoßen ist? Ich meine …«

Carla schoss in die Höhe: »Nein, nein und nochmals nein!«, stieß sie scharf aus. »Selbst wenn der Kerl heute Nacht im Suff in eine Wasserlache gestolpert und darin ersoffen ist, geht es dich nicht das Geringste an! Verstanden?«

Der Kommissar antwortete nicht. Die Vorkommnisse des frühen Morgens ließen ihn einfach nicht los. Was war mit dieser Frau? Sie schien wesentlich jünger als ihr Mann zu sein. Oder lag es an der Blondierung? Das frische Grab? Eine Tochter, die dort lag? Was hatte die Frau sonst in aller Herrgottsfrühe auf dem Friedhof gesucht? Ziemlich sicher doch den Frieder.

Er musste den Namen herausfinden. Wie hieß die Familie vom Eichwaldhof?

FDS-FP 60. Das Autokennzeichen ging Lindt durch den Kopf. Nummernschilder hatte er sich schon immer gut merken können. 60? Ein Geburtsjahrgang? Vom Frieder? Dann wäre der jetzt 57? »F« wie Frieder aber, »P« wie …? Welche Familiennamen begannen hier im Schwarzwald mit »P«? »Pfau« vielleicht?

Lindt versuchte sich an die Inschriften der Grabsteine zu erinnern. War ein Nachname mit »P« dabei gewesen? Möglich, aber er kam nicht drauf. Vielleicht sollte er im Telefonbuch von Baiersbronn nachsehen? Sein Smartphone steckte in der Hosentasche. Langsam zog er es heraus, hielt sich das Gerät vors Gesicht und aktivierte im Internet »dasoertliche.de«.

Vorsichtig schielte er zur Seite. Carlas Augen waren wieder geschlossen. Tatsächlich schaffte er trotz seiner etwas zu dicken Finger die Eingaben, Baiersbronn und »P«, doch leider erhielt er nicht das gewünschte Ergebnis. Auf diese Art funktionierte die Suche offenbar nicht. Ein Bedienungsfehler?

Er probierte weiter, da rissen ihn die Worte »Was suchst du denn?« aus der Konzentration.

Schnell legte er sein iPhone zur Seite: »Och, nichts Spezielles. Wollte nur mal sehen, ob wir hier Netz haben.«

»Oskar!« Aus den Augen seiner Frau kam ein stechender Blick. »Was suchst du im Telefonbuch?«

»Ääh … Immobilien.« Eine bessere Notlüge fiel ihm spontan nicht ein.

»Aha. Und, hast du was gefunden?«

»Noch … noch nicht so recht. Es geht ziemlich langsam. Anscheinend gibt es hier doch keinen so guten Empfang.«

Carla sah ihn kritisch an: »Kommissar, sag die Wahrheit. Ich sehe es deinem Gesicht an, dass das nicht stimmt.« Sie versuchte, sein Handy zu greifen, doch Oskar war schneller und schob es geschwind zurück in die Hosentasche.

»Vielleicht haben wir an der Hütte nachher besseres Netz. Komm, lass uns weitergehen. Ich glaube, hier gibt es Zecken.«

Seine Frau sprang auf. »Zecken? Nein, mein Lieber. Unten im Tal vielleicht, aber in dieser Höhenlage so gut wie nicht. Das hab ich schon zu Hause gecheckt.«

»Dann halt Schlangen, Giftschlangen. Kreuzottern zum Beispiel.«

»Oskar Lindt!« Entrüstet stemmte Carla die Hände in die Hüften. »Die einzige Schlange, die dich gleich beißt, bin ich. Vor allem, wenn du nicht damit aufhörst, hier im friedlichen Schwarzwald überall Verbrechen zu wittern. Ich spür doch genau, was dich immer noch umtreibt. Vergiss endlich diesen Heselbacher. Der hat in der Zwischenzeit hundertprozentig schon seine Kühe gemolken, damit du morgen früh wieder Milchkaffee trinken kannst.«

Der Kommissar erhob sich wortlos, klopfte übertrieben langsam ein paar Fichtennadeln von seiner Hose und meinte: »Er will mir halt einfach nicht aus dem Kopf, der Frieder.«

»Dann muss ich ihn dir wohl mal gehörig waschen, deinen Kopf«, entgegnete Carla und fuhr ihrem Mann blitzschnell mit beiden Händen durch die Haare.

Zur selben Zeit parkte ein Angler seinen Wagen unweit der Schrofelbrücke. Er stieg in die Wathose, prüfte die Taschen seiner Weste auf ihren Inhalt, griff die Fliegenrute und kletterte am Ufer hinunter in die Murg. Schon seit Jahrzehnten wurden ihm hier die Forellen zur Beute.

Vorsichtig ging er Schritt für Schritt weiter bis zur Mitte des Schwarzwaldflüsschens. Seine Gummisohlen tasteten über grobes Geröll, gelegentlich über feineren Kies und sandige Stellen. Der Angler nahm eine kleine Plastikbox aus der Weste und wählte eine passende, selbst gebundene Fliege aus. Täuschend ähnelte sein Kunstprodukt einem natürlichen Insekt. Ja, damit würde er auch heute wieder ein paar prächtige Fischlein überlisten. Mit geübten Fingern befestigte er das Lockmittel. Dann begann er die Rute zu schwingen. Vor, zurück, vor, zurück, immer entlang des Gewässers, nie zu nahe an den Uferbäumen. Stück für Stück zog sich die Schnur von der Rolle und zischte durch die Luft. Schließlich landete der Köder zielgenau auf der Wasseroberfläche in der Nähe einer tiefen Stelle. Genau dort, in diesem Gumpen, hatte er schon viele Male Erfolg gehabt.

Heute sollte es allerdings nicht so weit kommen. Etwas am gegenüberliegenden Ufer irritierte den erfahrenen Fliegenfischer. Etwas, was da nicht hingehörte, dort zwischen den Erlenwurzeln, die sich wie dicke Arme hinunter ins Wasser schoben. Müll? Hing da angeschwemmter Müll fest? Wieder einmal? Der Angler ärgerte sich. Oft genug hatte er schon statt einer Forelle irgendwelchen Abfall am Haken gehabt. Das dort drüben sah aber gar nicht nach den üblichen Plastikfetzen aus. Nein, eher wie Stoff. Karierter Stoff. Ein merkwürdiges Gefühl beschlich ihn und er sah genauer hin. Die Karos ... rot und grau ... daneben blau ... jeansblau ... Jeans?

Sein Herz begann schneller zu schlagen. Eilig spulte er die Schnur auf. Er musste rüber. Vorsichtig durchquerte er die Murg. Sachte, Schritt für Schritt. Achtung, eine tiefe Stelle! Trotz seiner Vorahnung behielt er die Nerven und wurde nicht hektisch. Stellenweise war der Untergrund glitschig. Bloß nicht ausrutschen, nein, er kannte das unangenehme Gefühl, in einer mit kaltem Bachwasser gefüllten Wathose zu stecken.

Noch ein Schritt ... die Murg nun in Bauchhöhe ... weiter ... jetzt hatte er das Tiefste überwunden ... wieder flacher ... die Strömung lief Richtung Ufer ... seine Befürchtung wurde Wirklichkeit!

Zwischen den tief gehenden Wurzeln hatte sich ein Arm verfangen. Ein linker Arm. Das Übrige des Körpers lag so tief im Wasser, dass nur Hemd und Hose über die Oberfläche ragten. Die Beine des Mannes zeigten in Stromrichtung flussabwärts, der graue Haarschopf war vollkommen überspült.

Mit der Spitze seiner Fliegenrute tupfte der Fischer vorsichtig gegen den Toten. Dann schüttelte er den Kopf. Er konnte sich nicht rühren und starrte eine gefühlte Ewigkeit auf das schockierende Bild. Die Beine des Leichnams schwangen in der Strömung ganz sacht hin und her.

Mit zitternden Fingern tastete der Angler nach dem Klettverschluss der obersten Westentasche. Er fühlte die Kälte des Murgwassers, das die Beine umfloss. Ein Schauer fuhr durch seinen Körper. Fast wäre ihm das Handy entglitten. Steife Finger drückten Eins-Eins-Null.

»Polizeinotruf.«

Die Lautsprecherstimme schien aus einer völlig anderen Welt zu kommen.

Erneut: »Hallo, hier Polizeinotruf. Bitte sprechen Sie.«

»Ja …«, stotterte der Angler. »Ich … ich … hier in der Murg … ein Toter im Wasser. Bei Heselbach … unterhalb der Schrofelbrücke.«

Er wandte seinen Blick von dem bäuchlings treibenden Leblosen ab und wiederholte nochmals die wichtigsten Angaben. Dann suchte er eine passende Stelle, um aus dem Fluss zu steigen, und zog sich am Ufergesträuch nach oben.

Der Fischer sah nicht zurück. Wie in Trance ging er durch die Wiese neben den Uferbäumen in Richtung Straße. Das erste Rotkreuzfahrzeug, Notarzt der Wache Baiersbronn, erreichte zeitgleich mit ihm die Brücke.

4. KAPITEL

»Können Sie uns hinführen?«

Der Mann schüttelte den Kopf, legte seine Fliegenrute auf den Boden und hielt sich am Brückengeländer fest. »Dort ... dort vorne.« Er wies mit dem ausgestreckten Arm murgabwärts. »Sehen Sie? Am rechten Ufer. Die vier Bäume, dicht beieinander.«

Der junge Sanitäter nickte. »Ja, ich kann was erkennen.« Er winkte die Kollegen des gerade eingetroffenen Rettungswagens heran. »Vielleicht 50 Meter, rechte Bachseite.« Ein Streifenwagen hielt an. Auch die beiden Polizisten wurden eingewiesen. »Die Feuerwehr kommt ebenfalls.« Rot-weiße und blaue Uniformen bewegten sich im Gänsemarsch durch das hohe Wiesengras talabwärts entlang des Murgufers.

»Kommen Sie«, nahm der bei den Fahrzeugen verbliebene Sanitäter den bleichen Angler am Arm. »Setzen Sie sich erst mal bei uns in den Wagen. Ich gebe Ihnen eine Decke.«

Die Feuerwehrmänner der Abteilung Kosterreichenbach schafften es mit Hilfe von Steckleitern und Seilen, den Toten aus dem Wasser zu bergen. Oberhalb der Uferböschung legten sie ihn ins Gras.

Notarzt und Sanitäter untersuchten den Mann. »Längst

zu spät, nichts mehr zu machen. Ist schon seit mehreren Stunden tot«, diagnostizierte der Mediziner, deutete auf die graue Gesichtsfarbe und die auffälligen blau-violetten Totenflecken. »Eindeutig. Wir schreiben trotzdem noch ein EKG.« Er knöpfte das durchnässte karierte Hemd auf, trocknete mit mehreren Kompressen die Haut und brachte Klebeelektroden an. Dann sah er zu den Feuerwehrleuten: »Könnt ihr was zum Zudecken holen? Eine Einmaldecke. Der Kollege im RTW soll euch eine geben.«

»Der Frieder«, stieß einer der Feuerwehrleute hervor. »Das ist der Frieder, der Eichwälder.« Ein anderer nickte stumm.

»Ihr kennt ihn?«, fragte ein Polizeibeamter.

»Ja, kein Zweifel. Von drüben, aus Heselbach. Sein Hof liegt ganz oben am Wald. An der Kirche hoch, weiter geradeaus, dann rechts von der Straße.«

»Wurde heute Morgen von seiner Frau vermisst gemeldet«, stellte der Polizist fest. »Wir hatten uns schon auf eine Suchaktion eingerichtet.«

Der Arzt sah ihn an: »Wer überbringt die Nachricht? Am besten gleich einen Seelsorger dazu.«

»Unbedingt«, nickte der Uniformierte. »Und Sie können auch mitkommen. Ohne Beruhigungsmittel wird das kaum abgehen. Die Familie hat in den letzten Tagen Schlimmes durchgemacht.«

Von dieser Tragödie bekam das Urlauberpaar nichts mit. Zwischenzeitlich waren sie bis zum Stöckerkopf gewandert und hatten sich dort im Biergarten neben der aus Rundstämmen gebauten Glasmännlehütte an einen freien Tisch gesetzt. Eine rechte Unterhaltung wollte zwischen den beiden nicht aufkommen. Lindts Gedanken befanden sich immer noch auf Abwegen. Mit nachdenklichem Blick sah er in die Ferne, über das tief unten liegende Murgtal hinweg. Vorne Baiersbronn, dann kam Klosterreichenbach und ganz weit hinten das auf dem sonnenbeschienenen Südhang liegende Heselbach.

»Oskar?«

»Ja?«

»Bist du weggetreten?«

»Äh, nein … wieso?«

»Was suchst du?«

»Ja … ich glaube … ich glaube, dort liegt unser Hotel«, antwortete Lindt schnell.

Carla kramte im Rucksack, entnahm ihm ein kleines Faltfernglas und hob es an die Augen. »Du hast recht. Ganz klar die Luft, ich kann sogar den Pool erkennen.« Sie reichte das Glas weiter. »Hier. Schau mal durch.«

Oskar stellte die Schärfe nach und nickte. »Auch die Balkonblumen, wenn ich mich nicht irre.«

»Gib her, das kann eigentlich nicht sein.« Carla nahm den Feldstecher zurück. »Doch, tatsächlich«, bestätigte sie. »Das ist die Blumenpracht. Was für eine Fernsicht«, stieß sie begeistert aus.

»Dann schlägt bald das Wetter um«, sagte Oskar. »Leicht dunstig bedeutet stabile Lage. Extrem klare Sicht dagegen lässt einen Wechsel befürchten.«

»Mal mir den Teufel nicht an die Wand«, empörte sich seine Frau. »Wir haben Schönwetter gebucht.«

»Es kommt, wie es kommt«, gab Lindt zurück und griff wieder nach dem Zehnfach-Glas. Er betrachtete intensiv die stolzen Bauernhöfe von Heselbach und richtete die Optik dann auf den Waldrand oberhalb des Örtchens. Ja, das musste der Hof sein, dieser Eichwaldhof. Ebenfalls ein imposantes Gebäude mit talwärts gerichteter Giebelseite. Nicht so groß wie der Hotelkomplex natürlich, aber dennoch deutlich zu sehen. Bestimmt schon viele Jahrhunderte alt. Auch dort leuchtete es farbig. Oskar regulierte erneut die Schärfe. Weiß-rot, daneben blau-silbern. Er setzte das Fernglas ab und sagte nichts. Mehrere Fahrzeuge, die sein geübtes Auge sofort erkannt hatte. Nichts Gutes, ging ihm durch den Kopf. Das bedeutet nichts Gutes. Er atmete tief durch und betrachtete nachdenklich den Vesperteller vor sich auf dem Tisch. Irgendwie hatte er keinen rechten Appetit mehr. Selbst das Glasmännlebräu, gebraut auf 777 Meter über Meer, reizte ihn aufs Mal nicht mehr.

Seine Frau bemerkte, dass etwas nicht stimmte. »Oskar? Du sagst ja gar nichts. Woran denkst du?« Sie erhielt keine Antwort, doch zum Glück startete gerade ein Gleitschirmflieger. »Schau!« Carla zeigte nach vorne. »Frei wie ein Vogel. Muss herrlich sein.«

»Nein«, schüttelte Lindt den Kopf. »Für mich wäre das nichts. Ich hab lieber festen Boden unter den Füßen.«

Ein begeisterter Ausruf folgte: »Jetzt schraubt er sich nach oben.«

»Mhmm, offenbar gute Thermik«, brummte Oskar und tupfte sich mit dem Taschentuch über die Stirn. »Es wird auch immer schwüler. Bestimmt kommt heute noch ein Gewitter.«

»Ach was, kaum ein Wölkchen zu sehen.«

»Sollst ja recht haben. Ich hab trotzdem ein komisches Gefühl.«

»Mein Oskar und seine Gefühle«, lachte Carla. »Ich fühle mich ganz einfach nur wohl hier oben, direkt unter dem Himmel.«

Ein tiefer Seufzer war alles, was der Kommissar darauf erwiderte.

Es dauerte ungewöhnlich lange, bis Oskar Lindt mit Vesper und Bier fertig war. Vielleicht hätte er bei der sich ständig steigernden Schwüle besser ein alkoholfreies Getränk nehmen sollen, doch der Reiz des Selbstgebrauten war stärker gewesen. Beim Aufstehen spürte er einen leichten Schwindel und musste sich am Stuhl festhalten. War es tatsächlich der Gerstensaft, der ihn ins Straucheln brachte?

»Steilabstieg?«, schlug Carla vor.

»Da runter? Über den Skihang?« Lindt schüttelte den Kopf. Er beobachtete, wie die Sesselbahn einen Mountain-Cart nach oben brachte. Kein Kinderfahrzeug, nein, offensichtlich war das dreirädrige Gefährt für Geländefahrten von Erwachsenen konstruiert worden. Mit einem stabilen Haken hing es unter einem Doppelsitz der Bahn.

»Oder damit?«, schmunzelte Carla. »Die schnellste Art, runterzukommen.«

Oskar schüttelte sich: »Völlig ausgeschlossen! Da ist der Überschlag ja schon vorprogrammiert.«

»Also ich würde so was schon mal ausprobieren …«

»Und mich dann zum Witwer machen! Nein, nein. Unter Wellnessurlaub verstehe ich etwas anderes.«

»Wieso? Helm auf den Kopf und ab! An den gefährlichen Stellen gibt es garantiert Strohballen, damit keiner rausfliegt.«

Kopfschüttelnd sah Lindt, wie ein junger Kerl sich in den Kart schwang und auf der sandigen Route den Abhang hinunterdüste. »Für kein Geld der Welt würde ich mich in ein solches Höllengefährt setzen.«

»Also gehen wir halt zu Fuß«, lächelte seine Frau.

»Gemächlich, wie es sich für ein älteres Urlauberpaar geziemt.«

»Und auch nicht auf dem steilen Pfad, sondern bitte dort drüben.« Er wies auf einen Wegzeiger. »Der breite Weg ist auf jeden Fall flacher, damit mir der Abstieg nicht gar zu sehr in die Knie geht.«

»Na dann komm, alter Mann!«, nahm ihn Carla an der Hand. »Zeit haben wir ja genug.«

Problemlos erreichten die beiden nach einer Weile das Sankenbachtal.

»Weiter hinten gibt's doch einen See mit Wasserfall«, meinte Lindt und zeigte nach links. »Die Strecke dorthin hast du garantiert auch auf deinem Plan.«

»Selbstverständlich! Drei Urlaubswochen sind lang, aber die Wanderstrecken im Murgtal werden uns trotzdem nicht ausgehen.«

Bei der Sankenbach Lodge schauten sich die Lindts interessiert um. Segways und Bikes konnten dort gemietet werden. Einige der Elektrofahrräder hatten sogar extra starke Rahmen und dicke Ballonreifen.

»Für die kräftig gebauten Schwarzwald-Sportler«, zwinkerte Carla. »Damit würdest auch du …«

»Vergiss es! Wandertouren sind okay und Radfahren auf der Ebene in Karlsruhe auch, aber keinesfalls hier über Felsen und armdicke Baumwurzeln. Nein, nein, echt nicht mein Ding.«

»Dann halt ein Eis am Rosenplatz. Komm, in einer gemütlichen Viertelstunde sind wir dort.«

Mit zwei Kugeln Schoko für ihn, Amarena und Mokka für sie spazierten die beiden Badener eisschleckend bis zum Bahnhof, stiegen dort nach kurzer Wartezeit in die gelbe S 8 und drei Haltestellen weiter wieder aus.

»Heselbach Hauptbahnhof«, verkündete Carla. »Noch die paar Minuten bis hoch zum Hotel, dann hast du dein heutiges Fitnessprogramm geschafft.«

»Ich hoffe, du bist zufrieden mit meinen Fortschritten.«

»Konditionell?« Sie schüttelte den Kopf. »Heute war Erholungswandern, morgen ist mehr Leistung angesagt.«

»Soll das eine Drohung sein?«

»Vorfreude, Oskar. Die reine Vorfreude auf eine weitere Himmelstour. Lass dich überraschen.«

Lindt zeigte gen Westen, wo sich jetzt bereits deutlich erkennbar dunkle Wolkengebirge entwickelten: »Dort hinten kommt sie bereits, deine himmlische Überraschung. Später wird's sicherlich noch kräftig krachen.« Dass sich an diesem Abend ein handfester Ehekrach entwickeln würde, konnte er allerdings nicht ahnen.

5. KAPITEL

Das Schicksal nahm direkt vor dem Eingang zum Hesel-
bacher Hof seinen Lauf. Zeitgleich mit dem Wanderpaar
Lindt traf dort ein VW-Passat ein. Oskar erkannte den
Dienstwagen sofort.

»Franz! Was für eine Überraschung«, begrüßte er seinen
Kollegen Franz-Otto Kühn, der dem Fahrzeug entstieg.

Der Leiter des Freudenstädter Kriminalkommissariats
war ebenfalls völlig verwundert. »Oskar, wo kommst du
denn her? Willst du wieder mal die Ermittlungen über-
nehmen?«

Schnell stellte Lindt seine Frau vor: »Ich glaube, ihr
kennt euch.«

Carla schüttelte den Kopf: »Nur vom Hörensagen.
Oder doch … vor ein paar Jahren … bei diesen Natio-
nalpark-Querelen?«

Kühn lächelte: »Genau, ich glaube, damals sind wir
uns kurz begegnet. Ihr beiden wart ja hier als Underco-
veragenten tätig.«

Lindts Gattin schwante Übles: »Oskar, du brauchst
dir gar keine Gedanken zu machen. Leichen in Heselbach sind ganz alleine Sache deiner örtlichen Kollegen.«

Kühn schaute verwundert: »Woher …?«

»Polizistenfrauen haben so was im Gespür. Wie viele
Tote gibt's denn?«

»Bisher nur einen, aber der reicht mir eigentlich.«

»Der Frieder?«, stieß Lindt aus.

»Jetzt hör aber auf! Das gibt's ja wohl nicht.«

»Also stimmt's? Gestern Abend ist der hier ziemlich schwankend vom Stammtisch aufgestanden.«

Oskar bemerkte, wie sich in Carlas Gesicht ein Gewitter zusammenbraute. »Und heute früh hat dessen Frau den hier ...«, sie zeigte auf Lindt, »... ums Haar überfahren.«

Kühn riss die Augen auf: »Echt? Das musst du mir ...«

Carla drehte sich auf dem Absatz um, zischte: »Wenn du mich suchst, ich bin im Schwimmbad!« Sie verschwand mit einem eindeutig warnenden Blick in Richtung ihres Ehegatten.

Lindt atmete tief durch. »Ich musste ihr versprechen, dass ...«

Der Freudenstädter Kommissar rieb sich am Hinterkopf: »Wird schwierig werden. Zumindest bist du jetzt ein wichtiger Zeuge.«

Oskar stöhnte: »Wem sagst du das ... Polizisten-Los eben. Wollen wir reingehen?«

Die Sitzgruppe direkt links nach dem Eingang war frei. In der geschützten Nische berichtete Lindt knapp und präzise von den Vorkommnissen des Morgens. Der graue Suzuki auf dem Parkplatz, die Begegnung auf dem Friedhof, der Eklat am Hotelempfang. »Sonnenklar, dass da etwas passiert war«, resümierte der Karlsruher Kommissar. »Es beschäftigt mich auch schon den ganzen Tag.«

»Uns ebenfalls«, antwortete Kühn. »Erst kam die Vermisstenmeldung, dann die Wasserleiche in der Murg.«

»Im Fluss?«, fragte Lindt erstaunt. »Ist ja ein ganzes Stück von hier. Gestern Abend habe ich angenommen, dieser Frieder würde nach Hause gehen, oder besser gesagt – torkeln.«

»Darüber rätseln wir auch schon. Bis jetzt sieht es so aus, als wäre er von der Brücke gefallen.«

»Brücke? Wo ist die denn?«

»Kennst du den früheren Steinbruch? Schrofel heißt er. Drüben auf der anderen Talseite.«

Lindt zog die Stirn in Falten: »Ist mir gerade nicht präsent … aber halt … kann es sein, dass man die Felswand von der Bahn aus sieht?«

Kühn nickte: »Von der Bundesstraße auch. Ist dir garantiert aufgefallen. Gehört zum Staatsforst. Einige Hallen sind dort, große Holzlager und eine Vielzahl von Forstmaschinen.«

»Ja, genau. Jetzt erinnere ich mich. Und die Brücke?«

»Ein Stück weiter oben. An der Bahnhaltestelle vorbei, paar Hundert Meter, dann kommst du direkt hin.«

Oskar überlegte: »Kann ich mir nicht vorstellen, dass der zu Fuß …«

»Seine Frau auch nicht. Die wusste, dass er gestern Abend hier war.«

»Vermutlich nicht nur gestern.«

»Stammgast am Stammtisch«, antwortete Kühn. »Deswegen wollte ich jetzt die Wirtsleute und das Personal befragen.« Er machte eine kurze Pause. »Kannst gerne dabei sein, aber …«

Lindt fuhr sich durch die Haare. »Carla ist bereits sauer. Im Pool kommt sie vielleicht auf andere Gedanken. Macht nichts, wenn ich dir noch ein paar Minuten Gesellschaft leiste.«

Im selben Moment tauchte der Hotelier auf. Möglicherweise hatte eine der Empfangsdamen etwas vom

Gespräch der beiden Kommissare mitbekommen und vorsorglich ihren Chef informiert.

Franz-Otto Kühn erhob sich, trat auf den Wirt zu und zeigte seinen Dienstausweis. »Kripo Freudenstadt. Vermutlich können Sie sich denken, weshalb ich hier bin.«

»Der Frieder ... ja ... unfassbar ... wir sind völlig daneben.«

»Hat sich also bereits rumgesprochen?«

»Wie ein Lauffeuer. Alle wissen es, aber niemand kann es verstehen.«

»Was denn?«

»Na, dass er heute Nacht von der Schrofelbrücke in die Murg gestürzt und dort ertrunken ist.«

»Jaaa ...«, sagte Kühn gedehnt. »Genau darüber wollte ich mit Ihnen und Ihren Mitarbeitern sprechen.« Er sah sich um und wies auf Oskar Lindt, der noch im Sessel saß. »Das ist übrigens ein Kollege aus Karlsruhe. Er leitet dort die Mordkommission.«

»Mord?«, stieß der Hotelier entsetzt aus und alle Farbe wich aus seinem Gesicht. »Wieso Mord?«

Lindt erhob sich schnell und trat zu den beiden. »Nein, nein. Bitte keine falschen Schlüsse ziehen. Meine Frau und ich sind wirklich nur als Ihre Gäste hier.«

Der Wirt schien das Gesagte jedoch nicht wirklich zu begreifen. »Mo... Mo... Mord!«, stammelte er aufs Neue und hielt sich am Empfangstresen fest.

Oskar nahm ihn schnell am Arm und zog ihn zu der Sitzgruppe. »Ganz ruhig. Setzen Sie sich erst mal zu uns.«

»Könnten Sie uns bitte etwas zu trinken bringen lassen?«, fügte Franz-Otto Kühn hinzu. »Und bitte ... vergessen Sie dieses hässliche Wort. Wir gehen nach wie vor von einem Unglücksfall aus.«

Der Hotelier winkte einer in fesche Landhausmode gekleideten Mitarbeiterin: »Wasser bitte und meine Frau soll auch kommen.«

»Danke«, sagte Kühn. »Dann warten wir am besten noch einen Moment.«

Die Chefin selbst brachte das Getränk. »Bärbel, meine Frau«, stellte der Wirt sie vor.

Kühn zückte sein Notizbuch: »Und Sie sind?«

»Bernd, Bernd Schneider.«

»Ihnen gehört das Hotel?«

»Familienbetrieb«, nickte der Hotelier. »Unser Sohn macht jetzt die Küche.«

»Hervorragend übrigens«, bemühte sich Oskar Lindt, die angespannte Atmosphäre aufzulockern. »Wir sind zum ersten Mal hier, aber bereits jetzt schon begeistert.«

Ein kurzes Lächeln zog über die Gesichter der Wirtsleute. »Der Gast ist selbstverständlich König«, bedankte sich Schneider.

»Leider wohne ich im Nachbarlandkreis«, meinte Franz-Otto Kühn. »Sonst wäre ich bestimmt auch schon mal bei Ihnen eingekehrt.«

»Sagenhaft, die Dekoration in dieser neuen … ach, wie heißt sie noch …« Lindt kam nicht drauf.

»Glockenstube«, ergänzte Bärbel.

»Ja«, nickte Oskar. »Riesige Kuhglocken als Lampen an der Decke und überall Hirschgeweihe, sogar eingestickt auf den Stuhllehnen. Voll im Trend.«

Die Wirtin strahlte: »Gefallen sie Ihnen? Ich bin ein echter Hirsch-Fan.«

»Und dann dieses riesige Foto mit dem Bauern auf einem pferdegezogenen Heuschwader.«

»Der Rappen-Hermann«, bestätigte Bernd Schneider. »Eine historische Aufnahme aus gemütlichen Zeiten. Heute geht's in der Landwirtschaft deutlich hektischer zu.«

»Und manche Bauern nehmen ein tragisches Ende«, lenkte Franz-Otto Kühn das Gespräch wieder zurück. »Ich nehme an, Sie beide kannten ihn gut.«

»Natürlich«, antwortete Bernd. »Ein echter Heselbacher wie ich. Er ist ... ääh ... er war nur ein paar Jahre jünger.«

»Zu seiner Frau scheint es aber einen deutlichen Altersunterschied zu geben«, warf Lindt ein.

»Jaa ...«, antwortete Bärbel. »Die hat gerade erst den Vierzigsten gefeiert.«

»Ein großes Fest, hier bei Ihnen?«

Synchrones Kopfschütteln der Wirtsleute. »Nein«, meinte Bernd zögernd. »Die ... die ... ja, wie soll ich das sagen ...«

»Wollte mit uns nicht viel zu tun haben«, ergänzte seine Frau. »Auch von den übrigen Heselbachern hat sie sich schon seit Jahren ziemlich ferngehalten.«

Lindt sah ihr fest in die Augen: »Auf Abwege geraten?«

Bärbel reagierte irritiert: »Wie kommen Sie drauf?«

»Ein Satz heute früh, dort drüben am Empfang.«

»Das Ehepaar Lindt hat diese peinliche Szene mitbekommen«, erklärte Bernd Schneider. »Ich hab die Mary nur gefragt, wo sie denn heute Nacht war.«

»Völlig logisch«, bestätigte Oskar Lindt. »Wieso hat sie erst heute Morgen bemerkt, dass ihr Mann fehlt?«

Betretenes Schweigen folgte, bis Bärbel schließlich sagte: »Sie sind ja eh schon auf der richtigen Spur und hier im Dorf wissen es sowieso alle. Die Mary, sie kommt aus dem unteren Murgtal, aus dem Badischen, und dort hat sie wohl schon lange einen … einen …«

»Liebhaber?«, ergänzte Kühn schnell.

»Einen?« Der Wirt hob die Augenbrauen. »Also, was wir so hören …«

»Jetzt lass halt«, legte ihm seine Frau die Hand auf den Arm. »Wir wollen sie nicht schlechter machen, als sie ist.«

»Kann aber wichtig sein«, bohrte Kühn weiter nach. »Alle Einzelheiten sind von Bedeutung.«

Schlagartig wurde Bernd misstrauisch: »Weshalb denn? Ich meine, bei einem Unfall … bei einem Unglücksfall …«

Die beiden Kommissare sahen sich intensiv an. »Wir müssen in alle Richtungen ermitteln«, meinte Kühn nach einer Pause und überlegte nochmals ein paar Sekunden. »Die Frage ist halt, wie dieser Frieder Pfeifle heute Nacht zur Schrofelbrücke kam.«

»Pfeifle«, schoss jetzt Oskar Lindt durch den Kopf, FDS-FP 60 – Das Autokennzeichen – FP wie Frieder Pfeifle. »Macht der öfter Nachtwanderungen, um wieder nüchtern zu werden?«

Der Wirt blickte seinen Gast an: »Ach so, das haben Sie ja auch mitbekommen gestern Abend.«

Lindt nickte. »Der hatte doch ganz schön geladen. Ich hätte angenommen, dass er auf dem direkten Weg nach Hause geht.«

Bernd zuckte die Schultern. »Seit das Kind sich …«

»Die Pia?«

»Sie kennen den Namen?«

»Ja«, bestätigte der Karlsruher Kommissar. »Das frische Grab auf dem Friedhof.«

»Dort waren Sie schon?«, wunderte sich Bärbel. »Kaum zwei Tage hier und bereits auf dem Heselbacher Friedhof?«

»Berufskrankheit«, antwortete Oskar. »Morgens werde ich immer früh wach und da …«

Franz-Otto Kühn schaltete sich ein: »Meine Kollegen haben den Fall bearbeitet. Die Mutter hat das Mädchen im Wald gefunden.«

»Tabletten, hört man«, sagte der Hotelier.

Kühn zuckte die Schultern. »Dazu kann ich natürlich nichts sagen.«

»Liebeskummer?«

»Vielleicht, wer sieht schon in einen Menschen hinein«, wich der Kommissar aus. »Aber zurück zum Vater – bitte erzählen Sie uns mehr über die Familie.«

Bärbel überlegte kurz. »Es gibt noch drei weitere Kinder. Zwei Buben im Abstand von einem Jahr und eine Tochter. Die Kleine ist deutlich jünger. Erst knapp drei.«

Der Freudenstädter Kommissar sah in sein Notizbuch: »Peter, Patrick und Pauline. Also war dieser Frieder, oder Friedrich, wie er eigentlich heißt, sehr um Nachkommen bemüht.«

»Zu lange solo, wie es bei den Bauern heutzutage häufig vorkommt«, bestätigte Schneider und lächelte hintergründig. »Aufs Mal ging es dann ruckzuck.«

»Wie gesagt, bis auf die Jüngste«, ergänzte seine Frau. Ihre Miene war eindeutig und Lindt begriff sofort: »Nicht von ihm?«

Die Wirtsleute sahen sich an. »Man hört vieles«, wich Bärbel aus.

»Ach lass doch«, meinte ihr Mann. »Was Dorfgespräch ist, bekommt die Polizei früher oder später ohnehin raus.«

»Hat er deshalb angekündigt, seine Frau umzubringen?«, fragte Lindt zum Erstaunen von Franz-Otto Kühn.

»Weißt du schon wieder mehr, Oskar?«

»War ja nicht zu überhören gestern Abend, als Sie ihn hinausbefördert haben«, wandte sich Lindt an Bernd Schneider.

»Damit droht er immer, wenn er voll ist. Ziemlich peinlich, dass unsere Gäste so etwas dann mit anhören müssen.«

»Hat er denn auch noch anderes von sich gegeben? Am Stammtisch, meine ich?«, fragte Kühn weiter. »Über das Kuckuckskind? Fremdes Ei in seinem Nest?«

»Seit hier jeder weiß, dass die Mary schon jahrelang fremdgeht, kennt er kein anderes Thema mehr. Er fällt uns allen damit furchtbar auf die Nerven«, bestätigte die Wirtin. »Mir wäre es am liebsten gewesen, er hätte sich ein anderes Lokal gesucht.«

»Hat sich ja jetzt erledigt«, stieß Kühn unüberlegt aus. Betretenes Schweigen folgte.

Lindt schlug den Bogen zurück: »Was hat ihn zu der Brücke gezogen? Können Sie sich vorstellen, was Frieder Pfeifle dort wollte? Hat es vielleicht mit seiner toten Tochter zu tun?«

Der Hotelier schüttelte den Kopf: »Nein, das mit der Pia war in der ganz anderen Richtung.« Er zeigte zum Fenster hinaus. »Im Eichwald, ganz weit droben.«

»Wald, der zum Hof gehört?«

Schneider nickte. »Dem Eichwälder-Frieder gehören fast 30 Hektar. Mehr hat hier niemand. Am Berg gibt es eine kleine Unterstandshütte, mittendrin, nur ein Fußpfad führt hin. Da hat die Mary sie gefunden.«

»Also kennt sie sich aus.«

»Natürlich«, antwortete der Wirt. »Die macht das meiste in der Landwirtschaft und auch im Wald packt sie an, sooft sie Zeit hat. Eine echte Powerfrau!«

Er erntete einen missbilligenden Blick seiner Frau, doch Schneider blieb dabei:

»Schau halt nicht so. Stimmt doch. Die hat den Betrieb wieder auf Vordermann gebracht. Der Frieder war ja mittlerweile derartig träge, der ist ja sogar auf dem Bulldog eingeschlafen.«

»Die kräftige Statur seiner Frau ist mir direkt aufgefallen«, meinte Oskar Lindt.

»Ländliche Hauswirtschaft hat sie gelernt«, ergänzte der Wirt. »Anfangs waren die meisten hier von ihr begeistert.«

»Vor allem die Männer!«, entfuhr es Bärbel.

»Nicht alle! Du wirst dich genau erinnern, dass wir schon früher dem Frieder gesagt haben, er soll doch noch ein wenig weitersuchen.«

»Ja, du und ich und ein paar wenige, aber die andern …«

Kühn zog die Stirn in Falten: »Also hat diese Mary auch hier in der näheren Umgebung …«

»Ach, lassen wir das lieber. Ist Schnee von gestern.«

»Ganz weggeschmolzen, dieser Schnee?«, hakte Lindt nach. »Oder gibt es noch Reste?«

Schneider schüttelte den Kopf: »Nein, das wüssten wir bestimmt, wenn sie auch bei uns in der Gegend …« Er sah zu seiner Frau: »Oder?« Ein Schulterzucken war die Antwort.

»Manches Pflänzlein blüht lange im Verborgenen«, meinte Franz-Otto Kühn und fügte seinem Buch eine weitere Notiz hinzu. »Zurück zur vergangenen Nacht. Sie können sich also keinen Grund vorstellen, weshalb Friedrich Pfeifle die Schrofelbrücke hätte aufsuchen sollen?«

Ein entschiedenes Nein kam vom Wirt. »Dort unten hat er auch keine Felder. Ich wüsste wirklich nicht, was ihn mitten in der Nacht da hingeführt hätte.«

»Und dann auch noch zu Fuß«, überlegte seine Frau.
»Ganz ungewöhnlich. Der war mittlerweile ja so bequem,
dass er schon für ein paar Hundert Meter den Schlepper
oder das Auto genommen hat.«

»Mit diesem kleinen Geländewagen ist aber anscheinend seine Frau unterwegs gewesen«, warf Lindt ein.

»Einen alten Kleinbus haben die auch noch«, berichtete Bernd. »Wegen der Kinder.«

»Stand unterm Vordach«, gab Kühn von sich. »VW-
Transporter.«

»Ja, stimmt, das ist die Familienkutsche«, bestätigte
der Wirt. »Und die Traktoren? Manchmal ist der Frieder auch mit einem seiner Schlepper mitten in der Nacht
rumgefahren.«

Der Freudenstädter Kripobeamte schüttelte den Kopf.
»Kein Fahrzeug im Umkreis der Brücke.«

»Ich kann mir nicht vorstellen, dass er sich absichtlich
runtergestürzt hat«, schüttelte Bärbel Schneider den Kopf.

»Verzweiflung nach dem Tod seiner Tochter?«, hakte
Kühn nach.

»Selbstmord, nein, nein, ein riesiger Makel, das tut man
nicht. Hat er seit der Beerdigung immer wieder gesagt.«

»Dort drin am Stammtisch?«

»Es war sein wichtigstes Thema. Er musste unbedingt
darüber reden.«

»Und Sie haben ihm zugehört?«

»Die meisten anderen unserer Stammgäste haben sich
verdrückt, wenn er damit anfing. Es war allen unangenehm. Oft blieben nur noch mein Mann und ich übrig.«

Oskar Lindt überlegte: »Sicherlich hat dieser Frieder
nach Ursachen für den Selbstmord gesucht.«

»Die Mary natürlich und ihre ständigen Eskapaden«,

antwortete Bernd. »Für den Eichwälder kam nur diese eine Erklärung infrage. Andauernd hat er die Schuld bei seiner Frau gesucht. So etwas könnten Kinder eben gar nicht verkraften.«

»Meinte er?«

»Alle anderen Möglichkeiten hatte er völlig ausgeblendet.«

»Und was wir vorhin schon mal angesprochen haben?«

»Liebeskummer? Keine Ahnung, ob die Pia bereits einen Freund hatte. Wir haben da auch nicht weiter nachgefragt. Alle in Heselbach waren zu sehr unter Schock.«

»Da weiß die junge Generation meistens mehr …«

Die Wirtsleute sahen sich an. »Uns sagen die so was kaum«, meinte Bärbel. »Aber wäre das wirklich für den Tod vom Frieder von Bedeutung?«

Jetzt waren es die Kommissare, die sich kurz fixierten. »Wissen Sie …«, antwortete Oskar Lindt, »wir haben in unserem langen Berufsleben schon so viel mitbekommen, dass wir alle Aspekte bedenken müssen.«

»Außerdem«, ergänzte Franz-Otto Kühn, »kann das Mädchen auch ganz einfach krank gewesen sein. Depressionen bei Jugendlichen sind gar nicht so selten. Aber jetzt«, fuhr er fort, »möchten wir Ihre Zeit wirklich nicht länger in Anspruch nehmen. Wir dürfen doch wiederkommen, falls es noch Fragen gibt?«

»Ich bleibe sowieso hier«, lächelte Oskar Lindt, »aber einzig und allein als Ihr Gast. Ein Urlauber, der sich gemeinsam mit seiner Frau im Baiersbronner Wanderhimmel erholen möchte.«

Bärbel atmete erleichtert auf und erhob sich: »Genau, deshalb sind Sie ja schließlich gekommen. Unser Wellnessbereich lässt Sie wieder auf andere Gedanken kommen.«

Auch Lindt stand auf: »Ich bring dich noch zum Auto«, sagte er zu seinem Kollegen und ging voran in Richtung Ausgang. Kühn bedankte sich bei dem Hotelierspaar und folgte dem Karlsruher Kommissar.

»Gut, dass du dabei warst«, meinte er draußen und drückte die Fernbedienung, um den Dienstwagen zu öffnen. »Zwei erfahrene Ermittler, die sich im Gespräch die Bälle zuwerfen, das ist und bleibt ein erfolgversprechendes Vorgehen.«

Oskar sah ihn an: »Du weißt aber noch mehr.«

»Wie kommst du darauf?«

»Von einem reinen Unglücksfall scheinst du mir nicht restlos überzeugt zu sein.«

»Weil ich bei diesem Thema mal kurz gezögert habe?«

»Hmm … hmm«, nickte Lindt. »Die Wirtsleute haben es vielleicht nicht gemerkt, ich aber schon.«

Kühn holte tief Luft: »Kopfverletzungen, die nicht unbedingt zu einem Brückensturz passen.«

»Genau so etwas habe ich mir gedacht.«

»Die Obduktion ist angeordnet. Friedrich Pfeifle befindet sich bereits in der Gerichtsmedizin.«

»Sagst du mir Bescheid?«

Franz-Otto Kühn drückte seinem Kollegen die Hand. »Ich schreib es dir, damit deine Frau …«

»Oh ja, höchste Zeit«, verabschiedete ihn Lindt und sah zum mittlerweile schon sehr dunklen Himmel. »Sonst gibt es heute noch mehrere Gewitter hier in Heselbach. Eines dort droben und eines im Haus, zweiter Stock.«

6. KAPITEL

»Jetzt wollte ich gerade zu dir runterkommen«, sagte Oskar und zog sich seine Badehose vollends hoch, als Carla ins Zimmer trat.

»Es blitzt schon!« Ihre Augen funkelten aggressiv. »Da konnte ich nicht länger im Pool bleiben.«

»Schade, muss ja ein tolles Schwimmbad sein.«

»Ob wir es noch schaffen, uns dort auch mal gemeinsam zu entspannen?«

»Morgen garantiert, versprochen, großes Ehrenwort.«

»Du brauchst gar nicht so treuherzig zu gucken«, blaffte seine Frau ihn an. »Allzu viel darfst du dir nicht mehr erlauben, sonst reise ich ab!«

Lindt streckte besänftigend seine Hand aus, doch sie zuckte zurück. »Ich meine es ernst, todernst!«

»Entschuldigung, ich kann doch nichts dafür. Das Verbrechen zieht mich irgendwie magisch an.«

»Wie ein Kuhfladen die Fliegen?« Sie sandte ihm einen bösen Blick zu. »Geh ihm aus dem Weg!«

»Wem, dem Fladen?«

»Reiz mich nicht! Dem Verbrechen natürlich!«

»Es scheint mich zu verfolgen. Außerdem bin ich ein Zeuge … sagt der Franz.«

»Natürlich … du findest immer einen Grund und diesmal heißt er eben Kühn, Franz-Otto Kühn. Wir können den restlichen Urlaub auch an der Nordsee verbringen, dort kennst du wenigstens niemanden.«

»Sicher?«, entfuhr es Lindt unüberlegt provokativ.

»Ganz sicher!«, zischte Carla, holte aus und versetzte ihm blitzschnell einen satten Schlag mit ihrer Badetasche. »Jetzt ist Schluss! Hast du das verstanden, sonst …«

Ein greller Blitz erleuchtete das Zimmer. Lindt fuhr voll Schreck zusammen. Der krachende Donnerschlag folgte unmittelbar.

»Du scheinst die höheren Mächte gegen mich in Marsch gesetzt zu haben. Jetzt muss ich mich wirklich zusammennehmen.«

Carla antwortete nicht. Mit einem wütenden Gesichtsausdruck ließ sie sich aufs Bett fallen. Oskar zögerte nicht lange und legte sich neben sie.

»Bleib bloß bei dir drüben!«, fauchte seine Frau. »Ich ruhe mich jetzt aus.«

Das Gewitter verzog sich nicht so schnell. Donnerschläge hallten in rascher Folge über das beschauliche Schwarzwalddorf Heselbach. Immer wieder zuckten Blitze durch den Abend und die Schwüle wurde stetig unerträglicher.

Mächtige Windböen peitschten die Bäume. Sie rissen an Zweigen und drehten die Blätter, dass deren helle Unterseite zu sehen war. Dann setzte ein Wolkenbruch ein. Eine wahre Sintflut stürzte vom Himmel, vom Gewittersturm bis an die Hotelfenster geworfen. Prasselnder Hagel zerfetzte Blüte um Blüte des Balkonschmucks.

»Nimmt das denn gar kein Ende?«, schüttelte Lindt den Kopf. Nur mit seiner Badehose bekleidet, stand er am Fenster und wich bei jedem neuen Blitzstrahl instinktiv zurück. »Gut, dass wir nicht mehr unterwegs sind«, versuchte er mühsam, eine Unterhaltung in Gang zu bringen, doch Carla hatte sich auf ihrem Bett zur Wand gedreht und gab keine Antwort.

Lindt bekam Angst um die Unversehrtheit seines Wagens. »Hoffentlich wird der Hagel nicht stärker. Wir hätten doch lieber eine Garage buchen sollen.«

»*Wir?*«, schoss Carla in die Höhe. »*Wir?* Ich habe gebucht und nicht wir! Ich wollte endlich mal einen ungestörten Urlaub mit dir verbringen!«

»Ab jetzt werden wir garantiert nicht mehr behelligt«, antwortete Oskar leise.

»Garantiert? Das glaubst du ja selbst nicht.«

Leider sollte sie damit recht behalten.

Allerdings geschah in den nächsten Tagen nichts, worüber sich Carla Lindt hätte beschweren können. Tagsüber wandern, unterwegs gemütlich einkehren, abends Wellness im Hotel, verbunden mit einem köstlichen Menü. Oskars Kondition steigerte sich deutlich. Zur Freude seiner Frau nahm er nach und nach auch längere Anstiege auf den Wandertouren klaglos hin. Er schwitzte zwar nicht weniger als zu Beginn des Urlaubs, aber er mokierte sich nicht mehr darüber. Blasen an den Füßen waren kein Thema und der Sauerstoffüberschuss in den Wäldern sorgte für tiefes Durchschlafen. Selbst das Wetter spielte mit. Sonne, Sonne, Sonne, aber ohne Schwüle und ohne weitere Gewitter. Angenehme Temperaturen machten die Wanderungen des Ehepaars zum Vergnügen.

Morgens allerdings war Oskars Zeit. Länger als bis fünf Uhr konnte er einfach nicht schlafen und so machte er täglich einen pfeifenbegleiteten Morgenspaziergang, nahezu ein Ritual.

Der Karlsruher Urlauber ging stets zu Fuß vom Hotel los und nahm stets eine neue Richtung zur Erkundung der Umgebung. Mal den Heselbacher Weg, der nach Klosterreichenbach führte, mal die Strecke ins Grundwaldtal, am dritten Tag ging er bis zur Schrofelbrücke.

Nachdenklich schaute er von dem gebogenen Sandsteinbauwerk ins Wasser der Murg hinunter. Da, eine Forelle, dort noch eine und jetzt … ja, jetzt tauchte eine richtig große auf. Kapitales Exemplar. Die hatte sich bisher noch nicht überlisten lassen.

Ob er vielleicht auch zum Angler werden könnte? Im Ruhestand, falls Carla und er sich tatsächlich hier im Schwarzwald niederlassen sollten? Ein beruhigendes Hobby war das auf jeden Fall, schmackhafte Beute inklusive.

Weiter unten am Fluss bemerkte Oskar Lindt eine Bewegung. Ja, dort stand tatsächlich ein Fliegenfischer im Wasser. Faszinierend, wie der mit gleichmäßigen Schwüngen seine Schnur auszog, um den Köder dann punktgenau zu platzieren. Er schien sich auszukennen, wo die dickste Beute wartete.

Sollte er versuchen, mit dem Mann ins Gespräch zu kommen? Oskar schaute auf die Uhr. Nein, Zeit zum Umkehren. Um halb acht wollte er wie jeden Tag wieder zurück sein. Lindt stopfte sich seine zweite Pfeife, riss ein Streichholz an, hielt es an den Tabak und stieß einige dicke Wolken in die frische Morgenluft aus. Da, jetzt zog der Fischer doch tatsächlich etwas aus dem Wasser. Respekt, ein anständig großes Exemplar von Forelle! Bravo, Glückwunsch, wollte Lindt schon rufen, aber beim Rauschen des Wassers wäre es sicherlich nicht zu hören gewesen. Und außerdem, wie hieß es doch in Anglerkreisen? Ja, genau, »Petri Heil«, natürlich!

Ob es dieser Fischer war, der den toten Frieder gefunden hatte? Untypische Kopfverletzung … der Kommissar beugte sich nach vorne über das Geländer … ob die Rechtsmedizin tatsächlich ausschließen konnte, dass nicht doch einer der dicken Murgsteine als Ursache dafür infrage käme?

Intensiv betrachtete Lindt, wie die Steine geformt waren. Rundgeschliffen vom Wasser und vom gegenseitigen Aneinanderschlagen. Wie lange diese Brocken wohl schon hier im Fluss lagen? Jahrzehnte? Gar Jahrhunderte? In der Natur spielte Zeit wirklich keine Rolle. Jedes Hochwasser nahm die Sandstein- und Granitkiesel wieder ein Stück mit und bearbeitete sie weiter.

Doch einige Steine wiesen auch scharfe Kanten auf. Zerbrochen, wahrscheinlich, wenn sie aufeinanderprallten. Hochwasser, Schneeschmelze, Eisgang, unvorstellbar, was bei diesen Ereignissen im Flussbett geschah. Der Kommissar stellte sich vor, welche brachialen Kräfte auf die Steine wirkten, wenn sich schmutzig braune Fluten statt des nun völlig klaren Wassers zu Tal wälzten.

Von Franz-Otto Kühn hatte er immer noch keine Nachricht über die Untersuchungsergebnisse erhalten. Ob der sich absichtlich zurückhielt, um die Urlaubsstimmung der Lindts nicht zu gefährden? Oder sollte er mal bei seinem Kollegen anrufen? Der Kommissar nahm sein Smartphone aus der Tasche. 07.03 Uhr zeigte das Display. Nein, jetzt war Franz noch nicht im Kommissariat zu erreichen. Vielleicht später mal, wenn Carla es nicht bemerkte …

Nun aber hurtig ins Hotel. Zu spät wollte er nicht zurückkommen. Seine Frau würde bald erwachen und dann ... er leckte sich die Lippen ... dann dieses phänomenale Frühstücksbuffet ... einfach himmlisch!

Für diesen Tag hatte Carla etwas Besonderes geplant. Eine Tour im Nationalpark! Die Landschaft an der Schwarzwaldhochstraße – für die beiden schon seit jeher faszinierend! Bereits früher mit den Kindern waren die Grinden, die weiten Heideflächen mit Beersträuchern, Bocksergras und Latschenkiefern, immer wieder Ziel von Sonntagsausflügen gewesen.

Als die beiden Urlauber am Ruhestein den Bus verließen, stiegen vielfältige Erinnerungen in Oskar Lindt auf. Nicht nur die Familie, auch sein Dienst hatte ihn in den zurückliegenden Jahren öfter in diese Gegend geführt.

»Sesselbahn?« Carla zeigte auf den Lift.

Oskar schüttelte den Kopf. »Nein, eher nicht. Wenn du am Berg etwas Rücksicht auf mich nimmst, schaffe ich den Anstieg auch zu Fuß.«

Seine Frau lächelte: »Du bist schon deutlich flotter unterwegs als noch zu Beginn unserer Ferien.«

»Meine private Fitnesstrainerin bemerkt Erfolge?«

»Natürlich! Kein Murren mehr, kein Stöhnen, keine Erschöpfung bereits an leichten Steigungen. Ich bin wirklich zufrieden mit dir.«

Trotzdem ließen es die zwei gemächlich angehen. Auf dem Weg, der sich in mehreren Biegungen den Skihang emporzog, blieben sie immer wieder stehen und betrachteten die Gegend. Besonders die Großbaustelle, auf der das Nationalparkzentrum entstehen sollte, war nicht zu übersehen.

»Soll ja richtig toll werden, wenn's fertig ist«, sagte Oskar. »Wie vom Sturm übereinandergeworfene Baumstämme sind die einzelnen Gebäude konzipiert.« Auch

in den ›Badischen Neuesten Nachrichten‹, der Heimat-
zeitung der zwei Karlsruher, war des Öfteren darüber
berichtet worden.

»Zig Millionen wird es kosten«, warf Carla ein.

»Wenn dabei etwas Einzigartiges entsteht, habe ich
nichts dagegen«, antwortete ihr Mann. »Wie bei allem
Großem gibt es auch hier Gegner und Befürworter. Denk
nur zurück an die Querelen vor der Einrichtung des
Nationalparks.«

Sie nickte: »Wir haben schließlich hautnah mitbekommen, wie damals die Leute aufeinander losgegangen sind.«

Lindt lachte: »Du und ich, inkognito, mit geheimem
Ermittlungsauftrag. Das war echt spannend!«

»Und heute hat sich die Lage völlig beruhigt. Alle
machen das Beste aus der Situation. Ich bin überzeugt,
dass der Nordschwarzwald langfristig enorm vom Nationalpark profitieren wird.«

Nach und nach erreichten die Wanderer das obere Ende
der Skipiste, sahen sich noch einmal um, gingen dann auf
der Ebene weiter und erreichten den Bannwald Wilder See,
die Keimzelle des heutigen Großschutzgebiets. Schon seit
mehr als hundert Jahren hatte man in den Wäldern rings
um den Wildsee die Forstwirtschaft ruhen lassen.

»Die Natur macht alles richtig«, meinte Carla. »Ich
finde es gut, Bereiche auszuweisen, in denen der Mensch
seine Hand zurückhält.«

»Eine Spur wilder! Was für ein passendes Motto für
Wildnis, die sich ungestört entwickeln kann.«

»Einige Wege sollen demnächst gesperrt werden. Macht
aber nichts. Finde ich nur logisch. Unsere heutige Strecke nach Hinterlangenbach wird bestimmt erhalten bleiben. Schau, da vorne kommt schon dieses Euting-Grab.«

Carla nahm ihr Smartphone aus dem Rucksack. »Julius Euting, Orientalist, Straßburger Professor und ›Ruhestein-Vater‹. Da wurde er bestattet.«

»Mit herrlichem Blick ins Schönmünztal«, stellte Oskar fest. »Was für ein phänomenaler Platz für die letzte Ruhe!«

»Einmal im Jahr gibt's hier den berühmten arabischen Mokka«, las Carla weiter vom Display ab. »Aber erst am 11. Juli, am Geburtstag dieses Gelehrten.«

»Schade, da sind wir knappe zwei Monate zu früh dran.«

Lindts Frau schüttelte den Kopf. »Nein, heute müssen wir uns mit Mitgebrachtem aus dem Rucksack begnügen.«

»Unten am See?«

»Du hast es erfasst. Erst der steile Abstieg, dann die Belohnung.«

Die zwei mussten sich auf den Pfad konzentrieren. Dicke Baumwurzeln, große Sandsteinblöcke, dazwischen auch loses Geröll im Sand – ein Fehltritt wäre fatal gewesen.

Carla blieb stehen und sah nach hinten: »Pass auf, wo du hintrittst! Die Bergwacht wäre nicht erfreut, wenn sie dich mit gebrochenem Knöchel aus diesem steilen Hang hier bergen müsste.«

»Ich hab wenigstens hohe Trekkingschuhe an, aber du mit deinen leichten Tretern«, gab ihr Mann zurück – bemüht, das Gleichgewicht zu halten. Gleichzeitig bewunderte er aber, wie seine Frau völlig trittsicher vor ihm herging. Ja, es schien sogar, sie tänzelte wie ein Reh absolut perfekt durch die schwierigen Passagen.

»Die Natur hat den Menschen nicht dazu gemacht, mit Klötzen an den Füßen durch die Gegend zu stolpern.

Beim Klettern im Hochgebirge ist das vielleicht was anderes«, kam von vorne, doch da geschah es: Carla rutschte ab, glitt von einem der großen Steine, stieß einen spitzen Schrei aus …

Oskar riss entsetzt die Augen auf und hastete herbei: »Hast du dir …?«

»Ach was«, lächelte Carla. »Auch Fallen muss man können.« Völlig unversehrt saß sie auf ihrem Allerwertesten.

»Puuh! Hab mich richtig erschrocken!« Ihr Mann streckte seine Hand aus und zog sie hoch. »Gerade noch mal gutgegangen.«

»Hast ja recht. Ich muss mich besser konzentrieren. Keine Lust auf das Freudenstädter Krankenhaus.«

Oskar nickte: »Stahlstäbe quer durchs Sprunggelenk. Du weißt ja, wie es bei deiner Kollegin ausgesehen hat.«

Carla schüttelte sich: »Nein, kein Bedarf. Dabei ist die aber auf der ebenen Straße über den Bordstein gestolpert.«

»Nicht aufgepasst, sag ich doch.«

»Also weiter«, klopfte sich Oskars Frau den Sand von der knielangen Hose und setzte den Weg fort.

In der Nähe des Wildsees wurde es flacher. Jetzt konnten die beiden auch nebeneinander gehen und erreichten nur wenig später das Ufer – Zeit für eine Rast.

Zwei kleine Flaschen Apfelschorle, dazu jeweils eine Butterbrezel, mehr Proviant befand sich nicht im Rucksack. Mehr war auch nicht nötig, denn eine der vielen Einkehrmöglichkeiten lockte.

Entspannt saßen die zwei eine Zeitlang auf dem glatten Holz eines umgefallenen Baumstammes, betrachteten den dunklen Spiegel des Sees vor sich und genossen die Sonnenstrahlen zwischen urigen alten Baumriesen.

Andere Wanderer kamen und gingen, hauptsächlich Einzelne und Paare. Familien mit Kindern waren jetzt unter der Woche nicht dabei, doch Carla dachte schon weiter. »Wenn unsere Enkel größer sind, müssen wir sie unbedingt hierherführen. Kinder können richtig staunen über die Wunder der Natur. Weißt du noch …?«

»Wie wir damals mit unseren Töchtern …?«

»Ja, das ist schon ewig her. Fast 20 Jahre wahrscheinlich. Aber hier an diesem Platz waren wir einige Male.«

Oskar ließ seinen Blick über das Wasser schweifen. »Eine Tour zum wilden See, damit haben wir sie gelockt. Hat uns allen gutgetan.«

»Richtig, Schwarzwald tut gut. Ich glaube, dein Stresslevel hat sich auch schon deutlich abgesenkt.«

»Hmm, wenn du meinst«, antwortete der Kommissar nachdenklich und schloss die Augen. »Denkst du auch wieder an unsere Zukunft?«

Carla rückte näher und schmiegte sich an ihn. »Klar doch. Dein Vorschlag mit Ruhestand im schwarzen Wald gefällt mir immer besser, je mehr ich darüber nachsinne.«

»Na dann … schön, dass wir uns einig sind.«

Beide zuckten zusammen. Ein großer schwarzer Vogel durchbrach die Stille und flog mit lautem Rufen über sie hinweg. »Specht, Schwarzspecht, siehst du?« Lindt zeigte auf eine der abgestorbenen Fichten – tot, aber immer noch aufrecht. An deren rindenlosen Stamm klammerte sich der prächtige Schwarzgefiederte und hackte mit seinem langen Schnabel kraftvoll in das Holz, dass die Späne nur so stoben.

»Baut der sich dort seine Höhle?«, überlegte Carla. »Dann wäre das ein gutes Zeichen, dass auch wir …«

»Was, du willst in eine Höhle ziehen?«, schmunzelte Oskar.

»Nein«, lachte seine Frau. »Bestimmt nicht, aber ein kleines Holzhaus könnten wir uns doch bauen. Der Specht wohnt ja schließlich auch im Holz.«

Die beiden schauten eine Zeitlang fasziniert zu, wie der imposante Vogel mit seiner roten Federkappe den Stamm bearbeitete, dann erhob sich Lindt. »Vielleicht will er uns auch etwas anderes sagen. Der sucht sich bestimmt ein paar fette Maden im morschen Holz.«

»Ach, du denkst schon wieder an die nächste Vesperstation?«

Lindt nickte: »Auf nach Hinterlangenbach. Auf zum nächsten schwarzen Vogel.« Er zeigte auf das Wegschild: ›Forsthaus Auerhahn‹.

Mit leichtem Schritt nahmen die Wanderer die wenigen Kilometer in Angriff und Oskar stellte bei der Ankunft fest: »Ganz schön groß geworden. Früher eine einfache Waldwirtschaft, heute ein prächtiges Hotel. Waldeinsamkeit scheint richtig viele Gäste anzuziehen.« Umgehend betrachtete er aber die verlockenden Inhalte der Speisekarte.

»Bus oder zu Fuß?«, fragte Carla, nachdem sie sich wunderbar gestärkt hatten. »Der Bus kommt in einer Dreiviertelstunde.«

»Zu Fuß?«

Carla sah auf die Wander-App ihres Smartphones: »Bis Schönmünzach ungefähr drei Stunden.«

»Talabwärts?«, überlegte Lindt und gab sich optimistisch. »Wir schaffen das!«

Der Weg zog sich dann doch noch ganz schön in die Länge. Durchs Langenbachtal marschierten sie unverdrossen bis Zwickgabel, wo von rechts ein größerer Bach einmündete.

»Die Schönmünz«, stellte Carla fest, »das Wasser kommt vom Wildsee.«

»Da hätten wir ja abkürzen können«, meinte Oskar, »aber andererseits auch keine leckere Einkehr gehabt.« Er betrachtete leicht stöhnend die Angabe auf dem Wegzeiger: »Fünf Kilometer bis zur Bahnstation.«

»Schlapp?«

Lindt riss sich zusammen. »Nein, ich hab noch Energie. Aber unsere heutige Tour ist dann schon ein echter Leistungsmarsch.«

Carla lächelte: »Der Westweg wäre noch anstrengender.«

Dann kam ein Signalton aus Oskars Hosentasche. Seine Frau wurde misstrauisch: »Was war das?«

Lindt sah schnell auf das Display: »Nichts Wichtiges.«

Carla zog die Augenbrauen hoch: »Dein Franz-Otto?«

»Ja, aber ich lese erst später, was er alles geschrieben hat.«

»Zeig her!«

Oskar wurde leicht mulmig zumute. Die harmonische Stimmung wollte er jetzt auf gar keinen Fall aufs Spiel setzen. »Nachher in der Bahn vielleicht. Da ist noch genug Zeit dafür. Komm, weiter.« Ohne abzuwarten, setzte er sich in Bewegung.

Tatsächlich hatte Carla die SMS vergessen, als die zwei nach der letzten Etappe ihres Weges recht müde die Bahnstation in Schönmünzach erreichten.

Einige Haltestellen talaufwärts in der S 8, dann den kurzen Weg bis zum Heselbacher Hof – geschafft.

»Wer geht zuerst duschen?«

»Du kannst gerne …«, meinte Oskar und streifte die Wanderstiefel von den Füßen. »Ich setze mich solange auf den Balkon.«

Er schaute kurz über die Schulter zurück, ob seine Frau auch wirklich im Bad verschwinden würde, nahm Platz und dann sein Smartphone zur Hand.

»Kein Unfall, sondern ein Tötungsdelikt«, stand in der Mitteilung. »Kannst du mich anrufen?«

Lindt zögerte nicht und wählte die Nummer von Franz-Otto Kühn.

»Hat die Rechtsmedizin das festgestellt?«, wollte er wissen.

»Mehrere Metallsplitter tief in der Kopfhaut«, berichtete Kühn und las dann die wichtigsten Passagen des Berichts vor. »Die Partikel können nicht vom Aufprall auf einen Murgstein kommen. Wir haben das gesamte Bachbett unter der Brücke abgesucht. Nur Sand und Steine, sonst nichts zu finden.«

»Also hat jemand diesem Frieder einen eisernen Gegenstand auf den Kopf gehauen«, folgerte Lindt.

»Mein Gefühl ging schon von Anfang an in Richtung Fremdeinwirkung. Habt ihr bereits nach der Tatwaffe gesucht?«

»Wo denn? Sollen wir das ganze Murgtal auf den Kopf stellen? Kantige Metallstücke werden wir in fast jedem Haus finden.«

»Tja«, rieb sich Lindt den Hinterkopf und stellte sich vor, dort einen Schlag verpasst zu bekommen. »Vielleicht hat der Täter sein Werkzeug ja weggeworfen. Sucht doch mal den potenziellen Heimweg zwischen Stammtisch und Eichwaldhof ab.«

»Genau das werden wir ab morgen machen«, antwortete Kühn. »Halte ich für unsere einzige Chance. Ich wollte dich nur informieren, dass eine größere Aktion ansteht. Kannst uns ja vom Liegestuhl aus zusehen.«

Lindt hörte ein Geräusch aus dem Innern des Hotelzimmers. Ohne sich umzudrehen, verabschiedete er sich schnell von seinem Gesprächspartner und nahm das iPhone vom Ohr. Carla hatte die Bewegung jedoch sofort registriert und war nicht zu täuschen. Im Bademantel trat sie zu Oskar auf den Balkon.

»Hat das mit der SMS von heute Nachmittag zu tun?«

Lindt entschied sich für die Wahrheit. »Der Franz war's, wegen diesem Frieder Pfeifle. Gewaltsamer Tod. Zack, voll auf den Kopf. Sie haben Metallreste in der Wunde gefunden.«

»Die das Wasser im Fluss nicht weggespült hat?«

Lindt nickte. »Tief in der Haut. Womit auch immer man dem Kerl eine übergezogen hat, es muss ein Schlag mit voller Wucht gewesen sein.«

»Axt oder Spaten?«

»Ich tippe eher auf eine Eisenstange. Der Schädelknochen war eingedrückt, aber nicht gespalten. Morgen suchen sie hier in Heselbach das Gelände ab.«

Carla sah ihm tief in die Augen: »Dann werden wir am besten frühzeitig zu unserer nächsten Tour aufbrechen.«

Oskar überlegte kurz: »Was Leichteres, wenn's geht. 18 Kilometer, so wie heute, waren doch recht anstrengend.«

»Einverstanden. Aber du wirst auf jeden Fall nicht zum Beobachter der Suchaktion werden.«

Lindt stand auf. »Jetzt muss ich mich erst mal frisch machen.«

Carla sandte ihm einen zweifelnden Blick hinterher.

7. KAPITEL

Wie an jedem Morgen war Oskar Lindt auch am nächsten Tag früh auf den Beinen. »Rein zufällig« ging er gemächlich, mit seiner Pfeife im Mund, vom Hotel aus die Dorfstraße nach oben. Intensiv musterte er die Gärten und Wiesen rechts der Fahrbahn. Eigentlich wusste er, dass es Quatsch war, was er tat, aber irgendwie hatte ihn der Ehrgeiz gepackt. Die Idee, dort im Gras einen metallenen Gegenstand zu finden und ihn den später eintreffenden Freudenstädter Kollegen zu präsentieren, saß fest in seinem Hinterkopf. Die Chance? Gering, okay, sehr gering. Geübte Hundenasen und zahlreiche Beamte, die überall stocherten, waren bestimmt effektiver, aber dennoch ...!

Am Dorfplatz blieb Lindt stehen. Sollte er weiter bergwärts gehen? Hoch zum Eichwaldhof? ›Am Wieshörnle‹ stand auf dem Straßenschild. Diesen Weg hatte er bei den morgendlichen Spaziergängen noch nicht erkundet. Er drückte mit seinem Pfeifenstopfer den glimmenden Tabak leicht zusammen und ging weiter. Immer wieder stoppte er und ließ seinen Blick über den Bereich neben dem Straßenrand schweifen.

Da! Ein hölzerner Griff ragte aus dem Graben. Oskar bückte sich und zog daran. Nein, es war nur der abgebrochene Teil eines Spatens, den er zutage förderte. Er stocherte mit dem gesplitterten Holz eine Zeitlang im verfilzten Altgras, stieß aber nirgends auf Metall. Das Spatenblatt war bestimmt mitgenommen worden, um es mit einem neuen Stiel zu versehen. Nur den unbrauchbaren Rest hatte irgendjemand hier achtlos liegen lassen.

Lindt sah sich weiter um. Im Gegensatz zum sonst so gepflegten Heselbach waren die Ränder und Böschungen auf der rechten Seite des Sträßchens aufs Mal recht verwildert. Brombeerranken und Eschentriebe bildeten mit vorjährigem Gras und dornigen Sträuchern ein echtes Dickicht. Wem auch immer dieses Gelände gehörte – mit Landschaftspflege hatte der offenkundig nicht viel im Sinn.

Lindt betrachtete die andere Straßenseite. Frisches Grün, junges Gras, in diesem Jahr bereits einmal gemäht – der totale Kontrast. Auch die Häuser – sauber, ordentlich, regelrecht blitzblank. So wie es sich für einen Ferienort gehört, sagte der Kommissar und nickte. Doch hier? Kopfschüttelnd sah er sich wieder und wieder die frappierenden Gegensätze an.

Nach einer weiteren Wegstrecke öffnete sich der Hof eines großen Bauernhauses. Lindt schüttelte von neuem seinen Kopf. Auch hier – echte Verwahrlosung! Schlammige Pfützen, in denen trübes Wasser vor sich hingammelte. Wie lange lag das Gewitter jetzt schon zurück? Richtig, eineinhalb Tage und immer noch Reste davon in diesen Löchern. Also mussten die Drecklachen ganz schön tief sein.

Oder war das gar kein Wasser? Dort, vom Misthaufen zog sich eine breite, dunkle, nasse Spur quer über den Hof. Bäh, was für eine stinkende Brühe! Oskar ekelte sich und nahm erst jetzt den penetranten Geruch richtig wahr.

Neben dem einstmals stolzen Hofgebäude gewahrte er einen Traktor, der offensichtlich schon bessere Tage gesehen hatte. Mehr Rost als Farbe, gelegentlich noch rote Lackierung, das Verdeck hing in Fetzen über die Kotflügel. Ein windschiefer Ladewagen machte denselben verrotteten Eindruck. Ob der noch funktionierte? Unterhalb des Hauses registrierte der Kommissar eine Vielzahl weiterer landwirtschaftlicher Maschinen in wildem Durcheinander. Heuwender, Kartoffelroder, Holzspalter und eine umgekippte Seilwinde. Zwei Pritschenwagen mit abgeklappten Seitenteilen und zerbrochenen Bordwandbrettern. Er fuhr sich über die Stirn. Nein, dieser Hof war alles andere als eine Zierde. Eine einzige Gerümpelhalde! Lindt erinnerte sich an das rote, aufgedunsene Gesicht des betrunkenen Frieders. Passt zusammen, ging ihm durch den Kopf. Alkohol macht auch den schönsten Bauernhof kaputt. Kein Wunder, dass die Frau sich vom Acker macht.

Da, unter dem Vordach stand dieser Wagen, der Transporter, von dem Franz-Otto Kühn gesprochen hatte. Mehrere Beulen zierten das Auto, bis hoch zu den Türgriffen war es voller Schlammspritzer. Wie die Kinder wohl aussehen mochten, die damit gefahren wurden?

Ein Motorengeräusch näherte sich schnell von hinten. Lindt schaffte es gerade noch auszuweichen, da schoss ein grauer kleiner Geländewagen an ihm vorbei. In vollem Karacho durch die Mistlachen, Vollbremsung vor der alten Holztreppe. Eine kräftig gebaute blonde Frau in zu knappem T-Shirt und zu engen Jeans sprang aus dem Suzuki.

Ob sie mich wiedererkennt, überlegte Lindt. Wahrscheinlich schon. Die Zahl der Morgenspaziergänger mit

Pfeife wird sich in Heselbach garantiert in sehr engen Grenzen halten.

Die rasende Mary blieb kurz stehen, sah sich um, warf dem Urlauber am Straßenrand einen hasserfüllten Blick zu und hastete sandalenklappernd nach oben.

Blätternde Farbe, löcheriges Schindeltäfer, wackelige Fensterläden – auch die Fassade des Hauses passte zum Übrigen. Blumenschmuck? Fehlanzeige! Reichlich sprießende gelbe Löwenzahnblüten zwischen Resten von Kopfsteinpflaster waren die einzigen Farbtupfer.

Ein ehemals prachtvoller Schwarzwaldhof – jetzt dem Verfall preisgegeben.

Geschrei ertönte aus mehreren offen stehenden Fenstern. Weckte die gerade heimgekommene Mutter jetzt ihre Kinder? Hatte sie die Halbwüchsigen wieder die ganze Nacht sich selbst überlassen?

Nein, nicht zu fassen. Ein richtiges Elend. Eigentlich ein Fall fürs Jugendamt.

Der Kommissar stand wie festgenagelt am Wegesrand. Er hatte keinen Fuß auf das Grundstück des Eichwaldhofes gesetzt und doch die ganze Misere wahrgenommen.

Wieso? Diese Frage drängte in seinem Innern nach oben. Wieso hatte jemand den Bauern erschlagen und dann in die Murg geworfen? Gab es ein Ereignis, wodurch irgendein Fass zum Überlaufen gebracht worden war?

Jetzt registrierte er nicht nur Kindergeschrei, sondern auch noch sich ständig steigerndes Muhen. Richtig, die Kühe! »Geh heim zum Melken!« So oder so ähnlich hatte der Hotelier diese Mary doch aufgefordert. »Geh heim, die Kühe brüllen!« Im Stall ging Licht an. Lindt machte kehrt. Kurz nach sechs – er hätte noch nicht umdrehen müssen, doch er hatte genug.

Eine Zeitlang setzte er sich im Friedhof wieder auf die Bank neben der Kirche, sinnierte und betrachtete die verwelkenden Blumen auf dem Grab des Mädchens namens Pia.

Jetzt war auch ihr Vater tot. Der Frieder. Wieso? Oskar bekam die Frage nicht aus dem Kopf. Wenn sie geklärt war, wäre es nur noch ein Leichtes, den Täter zu fassen. Den Täter? Die Täter? Lindt erhob sich. Seine Frau hatte recht. Besser, er hielt sich von der heutigen Suchaktion fern.

Carla war bereits im Bad, als Oskar Lindt ins Hotelzimmer trat. Er hörte das Geräusch des Föns. Mindestens eine halbe Stunde früher als sonst, erkannte er sofort. Das spricht für einen zeitigen Aufbruch. Er hatte die Situation richtig eingeschätzt.

»Oskar, ich hab's mir überlegt. Gestern Leistungswandern – heute hast du dir einen Erholungstag verdient!«

»Aha, bin gespannt?«

»Wird noch nicht verraten«, lächelte Carla. »Mach dich hübsch, dann hurtig ab zum Frühstück.«

»Und danach?«

»Runter zur Haltestelle.«

»Wanderschuhe?«, wollte Lindt wissen, als sich die beiden gestärkt hatten.

»Ja, aber heute steht zuerst Bahnfahrt auf dem Plan.«

»Gelbe Stadtbahn? Haben wir doch jeden Tag«, wunderte sich Oskar.

»Es gibt noch andere Bahnen. Lass dich überraschen. Wir sehen uns mal außerhalb von Baiersbronn um.«

Am Freudenstädter Stadtbahnhof stiegen die beiden aus, gingen die Forststraße hinunter und erreichten am

Rathaus den größten Marktplatz Deutschlands. Carla zeigte mit ausgestrecktem Arm quer über die freie Fläche: »Siehst du die Stadtkirche dort drüben?«

»Diesen Winkelbau?«

»Genau, dort ist unsere nächste Haltestelle.«

Durch eine Vielzahl von Tagestouristen schlängelten sie sich unter den Arkaden entlang und erreichten ihr Ziel in der Nähe des großen Spielplatzes.

»Ach, ich verstehe! Das ›Kurbähnle‹«, entfuhr Oskar beim Anblick des farbenfroh gelb-blau lackierten Gefährts. »Auf Schienen fährt diese Bahn aber nicht.«

»Sieht doch aus wie ein kleiner Dampfzug«, antwortete Carla, kaufte zwei Karten bis zum Kienberg und stieg in eines der freien Abteile. »Komm, den Aufstieg machen wir uns heute leichter.«

Zehn Minuten später ließ der Fahrer den Motor an und der originelle Touristentransporter mit Zugmaschine und zwei angehängten Wagen zuckelte los. Erst durch die Stadt mit allerlei Erklärungen über Lautsprecher, dann in einer großen Schleife samt Waldpassage bis nach oben auf den Freudenstädter Aussichtsberg. Wie die meisten anderen Passagiere stiegen auch die Lindts am Friedrichsturm aus.

»Komm, wir gehen hoch«, winkte Carla und war bereits in der dunklen Türöffnung des Sandsteinturms verschwunden. Oskar hatte keine Wahl. Stufe um Stufe stieg auch er nach oben. Als Lohn wartete eine gigantische Aussicht. Ganz Freudenstadt lag zu Füßen der Karlsruher Urlauber, umschlossen von einem schwarz-grünen Wäldermeer. Nur nach Osten, in Richtung Dornstetten, zeigte sich die Landschaft offener.

»Na, was sagst du?«, wollte Carla wissen.

»Bin … bin … begeistert«, kam von Oskar, der aufgrund der vielen Stufen ein wenig außer Atem war. »In Freudenstadt waren wir ja schon öfter, aber noch nie hier oben auf diesem Turm.«

Seine Frau hatte bereits wieder ihr Smartphone im Blick. »Früher nannten sie in Freudenstadt die Kurgäste ›Luftschnapper‹. Ist ja nicht schwer zu verstehen.« Tief sog sie die frische Luft in ihre Lungen. »Und vor einigen Jahrzehnten lautete der Werbespruch: ›Freudenstadt – der Sonne nah, dem Alltag fern‹.«

Lindt nickte und zeigte nach Norden. »Alltag ist dort, in Karlsruhe. Aber wir sind hier, mitten im Paradies.«

Die Sirene eines Einsatzwagens tönte aus der Stadt herauf. »Ob der Franz eigentlich weiß, wie gut er es hat, da zu arbeiten, wo andere Urlaub machen?«

»Vergiss den Franz und vergiss das, was er gerade in Heselbach veranstaltet. Wir sind weit weg davon.«

Wenn Carla geahnt hätte, was eine halbe Stunde später zutage kommen würde, wäre sie deutlich weniger entspannt gewesen.

»Machen wir hier schon Pause?«, wollte Lindt wissen und betrachtete das mit großen Lärchenschindeln verkleidete Aussichtsrestaurant ›Friedrichs‹ zu Füßen des Turms.

Seine Frau lachte ihn an: »Ganz ohne Wanderung kommst du mir auch heute nicht davon.« Sie nahm Oskar an der Hand und zog ihn in Richtung Wald.

»Ah, ›Berghütte Lauterbad‹«, las Lindt von einem Wegzeiger ab. »Wir lassen wohl keine Vesperstation aus.«

»Später«, antwortete Carla. »Zuerst schauen wir uns die Tannenriesen an.«

Die beiden tauchten in den Freudenstädter Plenterwald ein und staunten: Links und rechts des gepflegten Spazierweges lauter dicke Stämme mit grüngrauer Rinde, manche zusätzlich mit reichlichem Flechtenbewuchs. »Zweihundert Jahre und noch mehr«, gab die Wanderführerin ihr Wissen preis.

»Hast dich ja intensiv vorbereitet«, nickte Lindt bewundernd.

»Sämtliche Baumgenerationen bunt gemischt auf kleinster Fläche, so wird Plenterwald definiert. Große Tannen, Halbstarke und dazwischen alles voller Nachwuchs«, fuhr Carla fort. »Hier gibt es nie einen Kahlschlag. Wenn ein alter Baum geerntet wird, stehen gleich ganz viele Junge parat, um sich nach dem neuen Licht zu strecken.«

»Jawoll, Frau Försterin«, schmunzelte Oskar. »Anscheinend hast du den Beruf verfehlt.«

»Vielleicht mache ich ja noch eine Ausbildung zur Naturpädagogin, wenn wir mal …«

Lindt schwieg und betrachtete die imposanten alten Weißtannen. Was die schon alles gesehen haben mochten … Sogar Napoleon? War der durch Freudenstadt gezogen?

Je weiter sich die Wanderer vom Kienberg entfernten, desto weniger Menschen begegneten ihnen – ab und zu ein einsamer Jogger oder Mountainbiker. Die Waldbesucher grüßten durchweg freundlich und trugen ein entspanntes Lächeln im Gesicht. Paradiesische Ruhe umgab die Urlauber.

An der Berghütte Lauterbad änderte sich das. Jetzt war früher Nachmittag und die Aussichtsterrasse bereits ziemlich voll. Eifrig liefen Bedienungen und Kellner, im Trachtenlook gekleidet, zwischen den Gästen durch und servierten allerlei Köstliches.

Oskar lehnte sich zurück. »Das dort muss die Schwäbische Alb sein«, zeigte er auf lange, flache Höhenzüge weit im Hintergrund.

Carla hatte die Augen geschlossen und antwortete nur: »Der Sonne nah …«

Fast drei Stunden genossen die Lindts Aussicht und Kulinarisches, dann machten sie sich wieder auf den Weg. »Die Großvatertanne möchte ich noch sehen. Da geht's lang«, wies Carla die Richtung.

46 Meter hoch, 36 Kubikmeter Holzinhalt, über 250 Jahre alt! Wow! Oskar las die Infotafel und war begeistert vom Größten und Mächtigsten, was der Schwarzwald an Weißtanne zu bieten hatte. »Diesen Baum fällen wir und bauen unser Häuschen draus«, zwinkerte er. Carla breitete ihre Arme aus, um den Stamm zu umfassen. »Mehr als fünf Meter Umfang. Zum Umarmen braucht es drei bis vier Menschen«, staunte auch Lindt und strich bewundernd über die raue Rinde.

»An dem Riesen die Säge anzusetzen – da hätte bestimmt jemand was dagegen«, meinte seine Frau.

»Diesen Kaventsmann lassen wir mal schön in Ruhe. Der steht auch noch, wenn über uns längst Gras gewachsen ist.«

»Oder ein Baum«, überlegte Lindt. »Bestattung im Ruhewald liegt ja mittlerweile voll im Trend.«

»Selbst damit kann Freudenstadt dienen.« – Carla war einfach umfassend informiert. »Aber wir werden hoffentlich noch ein paar Jährchen darauf warten dürfen. Komm, stell dich mal vor die Großvatertanne.« Sie versuchte, mit ihrem Smartphone ein Erinnerungsfoto zu schießen, und ging einige Dutzend Meter zurück. »Gar nicht so einfach. Den ganzen Baum bekomme ich kaum aufs Bild.«

»Dann knips halt nur mich und den dicken Stamm«, schlug Lindt vor.

»Märchenhafte Umgebung hier«, meinte Carla. »Wie wäre es mit: ›Oskar im Tannenwald‹. Hört sich doch an wie bei den Gebrüdern Grimm.« Sie drückte mehrfach auf den Auslöser. »Oder ich nenne das Bild: ›Kräftiger Kerl vor starkem Stamm‹. Als Baum würde dir wirklich die Zukunft gehören. Da gilt: Je dicker, desto wertvoller!«

Lindt wurde rot im Gesicht. Anspielungen auf seine Leibesfülle missfielen ihm. »Gut jetzt«, sagte er schnell. »Genug der Frotzeleien. Ich bin nicht übergewichtig, sondern nur untergroß. Und wenn du nicht nett zu mir bist, wende ich mich umgehend wieder dem Verbrechen zu.« Er nahm sein eigenes iPhone zur Hand, um nach neuen Nachrichten zu schauen, steckte es aber enttäuscht wieder ein.

»Funkloch, gell«, grinste Carla. »Alles vollkommen friedlich hier. Unter der Großvatertanne lassen dich selbst die Bösen in Ruhe.«

Oskar zog die Stirn in Falten, gab aber keine Antwort, sondern meinte nur: »Eisbecher im ›Friedrichs‹ – dann bin ich wieder versöhnt.«

»Den ›Beerensammler‹ bitte«, bestellte Lindt, als die zwei nach einer weiteren Wegstrecke zurück auf dem Kienberg angelangt waren und unter einem großen Sonnenschirm erneut über Freudenstadt blickten. »Und Cappuccino für meine Frau.«

»Ach, ich bekomme kein Eis?«

»Willst du denn eins? Nicht, dass du auch noch meine Zukunftsbaum-Dimensionen annimmst.«

»Sorg dich nicht. In den kommenden Tagen trainieren wir uns die Kalorien wieder ab. Bitte Apfelstrudel mit Vanilleeis«, orderte Carla und tätschelte Oskar die Wange. »Auf uns warten noch Hunderte von Wanderkilometern.«

Leider sollte ein dicker Strich durch ihre Planung gemacht werden.

8. KAPITEL

Oskar hielt still. Absichtlich verkniff er sich, bei Franz-Otto Kühn anzurufen, um nach dem Ergebnis der Suchaktion zu fragen. Stattdessen begleitete er Carla ins Hotelschwimmbad und entspannte sich im warmen Wasser. Seine Gedanken allerdings, die ließ er treiben.

Hatte Frieder Pfeifle Feinde gehabt? Gab es jemanden, der ihn so sehr hasste, dass er zum Äußersten ...?

Oder musste im direkten Umfeld ermittelt werden? Konnte diese Mary die Zustände einfach nicht länger ertragen? Kam sie für den Mord infrage? Kraft hatte sie garantiert, aber sie alleine ... den schweren Mann ...? Ohne Helfer nicht zu schaffen. Hatte sie ein Alibi für die Tatzeit?

Lindt schloss die Augen, legte seinen Hinterkopf auf den Poolrand und ließ sich vom Wasser umspülen. Bekanntlich war Mary schon seit Jahren ihre eigenen Wege gegangen.

Fort von Heselbach, fort von einem verrottenden Hof, fort von ihrem unerträglichen Mann. Doch wohin?

Hin zu einem anderen Kerl, das schien allgemein bekannt zu sein. Zu einem? Zu mehreren? Abwechselnd oder nacheinander? War es sicher, dass sie sich nächtens im unteren Murgtal, in ihrer badischen Heimat aufhielt? Oder gab es auch einen näheren Zufluchtsort? Oskar versuchte sich zu erinnern. Die Auskunft des Hoteliersehepaars war eher vage gewesen.

Ein Wasserschwall traf ihn im Gesicht. »Schläfst du?«, lachte Carla ihn an.

»Ich … ich … war nur in Gedanken«, stotterte Oskar und wischte sich über die Augen.

»Bei diesem toten Alki? Warst du dort?«

Lindt richtete sich auf. »Ob Alkoholiker oder nicht, zuallererst war er ein Mensch mit allen seinen Stärken und Schwächen. Was ihn zu diesem körperlichen Wrack gemacht hat, wissen wir nicht.«

»Willst du ihn jetzt etwa in Schutz nehmen?«

»Nur fair und objektiv sein. Heute Morgen …«

»Ja …? Was war heute früh?«

Oskar zögerte: »Da bin ich bei meinem Spaziergang zum ersten Mal an diesem Eichwaldhof vorbeigekommen.« Er zeigte in die Richtung. »Dort oben am Waldrand. Beeindruckendes altes Bauernhaus. Frühere Generationen haben garantiert zu denen gehört, die hier im Ort das Sagen hatten.«

»Heute nicht mehr?«

Lindt schüttelte den Kopf. »Runtergewirtschaftet, total verwahrlost. Ein fürchterlicher Anblick. Alles verfällt, alles gammelt vor sich hin. Ein echtes Trauerspiel.«

»Die meisten Anwesen hier in der Gemeinde Baiersbronn sind ja sehr gepflegt«, meinte Carla.

»Wie sich das für eine Fremdenverkehrsregion gehört«, nickte Oskar. »Der Eichwaldhof dagegen …«

»Oje, oje.« Echte Betroffenheit lag im Blick seiner Frau. »Und Kinder? Hast du welche gesehen?«

»Es gibt noch drei jüngere. Zwei Buben und ein kleines Mädchen. Die älteste Tochter hat sich ja …«

Carla schaute entsetzt. »Selbst?«

»Habe ich das noch nicht erzählt?«

»Nein, nur dass du auf dem Friedhof warst und dieses Grab entdeckt hast.«

»Dann wollte ich dich wohl nicht damit belasten«, wich Lindt aus. »Oben im Wald hat sie es getan. In einer versteckt gelegenen Hütte. Von der eigenen Mutter wurde sie gefunden.«

»Was für eine Tragödie«, schüttelte Carla den Kopf. »Diese Familie ...« Sie stockte. »Oder das, was noch von ihr übrig ist ...«

»Nicht mehr viel«, antwortete Lindt. »Diese Mary geht ja schon seit Jahren ...«

»Fremd?«

Oskar nickte. »Hab ich dir auch nicht gesagt. Heute Morgen kam sie heim, als ich mir gerade den Hof angeschaut hab.«

»Fort über Nacht?«

»Du bringst es auf den Punkt.«

»Heißt das, sie hat die Kinder alleine gelassen? Älteste Schwester tot, Vater tot und dann haut die Mutter ab?«

Lindt zuckte die Schultern. »Keine Ahnung. Vielleicht ist sie mit der Situation völlig überfordert und hat einfach Halt gebraucht.«

»Oskar, willst du nicht deinen Kollegen informieren? Um die Kinder muss sich doch jemand kümmern«, stieß Carla aus.

»Morgen«, antwortete der Kommissar und schloss seine Augen wieder. »Gleich morgen früh.«

Die beiden hatten keine Ahnung, was sich im Lauf dieses Tages in Heselbach ereignet hatte und dass sich alle drei Kinder des Eichwaldhofes bereits im nahe gelegenen Kinderheim in amtlicher Obhut befanden.

Nach dem Abendessen jedoch kam Bärbel, die Wirtin, zu den Lindts an den Tisch. »Darf ich mich kurz zu Ihnen setzen?«, fragte sie.

Lindt wusste beim Blick in ihr Gesicht sofort, dass etwas passiert sein musste. »Selbstverständlich«, sagte er und wies auf einen freien Stuhl. »Eichwaldhof?«

»Heute war sehr viel Polizei hier in Heselbach«, begann Bärbel Schneider. »Bestimmt 20 Beamte, vielleicht auch noch mehr. Jede Menge Fahrzeuge.«

»Auch mein Kollege aus Freudenstadt?«

»Kann ich nicht sagen. Zu uns ins Hotel ist niemand gekommen, aber mein Mann hat mir von mehreren Spürhunden berichtet. Draußen haben die überall gesucht.«

»Auch auf dem Hof der Pfeifles?«

»Alles haben sie auf den Kopf gestellt. Eine Mitarbeiterin von uns wohnt dort oben. Die hat gesehen, wie …« Sie musste schlucken. »Die hat von ihrem Küchenfenster aus gesehen, wie die Mary abgeführt wurde.«

»Abgeführt?«, stieß Carla Lindt aus. »Verhaftet? Mit Handschellen?«

»Von Handschellen hat sie nichts gesagt, aber zwei Polizisten haben die Mary in einem Streifenwagen weggebracht.«

Lindt holte tief Luft und fuhr sich mit der Hand über die Stirn. »Konnte Ihre Mitarbeiterin sonst noch etwas berichten?«

»Was ist mit den Kindern?«, fragte Carla ergänzend.

»Um die kleine Pauline hat sich eine Frau in Zivil gekümmert und sie dann auch mitgenommen.«

»Und die Jungs?«

»Waren wohl in der Schule. Sind bisher nicht zu Hause gesehen worden.«

»Was für ein Trauerspiel!«, entfuhr Carla. »Die tun mir echt leid.«

Die Wirtin wischte sich schnell über die Augen, dann sah sie Lindt an: »Sie sind doch vom Fach. Was bedeutet das, wenn die Mary mitkommen musste?«

Der Kommissar suchte nach den richtigen Worten: »Kann ich so natürlich nicht sagen und von meinem Kollegen hab ich nichts gehört, aber …«

»Aber? Heißt das, die Mary hat den Frieder …?

Lindt zuckte die Schultern. »Keine Ahnung. Hat es denn nicht so ausgesehen, als wäre die Frau freiwillig mitgegangen?«

Bärbel schüttelte den Kopf. »Zwei Mann haben sie festgehalten und ins Auto gepackt. Richtig reingedrückt. Kopf runter und Türe zu. Freiwillig? Nein, freiwillig ist die kaum eingestiegen.«

»Bestimmt, weil sie die kleine Tochter nicht alleine lassen wollte«, vermutete Carla und blickte ins Gesicht ihres Mannes. Oskar allerdings schwieg. Sein Gesichtsausdruck war eindeutig. Eindeutig betroffen.

»Morgen früh«, sagte er schließlich. »Dann rufe ich an. Vielleicht bekomme ich ja eine Auskunft. Eine, die ich weitergeben darf, meine ich.«

Im selben Moment kam auch Bernd, der Hotelier, ins Restaurant Glockenstube. Er sah seine Frau bei den Lindts sitzen und nahm ebenfalls Platz.

»Die müssen im Auto etwas gefunden haben«, berichtete er. »Ich weiß es vom Hans und dem hat's der Alfred gesagt. Dem seine Frau hat's selbst gesehen.«

Oskar zog die Stirn in Falten: »Wissen Sie Näheres?«

»Im Suzuki«, nickte der Wirt. »Hinten im Laderaum. Da hat einer der Hunde angeschlagen. Dann kamen Polizisten in so weißen Overalls. Die haben was in einen Plastiksack gesteckt und zu ihrem Kastenwagen gebracht.«

»Einen Sack?«, wollte Lindt wissen. »Keine Tüte?«

»Nein, auf jeden Fall ein größeres Teil.«

»Wurde noch mehr eingeladen?«

»Weiß ich nicht, aber das Auto haben die anschließend von oben bis unten gecheckt. Hat anscheinend über eine Stunde gedauert.«

»So lange?«, entsetzte sich Carla. »Ist doch eher ein kleinerer Wagen.«

Oskar warf ihr einen vielsagenden Blick zu und meinte: »Gründliche Arbeit braucht eben Zeit.«

»Jetzt glauben natürlich alle, das wär die Tatwaffe gewesen«, fuhr der Hotelier fort.

»Wieso Tatwaffe?«, versuchte Lindt, so überrascht wie möglich zu wirken. »Zur Tatwaffe gehört eine Tat, eine Gewalttat. Wurde denn etwas in dieser Richtung gesagt?«

»Nein, nein, von den Polizisten hat keiner was rausgelassen. Aber wir hier in Heselbach sind uns einig. So ein Aufgebot kommt nicht, wenn es sich um einen Unglücksfall handelt. Wir können eins und eins zusammenzählen. Das mit dem Frieder kann nur ein Kapitalverbrechen gewesen sein.«

Betroffenes Schweigen breitete sich am Tisch aus.

»Wissen Sie denn wirklich nichts?«, fragte Bärbel schließlich. »Ihr Kollege hat Sie doch auch dazugeholt, als er uns befragt hat.«

»Mich hat er nur als Zeugen gebraucht.« Lindt hatte keine Wahl, er musste weiterhin so ausweichend antworten.

»Zeuge? Wofür?«

»Mir ist diese Mary am Morgen doch dreimal begegnet. Einmal hier draußen, wo sie mich ums Haar überfahren hätte ...« Er zeigte in Richtung des Hotelparkplatzes. »Einige Zeit später auf dem Friedhof am Grab ihrer Tochter und dann an der Rezeption.«

Der Wirt stöhnte leise auf. »Wenn ich gewusst hätte, dass der Frieder ...«

»Dann?«, wollte Lindt wissen.

»Hätte ich sie natürlich nicht so abgefertigt.«

»›Geh heim zum Melken‹«, nickte Carla. »Daran kann ich mich auch noch erinnern.«

»Was hätte ich denn tun sollen? Der Frieder hat seinen Rausch schon an den unmöglichsten Stellen ausgeschlafen. Vor kurzem erst im Heu bei seinem Nachbarn. Der hätte ihn beim Futtergeben fast mit dem Traktor erwischt.«

»Lebend wäre er an diesem Morgen ohnehin nicht mehr gefunden worden«, meinte Oskar. »Vielleicht ist Ihnen das eine Beruhigung.«

»Ruhig?« Bernd, der Wirt, schüttelte energisch den Kopf. »Bis jetzt war es wirklich ruhig in unserem kleinen Dorf, aber jetzt ...? Nein, niemand kann jetzt mehr beruhigt sein. Möglicherweise lebt ja ein Mörder mitten unter uns!«

»Ich werde mit meinem Kollegen besprechen, ob ich Ihnen etwas sagen darf«, antwortete Lindt. »Aber Sie verstehen sicher, dass ich nicht alles, was ich erfahre, an Dritte weitergeben kann.«

Bärbel griff nach der zitternden Hand ihres Gatten. »Jetzt reg dich nicht so auf. Die Polizei macht ihre Arbeit und wird sicherlich demnächst die Öffentlichkeit informieren.«

»Aber die Mary!« Verzweiflung lag im Blick des Hoteliers. »Es kann doch nicht sein, dass die ...«

Seine Frau nickte: »Ja, das macht mir wirklich auch zu schaffen. Die ist zwar ein ... ein ...«

»Luder«, stieß Bernd aus. »Sag es doch einfach. Und wir können sie nicht ausstehen, aber trotzdem ...«

»Sie wohnt schon so lange hier mitten unter uns und niemand würde ihr etwas Derartiges zutrauen«, ergänzte Bärbel. »Was sich in all den Jahren zwischen ihr und dem Frieder abgespielt hat, weiß keiner so genau. Deshalb wollen wir auch nicht über sie richten.«

»Auf gar keinen Fall«, sagte Oskar Lindt. »Jeder gilt als unschuldig, solange er nicht verurteilt ist. Nur weil sie im Streifenwagen weggefahren wurde, ist sie noch lange keine Täterin.«

Der Hotelier sah dem Kommissar gerade in die Augen. »Da draußen ist man ganz genau dieser Meinung. Ich war den halben Nachmittag im Dorf unterwegs. An jeder Ecke stehen Leute zusammen und es gibt nur ein Thema: Kann das sein? Hat die Mary den Frieder wirklich umgebracht?«

»Glaubt man das?«

Schneider widersprach energisch: »Nein, ganz bestimmt nicht. Die Wellen schlagen hoch, extrem hoch. Eine von uns so brutal fortzukarren, fort von ihrem Hof und fort von ihren Kindern, das bringt hier alle in Wallung.«

»Eine von uns?«, wiederholte Lindt mit hochgezogenen Augenbrauen.

Die Wirtin nickte. »Auch wenn sie aus dem Badischen stammt, und auch, wenn sie ...«

»... ihren Mann hintergeht«, ergänzte der Kommissar.

»Ja, trotzdem gehört sie dazu. Zu uns und unserem Dorf. Und tüchtig ist sie zweifellos.«

»Das sieht man dem verkommenen Hof aber nicht gerade an.«

Bernd Schneider winkte ab. »Sie tut wirklich, was sie kann, um das Nötigste zu schaffen. Der Frieder hat doch schon jahrelang nichts mehr auf die Reihe gebracht.«

»Das sieht man überdeutlich.«

»Ich bin mir sicher, dass der Eichwaldhof finanziell ganz mies dasteht. Die kommen mehr schlecht als recht über die Runden und immer wieder heißt es, dass bald Wald verkauft werden muss.«

»Da könnte diese Mary ja auch einfach alles hinschmeißen und mit den Kindern abhauen«, überlegte Carla.

»Dass sie es gerade wegen der Kinder nicht tut, rechnen ihr alle hoch an.«

»Obwohl sie keiner mag?«

»Ja«, bestätigte Bärbel. »Trotzdem! Und an ihre nächtlichen Eskapaden hat man sich im Lauf der Jahre irgendwie gewöhnt.«

»Der Volkszorn steigt?«

Der Hotelier machte ein bedenkliches Gesicht. »Volkszorn, ja genau. Zorn, Wut, Empörung. Das ist es, was ich da draußen gespürt habe. Die Leute sind aufgebracht, aber so was von aufgebracht. Sie können sich gar nicht vorstellen, wie aufgeheizt die Stimmung ist. Höchste Zeit, dass es eine offizielle Polizeimeldung gibt.«

»Sie sorgen sich bestimmt auch um Ihre Gäste«, vermutete Carla.

»Natürlich. Zwanzig Polizeiwagen – das ist nicht gut für das Renommee unseres Erholungsortes. Wir werden laufend angesprochen.«

»Ist schon jemand vorzeitig abgereist?«, fragte Lindt.

»Zum Glück nicht, aber ich habe das Gefühl, dass bei manchen nicht mehr viel dazu fehlt.«

»Das wäre natürlich fatal. Wie gesagt, morgen früh rufe ich an und dann ...«

»Sagen Sie uns umgehend Bescheid? Bitte! Es betrifft Heselbach, es betrifft unser Hotel und natürlich auch uns persönlich.«

»Versprochen.« Lindt reichte Bernd Schneider die Hand. »Ich häng mich wirklich rein.«

»Und damit hängen auch wir beide wieder mittendrin im Verbrechen«, stellte Carla resigniert fest, als das Hoteliersehepaar den Tisch der Lindts verlassen hatte. »Ganz egal, wo du auch bist, du Kriminalhauptkommissar, das Verbrechen ist schon da.«

»Ich kann aber echt nichts dafür«, antwortete Oskar. »Oder siehst du das anders?«

»Gibt es Zufälle? So komische Zufälle?«

»Zufall, aber nicht mein Fall. Ich werde mich weiterhin raushalten, so gut ich kann.«

»›So gut ich kann‹!«, empörte sich Carla. »Diese Formulierung sagt schon wieder alles. Unser Urlaub ist gelaufen! Das liegt klar auf der Hand!«

»Ach was«, versuchte Lindt, abzuwiegeln. »Bestimmt nicht. Ich werde nicht ermitteln. Das darf ich doch gar nicht.«

»Kann ich nicht glauben. Du wirst was tun und ich bin sogar dafür.«

»*Was?*« Der Kommissar riss die Augen auf. »Weshalb bist du dafür?«

Carla sah ihn eindringlich an: »Warum wohl? Wegen der Kinder natürlich. Die haben jetzt keinen Vater mehr und ihre Mutter sitzt in einer Zelle. Gib ihnen wenigstens die zurück!«

Oskar schwieg einige Sekunden, dann meinte er: »Es ist, wie es ist. Lass uns einfach das Beste daraus machen.«

9. KAPITEL

Gegen acht Uhr am nächsten Morgen saß Kriminalhauptkommissar Oskar Lindt frisch geduscht im Hotelzimmer am Tisch, hielt sein iPhone in der Hand und wählte die Nummer von Franz-Otto Kühn.

Zuerst den Anschluss im Büro: Fehlanzeige. »Der Chef ist unterwegs«, teilte ihm die Sekretärin des Freudenstädter Kriminalkommissariats mit.

Dann versuchte es Lindt auf dem Handy. »Oskar, ich melde mich. Bin gerade in Rottweil bei der Besprechung«, kam die knappe Antwort, dann wurde die Leitung wieder unterbrochen.

»Er sagt mir Bescheid«, berichtete Oskar seiner Frau. »Die Kripo ist im Zuge der Polizeireform nach Rottweil verlegt worden. In Freudenstadt gibt es nur noch einen kleinen Ableger.«

»Und dein Kollege Franz musste dort hinfahren, um diese Mary zu verhören?«

»Keine Ahnung. Aber wenn er so kurz angebunden ist, bedeutet das nichts Gutes. Die sind dann alle voll am Rödeln.«

Beim Frühstück informierte Lindt die Wirtsleute. »Ich werde zurückgerufen. Im Moment kann ich Ihnen noch gar nichts sagen.«

»Bleiben Sie heute in der Nähe?«, wollte Bärbel Schneider wissen.

Oskar blickte schnell zu seiner Frau, dann antwortete er: »Unseren Tagesplan müssen wir erst noch besprechen, aber eigentlich wollten wir das schöne Wetter für eine neue Wandertour nutzen.«

Carla ergänzte: »Du kannst ja von unterwegs aus anrufen, wenn …«

»Ja, wenn ich überhaupt eine Auskunft bekomme, die ich Ihnen weitergeben darf«, nickte der Kommissar.

Die unbeschwerte Wanderstimmung war dahin. Als die beiden auf dem Waldparkplatz oberhalb von Huzenbach aus ihrem Wagen stiegen, lag ein seltsamer Druck auf ihnen.

»Schwül, schon heute am Vormittag«, seufzte Oskar und fuhr sich mit seinem großen Stofftaschentuch über die Stirn.

»Mich schauert eher«, antwortete Carla und schüttelte sich leicht. »Aber du hast recht, es liegt was in der Luft. Etwas sehr Unangenehmes.«

»Ich kann mir wirklich nicht vorstellen, dass diese …«, begann Lindt, dann stockte er. »Nein, lassen wir das.«

Seine Frau hatte ihre Wanderplanung umdisponiert und für diesen Tag eine kürzere Tour vorgeschlagen. »Huzenbacher See. Der gehört auch zum Nationalpark. Vom Eiszeitgletscher ausgehobelt. Dort soll es sogar Seerosen geben«, sagte sie und ging los. Oskar hing einige Meter hinterher. »Warte doch. Heute bin ich nicht in Topform.«

Carla blieb stehen und wandte sich um. »Zeit, dass der alte Kommissar in Ruhestand tritt, wenn ihn seine Fälle so mitnehmen.«

»Ein paar Jahre muss ich schon noch durchhalten, aber dann …« Ein Lächeln huschte über sein Gesicht. »Dann im friedlichen Schwarzwald …«

»Von wegen friedlich …«

»Nein, nein. Unser Plätzchen wird fernab von allem Bösen sein. Wo wir uns niederlassen, wird der perfekte Frieden herrschen.«

Lindt blieb stehen, nahm sein Taschenmesser aus der Hose und klappte die Säge aus. Von dem Haselnussbusch an der Böschung trennte er sich einen ordentlich stabilen Wanderstock ab. »Damit werde ich das Unheil vertreiben«, verkündete er und fuchtelte wild durch die Luft. »Fort, fort, weg mit euch, ihr Übeltäter. Alle werde ich verscheuchen und für einen ungestörten Ruhestand sorgen.«

Nun nutzte er die scharfe Klinge seines Schweizer Messers und hieb kraftvoll die kleinen Seitenzweige vom Stock. »Abhauen werde ich sie, alle, die uns zu nahe kommen. Restlos! Gnadenlos! Ohne Erbarmen!«

»Oskar Lindt, der harte Draufgänger!«, lachte Carla und fühlte sich ein klein wenig entspannter. »Darauf bin ich ja echt neugierig. Mir kommt es eher so vor, als hätten dich deine vielen Dienstjahre mehr und mehr sensibel gemacht.«

»Wieso? War ich früher denn …«

»Klar doch. Meinst du, ich hätte einen weichlichen Kerl geheiratet?«

»Ich kann aber immer noch …« Zum Beweis schlug er mit dem Haselnussstock in die Brombeerranken neben dem Weg. Leider parierten die dornigen Triebe seine Attacke völlig problemlos. Sie federten zurück und blieben absolut unversehrt.

Oskar schaute verblüfft, doch Carla grinste: »So viel zum Thema Draufgänger.«

»Falsches Werkzeug, eindeutig. Ich hätte eine scharfe Sichel nehmen sollen«, analysierte Lindt seinen Misserfolg.

»Dann nimm den Stock halt, um dich darauf zu stützen, alter Mann!«

Oskar hob die Haselgerte drohend in die Höhe. »Eignet sich auch gut zur Züchtigung bei frechem Mundwerk.«

»Oh, oh, jetzt aber nichts wie weg. Der Lindt wird gewalttätig.« Schnell drückte ihm Carla lachend einen Schmatz auf die Backe und fasste seine Hand. »Komm, da geht's lang.«

Der Weg führte stetig bergauf. Mal steiler, mal flacher, aber durchaus so, dass bei Oskar der Schweiß ausbrach. An einem kleinen Wasserlauf, der vom Berg herunterrann, blieb er stehen, tauchte sein Taschentuch ein und kühlte damit den Nacken. »Geht's noch weit?«

»Ich glaube, hinter der nächsten Kurve sind wir fast schon da«, grinste Carla.

»Hinter der nächsten Kurve. Ja, ja, diesen Ausdruck kenne ich noch gut. Damit haben wir früher doch unsere Töchter vertröstet, wenn sie nicht mehr weiterwollten.«

»Jetzt muss ich halt meinen gebrechlichen Mann motivieren. Aber schau mal, wer dort sitzt.« Carla deutete auf ein kleines Tier am Rande des Rinnsals.

»Mensch, ein Salamander. Ein echter Feuersalamander. So einen haben wir auch schon ganz lange nicht mehr gesehen«, stieß Oskar voller Begeisterung aus und bückte sich, um die gelb-schwarze Amphibie näher zu betrachten. »Toll, der gefällt mir.« Unbeweglich standen sie sich gegenüber. Lindt und der Salamander sahen sich eine halbe Minute lang tief in die Augen. Dann hob das Tier unvermittelt sein linkes Vorderbein. Oskar zuckte zurück und lachte. »Jetzt greift er an!«

»Was würdest du tun, wenn plötzlich Fremde in deinem Wohnzimmer stehen?«

»Nein, nein«, meinte der Kommissar. »Ich hab mich getäuscht. Der ist ganz friedlich, so wie alles hier. Er will uns nur winken.«

»Also wink zurück und lass ihn schön in Ruhe. Wir müssen nur noch um die nächste Kurve.«

»Oder die übernächste … Ich kann mich wirklich gut erinnern. Es gibt immer eine nächste Biegung.«

»Sag ich doch, die nächste …«, lächelte Carla und ging weiter. Es kamen noch einige Kurven.

Erst eine halbe Stunde später öffnete sich endlich das weite runde Kar und vor den zwei Wanderern lag der sagenumwobene Huzenbacher See. Steile Hänge schlossen ihn wie ein Halbkreis ein und vermittelten das Gefühl völliger Geborgenheit.

Lindt atmete tief ein. »Riecht nach … Ja, wonach eigentlich?«

»Moor, Sumpf, Wasser? Mach die Augen zu und nimm die Eindrücke ganz in dich auf.«

»Leicht modrig, du hast recht«, meinte er nach einer Weile. »Die Wasserfläche ist auch schon ziemlich zugewachsen.«

»Verlandet, sagt man dazu«, korrigierte ihn seine Frau.

»Bäume und Gestrüpp mitten im See.«

»Schwimmende Insel«, bestätigte Carla.

»Müsste man dieses Zeug da nicht ausbaggern?«

Sie schüttelte den Kopf. »Nein, niemand muss müssen. Man muss gar nichts, außer einfach der Natur ihren Lauf lassen.«

»Wenn wir aber mal einen Gartenteich haben ...«

»Darfst du selbstverständlich das Zuwachsen verhindern«, legte sie Oskar die Hand auf die Schulter. »Ich werde dich dann daran erinnern, wenn du über zu viel Gartenarbeit stöhnst.«

»Und ich dich an den Lauf der Natur, wenn ich mit meiner Pfeife gemütlich am Teichrand sitze, um die Frösche und Molche zu beobachten.«

Lindt setzte sich und Carla öffnete den Rucksack. »Für Kurzwanderungen gibt es nur Müsliriegel.«

»Na ja, wenigstens das.« Kräftig biss der Kommissar ab. »Wirklich nicht schlecht. Das reicht bis zur nächsten Hüttenwirtschaft.«

»Heute muss ich dich leider enttäuschen. Nicht jede Wanderstrecke führt in den kulinarischen Himmel. Hier liegt keine Vesperstation auf dem Weg.«

»Dann muss ich mich halt an die Seerosenblätter halten«, schmunzelte Oskar und zeigte zur Wasserfläche.

»Teichrosen«, korrigierte Carla. »Hab ich gerade nachgelesen. Sehen aber ganz ähnlich aus. Bis zur Blüte dauert es allerdings noch ein paar Wochen.«

»Schade«, meinte Oskar und spülte sich seine körnige Mahlzeit mit einem Schluck Apfelschorle hinunter. »Aber ein Grund, um wiederzukommen.«

In diesem Urlaub sollte es damit allerdings nichts mehr werden. Als die zwei Wanderer wieder bei ihrem Auto anlangten, kündete ein Signalton aus Lindts Hosentasche von einer eintreffenden SMS.

»Kannst mich jetzt anrufen. Grüße Franz«, las der Kommissar vor.

»Bitte«, ermunterte ihn seine Frau. »Worauf wartest du noch? Auf mich brauchst du keine Rücksicht mehr zu nehmen.«

Hauptkommissar Kühn nahm schon nach dem zweiten Klingelton ab.

»Wenn du möchtest, bringe ich dich auf den aktuellen Stand.«

»Eigentlich wollten wir ja ungestört Urlaub machen, Carla und ich, aber …«

»Ihr beide steckt mittendrin. Genauso wie alle Personen, die sich derzeit in Heselbach aufhalten.«

»Moment, ich schalte den Lautsprecher ein, damit meine Frau mithören kann.«

»Hallo, Frau Kommissarin, du gehörst jetzt auch zu den Geheimnisträgern«, grüßte Kühn mit leicht ironischem Unterton und Carla Lindt antwortete:

»Ich hab aufgegeben. Unsere Ferien sind doch nicht mehr zu retten. Hoffentlich könnt ihr wenigstens diese Mary wieder freilassen.«

»Leider muss ich euch enttäuschen. Sie ist im Moment unsere Hauptverdächtige. In ihrem Wagen haben wir das Tatwerkzeug gefunden, eingewickelt in eine alte, dreckige Wolldecke. Ein halbmeterlanges Stück Flachstahl mit Blutresten und Hautpartikeln dran. Einwandfrei vom Opfer.«

»Sie sagt garantiert, das hätte ihr jemand ins Auto gelegt«, mutmaßte Lindt.

»Logisch …«

»Aber …?«

»Ihre Fingerabdrücke sind ebenfalls drauf.«

»Richtig gut zu erkennen?«

»Nur Fragmente, trotzdem eindeutig.«

»Also könnte sie dieses Metallteil auch schon vor längerer Zeit angefasst haben.«

»Willst du eine Mörderin verteidigen?«

Lindt lehnte sich an den Kotflügel seines weißen Geländewagens und platzierte das iPhone auf der Motorhaube. »Weshalb sollte sie denn mit dem Tatinstrument durch die Gegend fahren? Wenn sie ihren Mann tatsächlich erschlagen hat, wäre es doch viel plausibler gewesen, das Teil irgendwo verschwinden zu lassen.«

»Auf diese Argumentation sind wir natürlich auch schon gekommen. Aber zum einen wirft man auf einem Bauernhof nicht einfach ein brauchbares Stück Stahl fort und zum anderen gehen wir davon aus, dass sie sich völlig sicher gefühlt und mit einer Durchsuchung überhaupt nicht gerechnet hat.«

»Das würde für ihre Unschuld sprechen. Wo war sie denn zur Tatzeit?«

»Ein Kerl aus Weisenbach gibt ihr ein Alibi. Mit dem hat sie angeblich die Nacht verbracht.«

»Glaubst du ihr nicht? Für Fremdgehen ist sie doch offensichtlich bekannt.«

»Oskar«, kam es aus dem Lautsprecher des Smartphones, »hast du jemals der Aussage eines Liebhabers geglaubt?«

»Selten«, musste Lindt zugeben.

»Na dann sind wir uns doch einig«, sagte Kühn. »Merkel heißt er, Enrico Merkel und ist erst Anfang 30. Viel eher glauben wir, dass er an der Tat beteiligt war.«

»Soll das heißen, ihr habt ihn auch gleich eingelocht?«

»Leider nein. Dabei hat der Staatsanwalt nicht mitgemacht. Der hat nicht mal gestattet, dass wir eine Durchsuchung machen. Das ärgert mich wahnsinnig.«

»Also gehst du davon aus, dass diese Mary und ihr...
ihr Enrico die Tat gemeinsam verübt haben?«

»Ist doch das perfekte Verbrechen. Betrunken in die
Murg gestürzt. Tragischer Unglücksfall. So hat es ja mal
kommen müssen bei dieser dauernden Sauferei. Kopfverletzung selbstverständlich durch Kopfsturz. Keine
schlechte Methode, den ungeliebten Alten zu beseiti-
gen.«

Lindt war nicht so schnell zu überzeugen. »Weitere
Spuren im Wagen? Wurde der Frieder damit transportiert?«

»Leider Fehlanzeige«, antwortete Kühn. »Kein Blut zu
finden, aber vielleicht hatten sie ihn ja in einen Teppich,
eine Plastikfolie oder eine Plane gewickelt und darin zur
Brücke gebracht.«

»Und? Wo ist sie, die Plane?«

»Wir suchen noch danach.«

Lindt überlegte kurz. »Nein, ich glaube, ihr seid auf
dem Holzweg. Warum die Plane entsorgen und das Tatwerkzeug nicht?«

»Vielleicht musste der Frieder ja gar nicht verpackt
werden. Was hältst du davon: Er wurde unter einem Vor-
wand von seiner Frau ins Auto gelockt und bekam erst
auf der Brücke einen Schlag gegen den Kopf?«

Jetzt war Oskar ratlos. »Nicht ausgeschlossen, aber
auch nicht zu beweisen. DNA von Frieder Pfeifle wird
sich in dem Wagen auf jeden Fall finden. Er hat ihn ja
sicherlich auch genutzt.«

»Eben«, bestätigte Franz-Otto Kühn. »Der Fall ist
mehr als verzwickt und deswegen lassen wir diese Mary
auch keinesfalls frei. Die drehen wir so lange durch die
Mangel, bis sie gesteht.«

Carla war entrüstet. »Aber die Kinder. Was ist mit denen?«

»Hat alle das Jugendamt untergebracht. Sind vorübergehend im Osterhof aufgenommen worden, in diesem Heim in Heselbach. Von da aus können sie weiterhin normal zur Schule gehen.«

»Die Kleine auch?«

»Noch zu jung. Sollte nach den Sommerferien in den Kindergarten kommen. Das Heim kümmert sich.«

»Und die Tiere im Stall?«, wollte Carla weiter wissen.

»Auch das wurde geregelt. Mehrere Nachbarn helfen gemeinsam. Auf dem Dorf funktioniert so was noch.«

»Ist schon eine Meldung rausgegangen?«, wollte Oskar wissen. »Im Hotel löchern sie uns mit Fragen.«

»Wir haben in zwei Stunden eine Pressekonferenz«, antwortete Kühn. »Staatsanwalt, Kripochef und ich. Da werden wir bekanntgeben, dass gegen die Ehefrau des Toten wegen dringendem Tatverdacht ermittelt wird.«

»Seit ihr sie abgeführt habt, vermutet das in Heselbach ohnehin jeder.«

»Der Termin ist öffentlich. Von mir aus könnt ihr euch dazustellen.«

»Wieso *stellen*?«, fragte Lindt irritiert. »Findet diese Konferenz nicht in Rottweil statt?«

»Ihr könnt zu Fuß hinkommen. Der Staatsanwalt wird die Presse direkt vor dem Eichwaldhof informieren.«

Oskar riss entsetzt die Augen auf. »Möchte der sich profilieren?«

»Tja, so ein junger Kerl hat eben seine Karriere fest im Blick. Der ist ganz heiß darauf, im Fernsehen eine gute Figur abzugeben.«

»Was, die kommen auch?«

»Worauf du dich verlassen kannst. SWR und Private. Denen hatte ohnehin schon jemand einen Tipp gegeben. Die sitzen uns seit heute Vormittag auf der Pelle.«

Lindt fuhr sich über die Stirn. »Bleibt bei einer groß angelegten Suchaktion halt nicht aus, dass jemand an passender Stelle anruft.«

»Also seid ihr dabei?«

Carla nickte: »Auf jeden Fall, und wir sind bestimmt nicht die Einzigen.«

10. KAPITEL

Sie sollte recht behalten. Ganz Heselbach war auf den Beinen. Einen solchen Auflauf hatte es hier schon lange nicht mehr gegeben.

Übertragungswagen der TV-Sender blockierten zusammen mit einer Vielzahl weiterer Pressefahrzeuge die Sträßchen des Dorfes nahezu komplett. Die Einheimischen konnten mit ihren Pkws und Traktoren nur noch im Slalom passieren. Vor dem Eichwaldhof selbst gab es überhaupt kein Durchkommen mehr.

Direkt vor dem Misthaufen war von einer Messebaufirma ein breites Podest errichtet worden, darauf zwei Tische und drei Stühle. Der Staatsanwalt hatte anhand von Fotos genau diesen Platz ausgewählt. Dass hinter ihm – kaum zwei Meter entfernt – stinkende grünschwarze Brühe zwischen morschen Holzdielen heraussickern würde, störte ihn nicht im Geringsten, sondern entsprach ganz seinem Wunsch, möglichst viel Aufsehen zu erregen. Je größer der Kontrast, je krasser die Vorstellung, desto mehr mediales Interesse, und genau das war es, worauf es ihm ankam.

Nach Gummistiefeln suchte man bei den Vertretern der Ermittlungsbehörde allerdings vergeblich. Peinlich genau achteten der jung-dynamische Staatsanwalt Benjamin Borngräber und der mit langer grauer Lockenmähne und italienischer Designerbrille gestylte Rottweiler Kriminaldirektor Isidor Ott darauf, ihre noblen Anzüge nicht zu verschmutzen. Hauptkommissar Franz-Otto Kühn in dunkler Jeans, legerem Baumwollsakko und Dreitagebart wirkte gegen diese beiden Schönlinge fast schon deplatziert.

Die Journalisten mussten stehen – ein eindeutiges Signal an den bunten Reporterhaufen, sich bei eventuellen Fragen mit Kritik gefälligst zurückzuhalten. Die geballte Staatsmacht, flankiert von mehr als zehn uniformierten Schutzpolizisten, demonstrierte ihre Stärke und sandte eine klare Botschaft aus: »Wir haben die Situation vollkommen unter Kontrolle!«

Mikrofone wurden installiert und Kameras auf Stative geschraubt. Auslöser voluminöser Fotoapparate klickten. Die Journalisten der schreibenden Zunft prüften Notizblöcke und Aufnahmegeräte. Staatsanwalt und Kripochef posierten mit unbeweglichen Mienen vor dem verlotterten Bauernhof und ließen sich in aller Ruhe ablichten. Franz-Otto Kühn bemühte sich ebenfalls um einen Gesichtsausdruck größter Professionalität, konnte aber seine Unruhe nicht ganz im Zaum halten. Nervös nestelte er am Kragen seines Hemdes und trommelte immer wieder mit den Füßen gegen die Stuhlbeine. Ein strafender Blick des Kriminaldirektors ließ ihn erstarren.

Die Show begann pünktlich um 17 Uhr. Borngräber setzte ein überlegenes Lächeln auf und gebot mit schneller Handbewegung Ruhe bei den Medienvertretern. »Mord im friedlichen Schwarzwald«, verkündete er mit lauter Stimme.

»Theater«, flüsterte Oskar Lindt seiner Frau erregt ins Ohr. »Das gibt's ja wohl nicht. Die machen aus dem Verbrechen ein Theater.«

Keine Begrüßung der Journalisten, kein »Danke für Ihr Interesse« – nein, sofort kam der Staatsanwalt zur Sache. »Ein malerischer Hof – ein grausames Verbrechen. Wie passt das zusammen?«, deklamierte er in bester Manier eines geübten Bühnenschauspielers.

»So ein mediengeiler Hund!«, stieß Oskar Lindt mitten in der großen Gruppe einheimischer Zuschauer unvermittelt aus. Mehrere zustimmende Blicke trafen ihn, doch Carla zwickte empört in seinen Unterarm.

»Ist doch wahr«, knurrte der Karlsruher halblaut. »Was soll denn dieser Zirkus hier?«

Borngräber war zu weit entfernt, um zu verstehen, nagelte ihn aber sofort mit kalten Augen fest. »Jeder ist verdächtig, ja, auch Sie dort hinten. Ja, Sie in der Übergrößenjacke!«

Das war zu viel! Schlagartig brannten bei Lindt sämtliche Sicherungen durch. Er riss seine Arme in die Höhe und rief, so laut er konnte: »Bitte festnehmen! Lassen Sie die Frau frei, auf die warten drei Kinder! Nehmen Sie mich!«

Ein Raunen ging durch die Reihen der Einheimischen und mehrere Zeitungsreporter richteten ihre Kameras auf ihn.

»Aha, ein Geständnis!«, schoss der Staatsanwalt zurück. »Mal sehen, ob Sie nach einer Nacht in der Zelle noch dabei bleiben.«

»Gern, wenn das Essen gut ist«, provozierte Lindt weiter und Carla fasste ihn mit hochrotem Kopf am Ärmel. »Was ist denn in dich gefahren?«

Borngräber fixierte ihn fest: »Wasser und Brot, aber bis Sie durch die Gitterstäbe passen, werden mehrere Jahre vergehen.«

»Stellen Sie sich erst mal vor!«, giftete Lindt. »Wie heißen Sie überhaupt, Sie Fatzke?« Für ihn war es eine völlige Unmöglichkeit, dass sich die Ermittler derart affig
in Szene setzten.

»Ich bin hierhergekommen, um die Öffentlichkeit über
eine scheußliche Tat zu unterrichten. Oberstaatsanwalt
Borngräber!«, stieß der geschniegelte Anzugträger auf
dem Podest aus und schleuderte zornige Blitze aus seinen Augen.

»Haha, der Totengräber!«, schallte es laut aus einer
anderen Ecke der Zuschauermeute. Offenbar gab es auch
noch andere Personen, die sich an der Inszenierung stör-
ten. »Zum Friedhof geht's dort runter!«, rief ein weiterer Einheimischer in Richtung Podium. Spontan breitete
sich eine Lachwelle aus. »Zieh eine schwarze Krawatte
an und nimm die Schaufel in die Hand.«

Der Kripochef schoss in die Höhe. »Ruhe! Ich bin Kriminaldirektor Ott. Ruhe, verdammt noch mal, sonst …!«
Dann strich er sich mit manikürten Händen sein wallendes Haupthaar aus dem Gesicht.

»Au, der liebe Gott! Persönlich hier bei uns auf der
Erde«, kam laut aus der Menge. »Morgen ist Himmelfahrt,
da kannst du wieder rauf!« Die Zuhörer bogen sich vor
Lachen. Auch Lindt schlug sich vergnügt auf die Schen-
kel. Wenn er etwas nicht ausstehen konnte, dann waren es
solche Karrieretypen, die ein Mordsspektakel veranstal-
teten, dabei aber kilometerweit über der echten Polizei-
arbeit schwebten und voller Verachtung auf die herunter-
sahen, die im Straßendreck nach Spuren suchen mussten.

Die Gesichter der uniformierten Polizisten wiesen
sämtlich ein breites Grinsen auf und auch Franz-Otto
Kühn konnte sich offensichtlich nur mühsam beherr-

schen, nicht ebenfalls laut mitzulachen. In Windeseile drehten sich die Kameras der Fernsehsender und hatten nun die Zuschauer im Bild. »Pass auf«, raunte eine Reporterin ihrer Kollegin zu, »gleich wird's noch besser!« Sie sollte recht behalten.

»Lasst Mary frei!«, rief ein Bärtiger in blauer Latzhose und offenem Hemd, aus dem kräftiges Brusthaar quoll. »Lasst Mary frei, lasst Mary frei!«, stimmten gleich zehn weitere Einheimische mit ihm ein und reckten die Fäuste gen Himmel.

Lindt war baff. Was für ein Schauspiel! Fünfzig Erwachsene Heselbacher schrien Justiz und Polizei ihre Forderung entgegen. »Lasst Mary frei! Lasst Mary frei!« Rhythmisch klatschten Frauen und Männer.

Lindt wollte Carla etwas sagen, doch es gab keine Chance, gegen diesen Chor der Aufgebrachten anzukommen. Seine Frau hatte nun ganz klar ihre Zurückhaltung abgelegt. Sie sah Oskar mit einem triumphierenden Blick an und umarmte ihn spontan. »Klasse!«, versuchte sie die Menge zu übertönen. »Und Schuld daran bist nur du!« Dann stimmte auch sie mit in die Rufe der Wütenden ein: »Lasst Mary frei! Lasst Mary frei!«

Lautstärke und Vehemenz steigerten sich immer mehr. Eine Eigendynamik griff um sich, die nicht mehr zu bremsen war. Jetzt stürmten die ersten Männer nach vorne, links und rechts an den Journalisten vorbei, drückten die verdutzten Schutzpolizisten zur Seite und sprangen auf das Podium. Im Nu war die Lage völlig unübersichtlich. Das ganze Podest wimmelte plötzlich von Einheimischen. Franz-Otto Kühn gelang die Flucht, doch Staatsanwalt und Kripochef hatten keine Chance. Beide wurden von starken Armen gepackt und unter frenetischem Johlen der Menge in die Höhe gehoben. Hilflos zappelten sie in der Gewalt der entfesselten Kerle.

Plötzlich ein Kommandoruf: »Auf drei!« Und dann: »Abflug – Eins – zwei – drei!«

Synchron flogen Borngräber und Ott vom Podest, jedoch nicht nach vorne zu den Journalisten, sondern in die andere Richtung. »Juhuuuu!« Ein Jubelgeschrei aus unzähligen Kehlen schallte durch das Schwarzwalddorf und mit zwei lauten Klatschern landeten die Anzugträger bäuchlings mitten im frischen Kuhmist.

»Bravoooo!« Lauter Applaus brandete auf. »Lasst Mary frei! Lasst Mary frei!«

Die Attentäter reckten die Arme zum Himmel. »Los, rundrum!«

Das Unfassbare geschah. Zig Zuschauer fassten sich an den Händen und bildeten in Windeseile einen Kreis um den Misthaufen. Enthusiastisch zogen sie sich hintereinander her und umrundeten ein ums andere Mal die traurigen Gestalten oben auf dem Dung. Auch Oskar und Carla machten mit, rings um den Haufen, ein geschlossener Kreis entschlossener Menschen, die Freilassparole grölend. Reigentanz am Eichwaldhof.

Die Schutzpolizei konnte dem Spektakel nichts entgegensetzen. Machtlos mussten die Uniformierten zurückweichen. Ein Blick in die Gesichter der Beamten verriet klar: Keiner war bereit einzuschreiten. Eindeutige Sympathie mit den Einheimischen.

Auch mehr und mehr Journalisten wurden von der aufgeheizten Stimmung erfasst und stimmten in den Chor der Menge ein. »Lasst Mary frei! Lasst Mary frei!« Die Begeisterung für diesen Eklat war ihnen anzusehen. Fernsehkameras liefen heiß, Fotoapparate klickten unentwegt,

Smartphones im Videomodus fingen ihn ein, den Tanz im Mai, den Tanz um den Dung.

Dann richteten sich die Objektive auf die Spitze des Haufens. Borngräber und Ott rappelten sich mühsam auf, wahre Jammergestalten in ihren über und über besudelten feinen Anzügen. Beide versuchten, sich vorwärts zu bewegen, doch bei jedem Schritt sanken sie bis zu den Waden ein. Jetzt kam der Staatsanwalt ins Rutschen und griff hilfesuchend nach dem Kripochef. Fatal! Beide glitten aus und landeten erneut im Mist, diesmal auf dem Rücken. Die Menge jubelte von neuem. »Bravo! Weiter so! Noch mal rein! Voll in die Scheiße!«

Mühsam krochen die hochbezahlten Beamten schließlich auf allen vieren zum Rand der Dunglege. Kripochef Ott schwang sein rechtes Bein über die morschen Begrenzungsdielen – ratsch! Die Anzughose riss im Schritt auf und gab den Blick frei. Der Grauhaarige trug knallrote Boxershorts.

»Sagenhaft!« Begeistert fingen die Apparate der Medienvertreter diesen Anblick ein. »Ein Bild für die Götter!«, rief der Kameramann des SWR seinem Kollegen vom Privatfernsehen zu. »Der Ott steigt von seinem Thron herunter. Das wird der Aufmacher des Jahres!« Einer der Zeitungsreporter konnte sich vor Lachen kaum halten: »Jetzt wissen wir: Drunter trägt er rot, der liebe Gott!«

Ein hasserfüllter Blick des Kripochefs ging in die Runde. Mühsam hangelte er sich nun über die schmierigen Holzdielen herunter. Falsche Stelle! Bis zu den Knöcheln stand er sofort in schwarzer Sickerbrühe. Mühsam versuchte Isidor Ott, Haltung zu bewahren, sah verstört zu Boden und tat reflexartig, was er immer tat. Er fuhr sich durch seine graue Mähne. Die Kameras verewigten auch diesen Augenblick. Dunkle Farbe zierte nun wallendes Haupthaar. »Kuhpomade für den Kripochef«, die Journalisten waren begeistert. Ott hatte keine Chance – er war restlos blamiert und mit Rindermist paniert.

Mit verzerrtem Gesicht reichte er dem Staatsanwalt seine Hand, um ihm den Abstieg zu erleichtern. Dieser bot denselben traurigen Anblick und blieb zudem noch mit seinem teuren Sakko am rauen Holz hängen. Abermals ratsch! Der Ärmel riss auf bis zum Ellenbogen.

Niederlage auf ganzer Linie. Nichts wie weg!

Unter euphorischem Jubel der Menge ergriffen die beiden begossenen Pudel die Flucht und hasteten zu ihrem schwarzen Dienstwagen. Mit quietschenden Reifen schoss der Rottweiler Audi davon. Hundert erhobene Fäuste wünschten gute Fahrt.

Auch die Besatzungen der Streifenwagen zogen sich zurück. Keiner der Beamten zückte einen Notizblock, keiner der Uniformierten machte Anstalten zur Feststellung von Personalien – alle sahen zu, möglichst unauffällig zu verschwinden. Franz-Otto Kühn, der inmitten der Polizisten Schutz gesucht hatte, warf noch einen letzten verzweifelten Blick in Richtung seines Karlsruher Kollegen, registrierte die strahlenden Gesichter von Oskar und Carla und verdrückte sich schnellstmöglich.

Doch auch die Menge der Einheimischen zerstreute sich. Mit den Reportern wollte niemand reden und so entfernten sich die Bewohner des kleinen Schwarzwalddörfchens in Richtung ihrer Häuser. Da und dort standen allerdings noch einzelne Grüppchen vor den Türen und eine bange Frage machte die Runde: »Kommt da noch was nach?«

11. KAPITEL

»Da kommt garantiert was nach«, vermutete auch Hotelier Schneider, der gemeinsam mit den Lindts die Dorfstraße hinunterging.

Oskar winkte ab. »Ach was, keiner wird sich getrauen. So eine Riesenblamage kann nur totgeschwiegen werden.«

»Totgeschwiegen?«

»Natürlich. Für die Medien war das eine absolute Sensation. Gnadenlos werden sie die beiden Lackaffen durch den Kakao ziehen. Die Beiträge im Fernsehen und in den Zeitungen habe ich schon richtig bildhaft vor Augen. Ganz Deutschland wird lachen.«

»Ja, Deutschland«, sagte Carla. »Eigentlich sind das doch eher französische Verhältnisse.«

»Wir halten zusammen, so war es schon immer«, meinte der Wirt und trat ins Hotel. »Kommen Sie, auf zum Fernseher. Ich spendiere eine Runde!«

Carla bestellte eine kühle Weißweinschorle, Oskar ein Weizen – »bleifrei bitte« – und gemeinsam mit den Schneiders machten sie es sich vor einem XXL-Bildschirm gemütlich. Immer mehr Einheimische stießen dazu und diskutierten aufgeregt die Ereignisse vor dem Eichwaldhof.

RTL verbreitete die Vorkommnisse am schnellsten. Bereits eine Dreiviertelstunde später flimmerte der erste Beitrag als Sondermeldung über die Mattscheibe.

Oskar Lindt zuckte zusammen – seine Attacke wurde vollständig gezeigt. Das Konterfei des Karlsruher Kommissars in Großaufnahme. Dann die aufgebrachte Menge, der Sturm aufs Podest, die fliegenden Anzugträger, der Reigentanz und das gesamte dreckige Spektakel im Mist. Zum Schluss noch die Flucht in der schwarzen Limousine.

»Gewonnen!«, stellte Lindt fest. Seine Augen strahlten: »Die anderen Sender werden genauso berichten. Die sind blamiert bis auf die Knochen.«

Bärbel, die Wirtin, sah ihn zweifelnd an: »Haben Sie denn nichts zu befürchten? Sie persönlich, als Kommissar? Schließlich …«

»… sind wir ganz privat als Urlauber hier«, unterbrach Oskar.

Die Blicke einiger Heselbacher richteten sich fragend auf ihn, sodass er schnell anfügte: »Die Karlsruher Kriminalpolizei hat damit überhaupt nichts zu tun. Eine solche Inszenierung hätte ich niemals zugelassen.«

»Sie sind …?«, fragte der bärtige Latzhosenträger irritiert.

»Mord und Totschlag, seit vielen Jahrzehnten. Aber eine derart aufgeblasene Pressekonferenz – nein, keinesfalls.«

»Die werden Sie erkennen«, antwortete der Mann.

»Eher nicht«, meinte Lindt, doch da ertönte der Klingelton seines Smartphones. Schnell schaute der Kommissar aufs Display und stand auf. »Vielleicht kennen die mich doch?«

Er ging einige Schritte zur Seite und nahm das Gespräch an: »Paul, was gibt's. Brennt die Hütte?«

»Oskar, sagenhaft«, kam die Stimme seines engsten Mitarbeiters Paul Wellmann aus dem Lautsprecher. »Unfassbar, was du da in Gang gesetzt hast.«

»Ah, du sitzt vor dem Fernseher.«

»Ja, und wir alle hier sind megastolz auf dich. Denen hast du es voll gegeben!«

»Ich hab aber keinen angefasst«, grinste Lindt.

»Gut gemacht – genau das richtige Maß. Trotzdem bist du voll aus dir rausgegangen.«

»Entspannter Wanderurlaub im Schwarzwald, meine Batterien sind wieder komplett aufgeladen.«

»Das konnte man dir ansehen. Du hast gewirkt wie vor 20 Jahren. Toll! Glückwunsch vom ganzen Team!«

»Danke, grüß alle zurück. Wir bleiben aber trotzdem noch eine Weile hier.«

Lindt steckte das Gerät ein und nahm wieder Platz.

»Wollte Ihnen schon jemand an den Karren fahren?«, fragte Bernd Schneider besorgt.

»Ganz im Gegenteil. Meine Kollegen im Präsidium waren von der Aktion vollkommen begeistert.«

»Na, wenn die Rottweiler draufkommen, wer den Funken ins Pulverfass geworfen hat …« Carla sah ihn zweifelnd an.

»Dann werde ich suspendiert und in den vorzeitigen Ruhestand geschickt«, lachte Lindt und schaute in die Runde. »Würden Sie uns für diesen Fall hier Asyl gewähren? Hier in Heselbach?«

»Selbstverständlich!« Der Bärtige reichte ihm spontan die Hand. »Ich bin der Hans. Bei uns in die Ferienwohnung könnt ihr beiden gleich einziehen. So einen wie dich können wir hier immer brauchen.«

»Oskar!« Lindt drückte die Pranke des muskulösen Bauern. »Und das ist Carla, meine Frau. Siehst du …«, wandte er sich zu ihr, »… so schnell findet man Freunde.«

Von Stund an waren die zwei Karlsruher mit halb Heselbach per Du, selbstverständlich auch mit den Wirtsleuten des Hotels.

Allerdings entging Lindt nicht, dass sich zwei Männer während der Verbrüderungsszene sehr im Hintergrund gehalten und dann schnell verabschiedet hatten. Ein leichtes Unbehagen beschlich ihn, doch er behielt seine aufkeimenden Befürchtungen für sich.

Nur Carla merkte später im Hotelschwimmbad, dass ihren Oskar etwas bedrückte: »Hast du doch Bedenken, dass dir jemand am Zeug flicken wird?«

Lindt lehnte sich in den letzten Strahlen der Abendsonne an den Beckenrand, stützte sein Kinn auf, sah in die Ferne und zuckte die Schultern. »Wofür? Habe ich mir etwas zuschulden kommen lassen?«

»Frech warst du schon. Vorlaut und provokativ.«

»Dafür gibt es meines Wissens keinen Paragraphen im Strafgesetzbuch.«

»Aufwiegelung? Anstiftung zu einer Straftat?«

»Ach was, das war noch nicht mal die leichteste Form von Körperverletzung. Zwei geschniegelte Typen, die sich duschen und ihre Anzüge reinigen lassen müssen. Nein, nein, zum Landfriedensbruch ist da noch ein himmelweiter Unterschied.«

»Himmelweit …« Auch Carla schaute nun in die Ferne. »Werden sie die Mary jetzt freilassen?«

»Hmm …«, brummte Oskar. »Aufgrund dieses kleinen Volksaufstands natürlich nicht, aber ein fähiger Anwalt müsste sie eigentlich schnell da raushauen.«

»Ihre Unschuld beweisen?«

»Zumindest aus der U-Haft entlassen. Fluchtgefahr ist sicherlich nicht gegeben.«

»Und ein Alibi gibt es doch auch, so wie der Franz berichtet hat.«

Lindt nickte: »Ich sehe gute Chancen, dass sie auf freien Fuß kommt, aber ...«

»Aber?«, wiederholte Carla stirnrunzelnd, aber dann nickte sie: »Ja, ich verstehe, was du meinst. Trotzdem hat es irgendjemand getan.«

»Und der kann heute mitten unter uns gewesen sein. Das macht mir jetzt gerade richtig zu schaffen.«

Eine Zeitlang schwiegen die beiden, betrachteten die weichen Farbtöne der Landschaft in der langsam eintretenden Dämmerung und genossen die Wärme des Poolwassers.

Dann tauchte Oskar unter, hielt einige Sekunden die Luft an und kam prustend wieder an die Oberfläche. »Aber das ist die Sache vom Franz.«

Carla fasste ihn an den Schultern. »Das sagst du jetzt nur, um dich zu beruhigen. Dich und mich, stimmt's?«

Lindt atmete tief ein und aus. »Wir stecken mittendrin, das ist klar. Wenn wir uns rausziehen wollen, müssen wir abreisen.«

Seine Frau stieß sich von ihm ab und schwamm eine Runde im Becken. Dann dockte sie wieder neben Oskar an. »Mitgegangen, mitgefangen. Wir bleiben da, aber bitte möglichst im Hintergrund.«

Bedächtig wiegte der Kommissar seinen Kopf: »Lass uns hochgehen und drüber schlafen.«

Wie immer wachte Lindt gegen fünf Uhr auf. Heute allerdings blieb er liegen. Nein, keine Lust auf einen Morgenspaziergang. Womöglich würde er wieder etwas entdecken, was mit dem Verbrechen am Eichwald-

Bauern zu tun hatte. Nein, darauf hatte er wirklich keinerlei Lust.

Zehn Minuten wälzte er sich von links nach rechts, sodass sogar Carla unruhig wurde. Er zwang sich, in Seitenlage völlig still liegen zu bleiben und tatsächlich schlummerte er wieder ein. Eine Stunde später wusste der Kommissar, dass er besser aufgestanden wäre.

Oskar Lindt schlief ein, aber er wurde umgehend von wilden Traumbildern verfolgt. Zuerst erfasste ihn ein Traktor, der aus dem Nichts auftauchte. Ein uraltes, farbloses Modell mit zerfetztem Verdeck und kaputten Scheinwerfern. Das Vehikel spie schwarze Rauchwolken aus, die den Himmel verfinsterten. Bedrohlich bollernd schoss der Schlepper auf ihn zu. Ausweichen? Keine Chance. Lindt stand mitten auf einem weiten schlammigen Platz, steckte bis zu den Waden in einer dunklen, stinkenden Brühe, die sich wie zäher Klebstoff an seinen Beinen klammerte. Flucht? Unmöglich! Er konnte sich keinen Zentimeter vorwärtsbewegen.

Der Frontlader des furchterregenden Gefährts senkte sich angriffslustig, schrammte funkensprühend auf löcherigem Kopfsteinpflaster entlang, tauchte in den schwarzen Sumpf, fuhr unter Lindts Schuhsohlen und riss ihm die Füße weg. Verzweifelt ruderte Oskar mit den Armen durch die Luft. Vergeblich! Chancenlos fiel er in die verdreckte Schaufel, die sofort nach oben schnellte. Wie einen Spielball warf ihn der Lader in die Luft. Einmal, zweimal, zehnmal, immer wieder. Lindt spürte keine Schmerzen, aber fühlte sich wie auf dem Trampolin eines höllischen Spiels. Aufprall – Flug – runter – hoch – es gab kein Entrinnen.

Schließlich machte der fahrerlose Schlepper der Grausamkeit ein Ende und kickte sein Opfer mit einem gewaltigen Schwung himmelwärts. Lindt stieg und stieg. Im Traum breitete er die Arme aus und flog. Wie ein Basejumper im Gebirge, nur in umgekehrter Richtung. Raketengleich nach oben, geradewegs durch die Wolken, geradeaus, direkt ins unendliche Blau.

Blau? Nein, dieser Himmel war aufs Mal nicht mehr blau, sondern schwarz, dreckig schwarz. Braungrün-schwarz, extrem übelriechend. Nasse Mistklumpen, gespickt mit pfeilspitzen Strohhalmen, flogen wie Meteoriten millimeterdicht an ihm vorbei. Immer wieder schaffte er es gerade noch, auszuweichen – mit letzter Kraft.

Plötzlich war der Misthagel vorbei und aus dem Nichts tauchte ein riesiges Gesicht vor ihm auf, bartlos, aber umkränzt von langem, lockigem, gepflegtem Haupthaar. Grau waren sie, die Haare, grau und glänzend, aber nur ganz kurze Zeit. Mit einem Schlag wurden sie struppig, strohig, graubraun, schmutzigbraun, grauschwarz – und stinkend!

Der Mund mitten in diesem Gesicht öffnete sich und »Ruhe!« tönte heraus. »Ruhe!« Ein kehliger Laut, so dumpf und hohl, als würde er aus endloser Weite herkommen. Dann öffnete sich der Mund noch mehr, wurde rund, wurde riesig, wurde zu einem dunklen Loch und sog ihn an … Er wollte schreien …

Schweißgebadet wachte Oskar Lindt auf und schoss in die Höhe.

Senkrecht saß er neben Carla, die sich schlaftrunken die Augen rieb. »Du hast gerufen.«

»Ich?«

»Wer denn sonst? Ist dir nicht gut?«

»Ich war …«

»Was?«

»Die haben mich in den Himmel geschossen …«, stotterte Lindt.

Jetzt setzte sich Carla ebenfalls auf: »Ein schlechter Traum?«

»Ganz hoch, ganz weit, ich bin geflogen, durch die Wolken. Erst kam der Mist und dann der Ott.«

Zärtlich strich ihm Carla über die Stirn. »Oskar, Oskar, so langsam mache ich mir Sorgen um dich.«

»Doch, er war es, eindeutig, ganz klar. Der Ott! Und seine langen Haare waren voller …«

»Mist? So wie gestern?«, lachte Carla. »Toll! Du weißt ja, dass heute Feiertag ist?«

»Himmelfahrt«, stöhnte Lindt und ließ sich wieder in sein Kissen sinken. »Meine habe ich schon hinter mir.«

»Aber du bist wiedergekommen. Unversehrt zurück auf der Erde. Wer kann das schon von sich sagen?«

An diesem Tag schafften sie es erst knapp vor zehn Uhr an den Frühstückstisch. »Wir könnten heute zur Sattelei wandern«, schlug Carla vor. »Die Hütte kennen wir noch nicht, soll aber eine sehr gute Küche bieten. Außerdem findet dort an Himmelfahrt immer ›Kirche im Grünen‹ statt. Mit Posaunenchören und so.«

»Gottesdienst?« Oskar sah sie entgeistert an. »Ein anderes Mal gerne, aber heute … nein, heute ist mein Bedarf an Himmel wirklich gedeckt.«

»Okay, okay. Ich dachte, du wärst schon darüber hinweg.«

»Das war ein fürchterlicher Albtraum, der sitzt mir immer noch in den Knochen. Und wie!«

»Ist ja gut. Wir finden natürlich auch ein anderes Ziel.«

»Ja«, meinte Lindt. »Lass uns das Auto nehmen und möglichst schnell aus Heselbach verschwinden. Nicht, dass wir schon wieder über etwas Schlimmes stolpern.«

»Gestern hat es dir hier aber noch sehr gut gefallen. Denk doch an unsere vielen neuen Freunde.«

»Egal«, ächzte Oskar. »Die sind sicherlich alle sehr nett, doch heute … bitte … heute möchte ich keinen von denen sehen.«

»In Ordnung«, stimmte Carla zu. »Aber unser Wagen bleibt stehen. An einem Feiertag wie diesem sind die Straßen garantiert voll mit Motorrädern und Ausflüglern. Wir nehmen wieder Bahn und Bus.«

»Umweltfreundlich, wie du bist«, nickte Lindt. »Ab auf die Hochstraße.«

»Vom Kniebis nach Mitteltal? Die Route zum Ellbachsee hinunter habe ich auch noch auf meiner Liste.«

»Egal. Hauptsache, erst mal raus.«

Lindt hatte das richtige Gespür. Etwas lag in der Luft und er wollte sich heute auf keinen Fall damit abgeben. In der farbenfrohen Wanderkluft, auf dem Weg hinunter zur S-Bahn-Haltestelle, wurde ihm deutlich wohler. Frohgemut schritt er aus und überquerte gemeinsam mit seiner Frau die vielbefahrene Bundesstraße. Dann die wenigen Meter bis zum Bahnsteig. Oskar sah auf die elektronische Anzeige. »Noch drei Minuten, das haben wir ja optimal hingekriegt.«

Die S 8 nach Freudenstadt fuhr ein, die Lindts setzten sich, die Bahn fuhr ab. Oskar blickte aus dem Fenster hinüber zur Straße … und erkannte den kleinen grauen Geländewagen, der genau in diesem Moment von Heselbach herunterkam. Am Steuer: Frau, blond, kurzhaarig.

Lindt schloss die Augen. Nein, heute nicht! Doch Carla stieß ihn an: »Schau, dort. Der Wagen.«

Oskar stöhnte: »Ich hab ihn gesehen – und die Fahrerin auch.«

»Ja!«, reckte seine Frau die Faust zur Decke. »Ja! Sieg! Sie ist wieder draußen. Die Mary ist frei. Was für ein wunderbarer Tag.«

Lindt öffnete die Augen erst an der nächsten Haltestelle wieder. »Klosterreichenbach«, kam aus dem Lautsprecher.

»Müssen wir auch noch näher erkunden«, kommentierte der Kommissar die Durchsage.

»Die große alte Sandsteinkirche?«, wollte Carla wissen.

»Von mir aus auch die, aber bloß nicht heute. Ich denke mehr an die einladenden Lokale.«

Sie legte ihm die Hand aufs Knie: »Kommt alles noch. Ein Katzensprung zu Fuß von Heselbach her.«

Im Laufe ihrer Wanderung flachte Lindts innere Unruhe stetig ab. Je länger sie gingen und je mehr die beiden von der herrlichen Landschaft in sich aufnahmen, umso gelassener wurde er. »Doktor Wald«, ging ihm durch den Kopf. Naturmedizin pur. Tief sog er den Duft von ätherischen Ölen, Fichtennadeln, Moos und Harz in sich ein. »Waldbaden«, »Shinrin-yoku«, wie die Japaner dazu sagten.

An der Aussichtsplattform hoch über dem Ellbachsee dachte der Kommissar noch kurz daran, Franz-Otto Kühn anzurufen, doch er verwarf diesen Gedanken gleich wieder. »Nein, Feiertag heute«, sagte er halblaut zu sich selbst.

»Was meinst du?«, fragte Carla irritiert.

»Ach, nichts. Der Franz hat an einem solchen Tag auch frei.«

»Vergiss den Franz, schau lieber in die Ferne.«

Lindt nickte: »Weißt du eigentlich, dass ich schon mal hier war?«

»Du, am Ellbachseeblick?«

»Hmm, hmm. Von hier aus hat dieser Irre, der den Nationalpark damals in letzter Sekunde verhindern wollte, seinen letzten Flug angetreten.« Er beugte sich über die Douglasienbohlen der Brüstung und sah nachdenklich in die Tiefe. »Da ist er runtergesprungen.«

»Vergiss auch den. Ist längst im Himmel.«

»Der BLUTSPECHT? Im Himmel?« Spontan lachte Lindt laut auf. »Alle, bloß der nicht. Wenn es eine Gerechtigkeit im Jenseits gibt, dann ist dieser Kerl in der Hölle, aber ganz tief drunten, im hintersten Winkel. Dort, wo das Feuer am heißesten brennt!«

»Wir gehen jetzt auch runter.« Sie zeigte auf den malerisch im Talkessel gelegenen See. »Aber dort ist es eher kühl – frisch und kühl.«

Ein steiniger Pfad führte hinab, unten machten sie Rast. Carla zog Schuhe und Söckchen aus, betrachtete zufrieden das Urlaubsbraun ihrer Beine, ging barfuß an einer flachen Stelle bis zum Ufer und wagte zwei Schritte ins Wasser. Sofort stieß sie einen spitzen Schrei aus: »Aah, kalt, eiskalt. Da steckt noch der ganze Winter drin.«

»Komm lieber wieder raus«, sagte Oskar und winkte. »Nicht dass auch du noch zur Wasserleiche wirst.«

»So wie dieser Frieder? Vorher müsstest du mir aber einen Schlag auf den Kopf geben.«

Lindt bückte sich nach einem abgebrochenen Fichtenast. »Mit diesem Prügel hier?«

»Na, wenn du meinst«, antwortete Carla, noch immer im Wasser stehend. »Vielleicht hast du ja genug von mir. Jetzt ist deine Chance. Niemand, der zuschaut. Keine Leute in Sicht. Nur der Wald guckt zu.«

»Der Wald hat Augen und Ohren …«

»Aber keinen Mund, um deine Tat zu bezeugen.«

»Und mein Motiv?«

»Überdruss nach mehr als 30 Ehejahren, was denn sonst«, lachte Carla und machte zwei schnelle Sprünge zurück aufs Trockene. »Ob dir der Franz dein kriminelles Werk nachweisen könnte?«

»Niemals! Ich würde den völlig verzweifelten Witwer geben. Trotz meiner Warnung ging sie ins Wasser. Plötzlich untergegangen. Schock im eiskalten Wasser des Ellbachsees. Aus und vorbei. Alles zu spät.«

»Wenn da nicht diese blöde Platzwunde am Hinterkopf wäre.« Sie fasste nach dem dicken Ast, entwand ihn Oskars Hand und warf ihn weit hinaus auf die Wasserfläche. »So, da treibt das Tatwerkzeug. Am Überlauf treibt es raus aus dem See, den Ellbach runter, dann in die Murg. Niemand würde es jemals finden.«

»Du meinst, ohne Mordwaffe kein Mord?« Lindt schüttelte den Kopf. »Ein paar Holzsplitter in deiner Kopfhaut und fertig wäre der Indizienbeweis. Nein, nein, mit meiner Erfahrung würde ich das schon intelligenter anstellen.«

»Der perfekte Mord und ich als Opfer?«

»Klar doch. Ideen hätte ich genug«, grinste Oskar.

»Muss ich Angst bekommen?«

»Selbstverständlich! Was denkst du, wie viele Polizisten sich schon professionell von Lästigem befreit haben …«

»Ohne Spuren zu hinterlassen.«

»Es gibt unendlich viele tragische Unfälle …«

»Besonders im Urlaub?«

»Beste Gelegenheiten. Felswände, Wasserfälle, Hochmoor.«

»Ein Schritt zu weit?«

»Oder die Brüstung eines Aussichtsturms. Hinausgelehnt – hinabgestürzt. Toll, welche Möglichkeiten der Schwarzwald bietet.«

»Und dann?«

»Na ja, langweiliger wäre mein Leben schon ohne dich. Ich denke, wir verschieben die Tat auf später.«

Carla umarmte ihn. »Danke. Da hab ich ja noch ein Weilchen zu leben.«

»Bevor du in den Himmel kommst«, ergänzte ihr Mann. »Ob es dort wirklich so schön ist? Heute Morgen war ich froh, wieder unten auf der Erde zu sein.«

Die Feiertagssonne trocknete Carlas schlanke Beine im Nu. »Weiter geht's«, kommandierte sie und stieß Oskar an, der es sich im kurzen Waldgras gemütlich gemacht hatte. »Nicht, dass du hier noch einschläfst.«

»Ohne jemals wieder zu erwachen? Solch einen Tod wünscht sich doch jeder. Einfach die Augen schließen und abtreten.«

»Wie hoch wäre meine Witwenpension?«

»Sie steigt mit jedem Dienstjahr. Es lohnt sich also, noch ein wenig zu warten, bevor du mich mit vergifteten Müsliriegeln ins Jenseits beförderst.«

»Na gut, einverstanden. Aber den Tipp muss ich mir merken. So ein Leben als vermögende Witwe kann auch ganz angenehm sein.«

Oskar schaute sie stirnrunzelnd an: »Ich habe dir anscheinend die ganzen Jahre über zu viel von meinen Fällen erzählt.«

»Gift würde mir gefallen, echt. Welches kann man denn nicht nachweisen?«

»Tja«, grinste der Kommissar und schloss seine Augen wieder. »Wir hatten da mal einen millionenschweren Fabrikanten, der morgens einfach tot im Bett lag.«

»Sanft entschlafen?«

»Ganz sanft. Herzinfarkt stand auf dem Totenschein.«

»Schlaue Gattin?«

»Wir waren schlauer …« Lindt lachte. »Alle Geheimnisse kann ich leider nicht preisgeben. Wer weiß, was sonst noch passiert.«

»Dreißig Jahre waren doch auch eine schöne Zeit. Damit könntest du ja zufrieden sein.«

»Okay, dann bleib ich eben liegen. Mal sehen, wo ich wieder aufwache.« Er zeigte zum Himmel: »Irgendwo dort oben im unendlichen Blau.«

Carla schlüpfte in ihre Schuhe. »Heute wird das nichts mit Ableben. Los, komm, in Heselbach wartet heute Abend ein Himmelfahrtsmenü.«

»Himmelfahrtskommando, wolltest du wohl sagen. Oder nein, dabei gehen meistens alle Beteiligten drauf. Bisher flog ja nur einer ins Jenseits.«

»Das reicht auch. Und der Franz wird schon noch rausfinden, wer's war.«

Stirnrunzelnd rappelte sich Lindt hoch. »Der Franz? Vielleicht. Möglicherweise auch mit meiner Hilfe. Mir sind da gestern zwei Kerle aufgefallen und ich weiß noch nicht, wo die wohnen.«

»Hör auf!« Carla gab ihm einen kräftigen Schubs, bei dem er fast das Gleichgewicht verloren hätte. »Überlass das den anderen und kümmere dich lieber um mich.«

12. KAPITEL

Lindt ließ sich nichts anmerken, aber beim Weiterwandern war der Gedanke sein ständiger Begleiter. Zwei Männer, immer wieder tauchten sie vor seinem inneren Auge auf. Häufig schon waren es ganz kurze Wahrnehmungen gewesen, die in entscheidende Richtungen führten. Ein Fragment, in Sekundenbruchteilen aufgenommen, das sich später als Schlüssel einer Ermittlung herausstellte. Es war nicht die Tatsache, dass diese Kerle sich verdrückt hatten, sondern die Art, *wie* sie verschwanden. Ihre Blicke hatten sich kurz gekreuzt und Lindt hatte genau dies bemerkt.

»Oftmals liegt die Lösung ganz nah«, wurde ihm schon früher von seinem Lehrmeister, dem alten Alwin Stadler, mit auf den Weg gegeben. »Du musst nicht in die Ferne schauen. Such lieber im Dreck, direkt vor deinen Füßen.« Oft musste er an diesen Spruch denken, wenn wieder einmal etwas Offensichtliches übersehen worden war.

Lag der Schlüssel also in Heselbach? Möglicherweise sogar im Eichwaldhof?

Lindt nahm sich vor, den Gedanken bei nächster Gelegenheit mit Franz-Otto Kühn zu bereden. Die Freudenstädter Ermittlergruppe musste das Bauernhaus auf den Kopf stellen. Alle Lebensumstände mussten geprüft werden. Den drohenden Bankrott des landwirtschaftlichen Betriebs mussten die Kollegen genau durchleuchten.

»Die müssen ...«, begann Oskar, laut zu denken, verschluckte aber schnell den Rest des Satzes. Doch zu spät. Carlas misstrauischer Blick traf ihn sekundenschnell.

»Wer muss was? Denkst du schon wieder daran?«

»Du hast recht«, gab er zu, denn entlarvt hatte sie ihn ohnehin. »Ich glaube, das kommt vom schön gleichmäßigen Gehen. Wenn ich so im Trott bin, steigen einfach Gedanken in mir auf. Der Franz wird die Geheimnisse schon lüften.«

Carla tippte mit ihrem Zeigefinger auf Oskars Stirn. »Da steht aber etwas ganz anderes geschrieben.«

»Wo? Hier?« Er fuhr sich durch die Haare.

»Genau. Und ich kann es lesen.«

»So, dann lies mal vor«, forderte er sie auf.

»Kein Problem«, meinte seine Frau. »Ich lese: Ohne Lindt geht es nicht. Ohne Lindt keine Aufklärung.«

Schnell zeigte Oskar nach vorne: »Schau, da kommen bereits Häuser. Muss wohl Mitteltal sein.«

»Genau, Mitteltal, und nirgendwo sehe ich etwas vom Eichwaldhof.«

»Nehmen wir den Bus?«

»Wieso? Bist du schon erledigt? Bisher ging's doch fast nur bergab.«

»Also gut, ein paar Kilometer schaffe ich noch. Aber in Baiersbronn setzen wir uns ins Café. Versprochen?«

»›Café am Eck‹. Dort soll es eine reiche Auswahl geben.«

»Kirschtorte mit Milchkaffee. Okay, diese Aussicht lässt mich durchhalten.«

Auf den Stufen zum Café klingelte Lindts Handy.

»Eine von unseren Töchtern?«, fragte Carla und wusste schon genau, dass das nicht der Fall sein würde.

Oskar schüttelte den Kopf. »Nein, der Franz. Soll ich rangehen?«

»Das musst *du* wissen«, antwortete seine Frau. »Ich jedenfalls brauche jetzt einen Kaffee.« Dann ließ sie ihn einfach stehen und betrat das Lokal.

Lindt holte tief Luft, schaltete das Gerät auf lautlos und folgte ihr. »Wenn es wichtig ist, ruft er wieder an.«

Es war wichtig und Kühn rief wieder an. Eine gute Zeit später, als die beiden Wanderer bereits unterwegs zum Bahnhof waren, vibrierte das iPhone zum zweiten Mal in Oskar Lindts Hosentasche.

»Der Nächste«, drang die Stimme des Freudenstädter Kommissars ans Ohr des Karlsruhers. »Wir haben schon wieder einen Toten und wieder in der Murg.«

»Kann ich dich später zurückrufen?«

»Du kannst mich auch treffen. Im Moment stehe ich auf der Schrofelbrücke und beobachte die Bergung der Leiche.«

»Mit der Bahn bin ich in einer halben Stunde an der Haltestelle Heselbach.«

»Ich hol dich ab«, antwortete Kühn kurz und beendete das Gespräch.

Lindt räusperte sich und sah Carla an: »Es tut mir leid, aber …«

»Der Franz braucht dich«, rollte seine Frau die Augen. »Wie ich bereits sagte, da auf deiner Stirn steht's geschrieben – es geht nicht ohne Lindt.«

»Schon wieder ein Toter und wieder in der Murg.«

»Selbe Stelle?«

Oskar nickte: »Mehr weiß ich noch nicht.«

»Dann werden sich unsere Wege trennen.«

»Was?«, fuhr Lindt entsetzt zusammen. »Du willst ...?«

»Abreisen?« Carla hob die Augenbrauen. »Nein, dafür ist es nach drei Jahrzehnten zu spät. Selbstverständlich werde ich im Hotel auf dich warten. Zum Abendessen – das wirst du ja garantiert nicht versäumen.«

Franz-Otto Kühn stand bereits neben seinem VW Passat, als die Lindts an der S-Bahn-Station Heselbach ausstiegen. Er trat auf die beiden zu und reichte selbstverständlich Carla zuerst die Hand. »Sorry, aber ...«

»Ohne Oskar geht es nicht, ich weiß schon«, sagte sie schnell. »Schöner Urlaub im schön friedlichen Schwarzwald. Hatte ich mir eigentlich anders vorgestellt.«

»Er wäre mir eine große Hilfe«, versuchte Kühn, um Verständnis zu werben.

»Wieso? Habt ihr Personalnot?«

»Das nicht, aber Oskar, der ...«

Carla winkte ab: »Wieder jemand aus dem Dorf?«

»Wissen wir noch nicht. Die Feuerwehr kommt nicht so einfach bei. Die brauchen ein Schlauchboot.«

»Ich geh jetzt auch ins Wasser, aber in gut temperiertes.« Ohne die zwei Kommissare eines weiteren Blickes zu würdigen, entfernte sich Oskars Frau schnellen Schritts.

Auf der Schrofelbrücke hielt Kühn an und zeigte murgabwärts. »Fast an der gleichen Stelle wie der Pfeifle. Nur ein paar Meter weiter, die Strömung hat dort das Ufer unterspült.«

»Ich steig schon mal aus«, meinte Lindt und öffnete die Beifahrertür. Kühn parkte seinen Wagen ein Stück entfernt zwischen den vielen Einsatzfahrzeugen von Feuerwehr, Rotem Kreuz und Polizei und kam dann zu Fuß zurück.

»Ich wollte die Spurensicherung auch im Wasser haben, deshalb das Boot.«

Lindt trat ans Geländer der Brücke und zog Pfeife samt Tabaksbeutel aus seiner Jackentasche. Während er stopfte, beobachtete er die Aktion weiter unten im Fluss. »Dort hat die Murg ein Loch ins Ufer gefressen?«

»Ja«, bestätigte Kühn. »Da wurde er reingetrieben. Der Tote steckt fest. Kopf unter Wasser, verfangen zwischen dicken Wurzeln.«

Oskar verstand. »Ihr wisst also noch nicht, um wen es sich handelt.«

»Männlich, das steht fest, aber ich will ganz genaue Fotos von der Situation haben. Deshalb habe ich angeordnet, dass ein Techniker ins Boot muss.«

Die beiden Kommissare konnten von der Brücke aus genau sehen, was sich im Wasser abspielte. Mit mehreren Leinen gesichert, wurde das Schlauchboot genau zu der leblosen Person manövriert. Ein Feuerwehrmann stand daneben im Wasser, um zu stabilisieren, und musste sich offensichtlich stark anstrengen, gegen die Strömung standhaft zu bleiben. »Ein falscher Schritt und seine Wathose läuft voll«, kommentierte Lindt und hielt ein Streichholz an den Pfeifentabak. »Dein Techniker im Boot hat es da deutlich bequemer.«

»Ich wollte trotzdem nicht an seiner Stelle sein«, meinte Kühn. »Ziemlich wackelige Angelegenheit.«

In diesem Moment war zu sehen, wie der Polizeikollege seine Kamera weglegte und zum Funkgerät griff. »Franz, ich bin so weit. Die Fotos sind im Kasten«, ertönte es auf der Brücke. Kühn nahm sein eigenes Gerät vom Gürtel und drückte die Sprechtaste: »Okay, dann kann die Bergung beginnen.«

Der Techniker wechselte seine Position. Statt zu sitzen, kniete er sich jetzt hin und beugte sich über den Rand des Bootes hinaus. Beim dritten Versuch schaffte er es, ein Seil an den Fußgelenken der Leiche zu befestigen, und gab Zeichen ans Ufer. Eine kopfstarke Mannschaft begann zu ziehen, das Boot bewegte sich rückwärts, der Techniker ruckte am Seil – vergeblich. Er bekam den Körper nicht frei. Erst als der Feuerwehrmann im Wasser unterstützend zugriff und direkt am Körper anfasste, gelang es, den Toten aus der Uferhöhlung zu befreien. Endlich tauchte auch der Kopf auf. »Position halten!«, rief der Kriminaltechniker und fixierte die Leine am Bootsrand. »Ich mach noch ein paar Bilder.«

Mehrfach fotografierte er den männlichen Leichnam, der nun in Rückenlage im schnellen Murgwasser trieb. Der Kopf wurde dabei immer wieder überspült. »Okay, fertig. Jetzt könnt ihr einholen«, meldete er schließlich ans Ufer und die Feuerwehrleute zogen das Schlauchboot samt angehängter Leiche zu einem flachen Uferbereich.

»Den kennen wir nicht«, war die übereinstimmende Auskunft der Retter, als der Tote angelandet und im Gras abgelegt wurde.

»Keiner aus dem Ort?«, wollte Franz-Otto Kühn wissen, der zwischenzeitlich gemeinsam mit Oskar Lindt näher gekommen war.

Allgemeines Kopfschütteln. »Nein, keiner aus Heselbach.«

Die Todesfeststellung war nur noch eine Formsache, Notarzt und Sanitäter zogen sich zurück, der Rechtsmediziner begann – abgeschirmt durch hochgehaltene Planen – mit seiner Arbeit.

»Irgendwann in der vergangenen Nacht«, gab der Arzt eine erste Einschätzung des Todeszeitpunktes. Dann drehte er den Toten auf den Bauch und zuckte zurück. Am unteren Rand des Schädels klaffte – bisher durch die langen Haare verdeckt – eine deutlich sichtbare Wunde.

»Stich zwischen Halswirbel und Hinterhauptloch«, lautete die Meldung. »Wie tief, das kann ich noch nicht sehen, aber vermutlich mit Durchtrennung des Rückenmarks.«

»Sofort tödlich«, murmelte Oskar Lindt.

»Messer reingestoßen – Exitus«, bestätigte der Mediziner.

»Ein … ein … Messer direkt ins Genick?«, entsetzte sich Franz-Otto Kühn. »Wer macht denn so was?«

»Einer, der's kann«, antwortete Lindt. »So erlösen Jäger krankes Wild. Abnicken sagt man dazu.«

»Also diesmal kein Schlag auf den Kopf?«, wollte Kühn wissen.

»Moment«, bat der Gerichtsarzt. »Ich taste mal ab.«

Mit seinen Gummihandschuhen arbeitete er sich durch die lockigen Haare des Toten. »Fest … fest … fest … halt, hier …« Ein Knirschen war zu hören. »Schädelbruch. Die Knochenstücke sind beweglich.«

»Und reiben gegeneinander«, ergänzte Lindt. Gleichzeitig wendete er sich ab. »Hatte ich im Februar. Streit zwischen zwei Albanern. Baseballschläger auf die Birne. Einer blieb auf der Strecke.«

Der Arzt befühlte die Stelle intensiver. Wieder das knirschende Geräusch, das allen durch Mark und Bein ging.

»Keine sofortige letale Wirkung, aber zum Betäuben hat's gereicht. Ich werde bei der Obduktion den Schädel wieder aufsägen müssen. Garantiert finden wir darunter eine massive Hirnblutung.«

»Die auch zum Tod geführt hätte?«, wollte Kühn wissen.

»Nicht primär, wie ich gerade sagte, früher oder später schon«, war die Antwort. »Doch hier wollte jemand auf Nummer sicher gehen. Erst bewusstlos geschlagen, dann noch abgestochen.«

»Himmelfahrt heute«, schüttelte Lindt den Kopf, entfernte sich einige Schritte, zündete seine Pfeife von neuem an und sah einen langen schwarzen Wagen über die Brücke fahren. »Da kommt das Himmelstaxi.«

»Sollen wir ihn hintragen?«, wollte der Feuerwehrkommandant wissen.

»Nicht nötig. Der Bestatter macht das mit Leichensack und Metallsarg«, sagte Franz-Otto Kühn und drehte sich zum Kriminaltechniker. »Bitte vorher noch durchsuchen.«

Der Kollege bückte sich über den Toten und tastete mit seinen latexgeschützten Händen nach dem Inhalt der Hosentaschen. Kühn hielt ihm eine geöffnete Beweismitteltüte hin.

Erst förderte der Techniker einen Schlüsselbund zutage, ein Handy und dann aus der Gesäßtasche der engen, verwaschenen Jeans die Geldbörse. Mit spitzen Fingern öffnete er sie, zog einen Personalausweis hervor und reichte ihn Franz-Otto Kühn. »Merkel, Enrico«, las der ab, so leise, dass es nur Oskar Lindt hören konnte. »Jahrgang 86, wohnhaft in Weisenbach.«

Die Kommissare wurden bleich.

Kühn und Lindt entfernten sich einige Meter. Es war klar, dass dieser Name im Moment noch nicht die Runde machen durfte.

»Der hat ihr das Alibi gegeben«, stellte Kühn fest. »Und jetzt liegt er tot in der Murg.« Er sah Oskar Lindt an: »Was hältst du davon?«

Der Karlsruher blies nachdenklich einige Wölkchen Pfeifenrauch in den Himmel des frühen Abends. »Nichts ist so, wie es scheint.«

»Wie scheint es denn?«

»Erst der Ehemann, dann der Liebhaber. Eine blutige Bäuerin räumt auf.«

»Und eines der Tatwerkzeuge haben wir aus ihrem Auto gezogen.«

»Welches Motiv hätte diese Mary denn?«

»Als Erstes werden wir sie nach der vergangenen Nacht fragen.«

»Wann habt ihr sie denn entlassen?«

»Gestern Abend, zwei Stunden nach den Randalen.«

»Doch sicherlich nicht wegen diesem Volksaufstand.«

Kühn schüttelte den Kopf: »Haftprüfungstermin. Der Richter hat entschieden.«

»Kalte Füße bekommen?«

»Zumindest hat er sich nichts anmerken lassen. Keine Fluchtgefahr, war seine Begründung.«

»Auch wegen der Kinder?«

»Genau. Das kam noch dazu. Ich bin gespannt, wo sie in der letzten Nacht war.«

Lindt sah hinüber zu dem Toten, der immer noch vom Gerichtsmediziner untersucht wurde. »Bei dem dort wahrscheinlich nicht. Zumindest nicht drunten in Weisenbach.«

»Und wenn er hier war?«

»Bei ihr auf dem Hof? Hmmm … Nicht ausgeschlossen. Den Frieder gab es ja nicht mehr, also hatte der Liebhaber freie Bahn.«

»Oskar, was sagt dein Gefühl?«, wollte Kühn wissen.

Sein Karlsruher Kollege überlegte einige Sekunden lang. »Gerade aus der Zelle entlassen – jede Wette, sie war zu Hause. Alleine. Die Kinder haben geschlafen, das Auto stand im Hof – leider keine Zeugen.«

Diese Wette verlor Oskar Lindt und zwar augenblicklich. Ein Motorengeräusch ließ die Kommissare herumfahren. Über die Wiese näherte sich in holperiger Fahrt schnell ein kleiner grauer Geländewagen. Der Suzuki vollführte regelrechte Bocksprünge, so schnell trieb ihn die Fahrerin über Gräben, Wühlmaushaufen und Erdlöcher.

»Zudecken, sofort!«, befahl Kühn gerade noch rechtzeitig. »Und absperren!«

Mary Pfeifle, im ärmellosen Shirt, kurzen Jeans und offenen Clogs, stoppte ihren Suzuki direkt neben den Kommissaren, riss die Tür auf und sprang heraus. »Wer ist das?«

»Kommen Sie.« Kühn versuchte, die Frau am Arm festzuhalten, doch sie wand sich mühelos aus seinem Griff und rannte in Richtung des abgedeckten Toten. »Festhalten!«, keuchte der Kommissar und zwei Streifenbeamte stellten sich ihr in den Weg.

»Wer?«, schrie Mary schrill auf und versuchte, an den Beamten vorbeizukommen. Die Polizisten griffen zu und hatten alle Mühe, die Frau zu bändigen.

»Herbringen!« ordnete Kühn an.

»Wer ist das, verdammt noch mal!« Mary wehrte sich

weiterhin vehement dagegen, festgehalten und zurück zu ihrem Wagen geschleppt zu werden.

»Bitte beruhigen Sie sich.« Diese Aufforderung zeigte keinerlei Wirkung. Mit hochrotem Gesicht ächzte die Frau: »Ich will es wissen, sofort!«

Die Uniformierten drückten Mary Pfeifle gegen ihr Auto, behielten sie aber voll im Griff.

»Wieso sind Sie denn hier?«, wollte Kühn wissen.

»Ist es der Enrico?«, stieß die Frau aus und sah ihn voller Verzweiflung an.

Der Kommissar nickte und hielt ihr Merkels Personalausweis vors Gesicht. Mary wurde schlagartig blass, ihre Beine gaben nach. Kraftlos sackte sie in sich zusammen. Die Polizisten ließen sie vorsichtig zu Boden sinken und lösten ihre Umklammerung. Mit dem Rücken am Blech der Wagentür saß Mary nun im Gras und verbarg den Kopf in ihren angezogenen Knien. »Ich such ihn schon seit gestern Abend«, schluchzte sie.

»Und was führt Sie jetzt hierher?«

»Die Feuerwehr ist ja nicht zu übersehen. Am gleichen Platz wie beim Frieder.«

»So ein Einsatz spricht sich schnell herum«, nickte Kühn und bemerkte gleichzeitig, dass sich die Schrofelbrücke mit immer mehr Schaulustigen füllte.

Die Frau sah ihn mit tränennassen Augen an: »Mir hat keiner was gesagt. Ich hab's von der Straße aus gesehen, im Vorbeifahren.«

Oskar Lindt reichte ihr die Hand: »Wir gehen zu unserem Wagen. Das hier ist kein Anblick für Sie.«

Mary ließ sich hochziehen. »Ich nehm mein Auto.« Lindt schüttelte den Kopf. »Jetzt nicht. Unsere Kollegen kümmern sich drum.«

Die Frau machte blitzartig einen Satz zur Hecktür und riss sie auf. »Hier!«, schrie sie die Kommissare an. »Nichts drin! Überhaupt nichts. Und die Eisenstange ... die hat mir jemand reingelegt.«

»Ist ja gut«, versuchte Lindt sie zu beruhigen, sah im Augenwinkel aber, wie zwei Bestatter mit einem Metallsarg näher kamen. »Jetzt kommen Sie schon. Das müssen Sie sich nicht ansehen.«

»Bringt sie in den Bus«, wies Franz-Otto Kühn die beiden Streifenbeamten an. »Und bleibt bei ihr. Wir kommen sofort nach.«

»Nicht anfassen, nicht schon wieder!«, fuhr Mary herum. »Hände weg! Ich geh freiwillig mit.«

Die Kommissare warteten, bis sie außer Hörweite war: »Theater?«, sah Kühn seinen Kollegen an. »Spielt die uns was vor?«

Lindt rieb sich nachdenklich den Hinterkopf. »Schwer zu sagen. Im Moment werd ich noch nicht schlau aus ihr. Auf jeden Fall hat sie was geahnt. Gib ihr eine halbe Stunde, damit sie sich beruhigt. Dann kannst du sie befragen.«

13. KAPITEL

Nach Ablauf dieser Zeit stiegen die zwei Kommissare zu Mary Pfeifle in den Polizeibus und schlossen die Tür. »Jetzt noch mal ganz von vorn«, forderte Kühn die Frau auf, schaltete sein Diktiergerät ein und stellte es vor sie auf den schmalen Tisch. »Was haben Sie gemacht, seit Sie gestern Abend aus unserem Gewahrsam entlassen wurden?«

Die Frau blickte argwöhnisch auf Oskar Lindt: »Und der da? Was ist denn das für einer? Der wär mir doch fast mal vors Auto gelaufen und auf unserem Friedhof hat er auch rumgeschnüffelt, in aller Herrgottsfrühe.«

»Ein Kollege aus Karlsruhe, der uns unterstützt«, antwortete Kühn knapp.

»Ich hab ihn für einen Urlauber gehalten. Der war doch auch im Hotel, an dem Morgen, als ich den Frieder gesucht hab.«

Lindt nahm schnell eine Visitenkarte aus seinem Portemonnaie und schob sie über den Tisch. »Ich bin zufällig da, aber das spielt jetzt keine Rolle mehr.«

Mary Pfeifle sah ihm geradewegs ins Gesicht. »Ich war's nicht. Ich hab meinen Mann nicht auf dem Gewissen.«

»Und das Tatwerkzeug hat Ihnen jemand ins Auto gelegt?«

»Einer, der mir die Tat anhängen will. Das liegt doch wohl auf der Hand. Oder denken Sie vielleicht, ich fahre fröhlich durch die Gegend und hab eine blutige Eisenstange im Kofferraum? Meine Susi ist immer offen. Hier bei uns schließt keiner ab.«

»Susi wie Suzuki?«

Mary nickte. »Und jetzt will ich wissen, was mit Enrico ist!«

»Haben Sie ihn gestern Abend getroffen?«

»Nein, zum Kuckuck noch mal!«, stieß die Frau erregt aus. »Gesucht habe ich ihn, die halbe Nacht und heute den ganzen Tag.«

»Wo denn?«, bohrte Lindt weiter. »In Weisenbach?«

»Überall. Bei ihm zu Hause, bei seiner Verwandtschaft, in seiner Firma.«

»Firma?«

»EME. Er organisiert …« Sie stockte. »Er hat Veranstaltungen organisiert. Enrico-Merkel-Events. Meistens Musik für kleinere Feste.« Ein feuchter Glanz schoss in ihre Augen. »Bitte, so sagen Sie es mir doch. Was ist ihm passiert?«

»Sie haben ihn doch sicher angerufen.«

»Natürlich, aber immer nur Mobilbox.«

»Wann war Ihr erster Anruf? Gleich nachdem Sie freigelassen wurden?« gelassen wurden?«

»Ja, um halb neun gestern Abend hab ich's versucht und dann immer wieder.«

»Haben Sie nicht zuerst Ihre Kinder abgeholt?«

»Was für eine Frage! Logisch, dass ich gleich ins Heim gefahren bin.«

»Und zu Ihrem … Ihrem … Bekannten konnten Sie keine Verbindung bekommen?«

»Nein! Nein! Nein!« Wütend hämmerte Mary auf die Tischplatte ein. »Wie oft soll ich es denn noch sagen? Als die Kinder geschlafen haben, bin ich losgefahren, um ihn zu finden.«

»Wann war das?«

»Erst gegen elf«, antwortete sie erregt. »Meine Kinder gehen natürlich vor.«

»Hat Sie jemand gesehen?«

»Weiß ich nicht. Um halb zwei war ich wieder daheim und heute Vormittag bin ich noch mal los.«

»Wo wohnt die … wie sagten Sie noch … die Verwandtschaft?«

»Sein Bruder in Gaggenau. Bei dem hab ich heute gegen Mittag geklingelt, aber der wusste auch nichts.«

»Keine weiteren Angehörigen? Eltern vielleicht?«

»Die wollen von mir nichts wissen. Sehen es wohl nicht gerne, dass der Enrico sich mit mir abgibt.«

»Wegen dem Altersunterschied?«, fragte Kühn dazwischen.

Mary funkelte ihn kampflustig an: »Das ist unsere Sache. Die von Enrico und von mir. Geht sonst keinen was an.«

Der Kommissar schob ihr einen Zettel über den Tisch. »Bitte schreiben Sie uns alle Adressen auf. Bruder, Eltern, Firma und auch die von seiner eigenen Wohnung.«

»Enrico hat ein Haus«, stieß Mary hervor. »Ein richtig tolles Haus, neu gebaut, Südlage, super Aussicht, hoch über Weisenbach.«

Kühn reichte ihr einen Kugelschreiber: »Bitte alles notieren.«

»Erst wenn Sie mir sagen, was mit ihm ist!« Trotzig verschränkte die Frau ihre Arme.

»Herr Merkel ist tot. Er wurde in der Murg gefunden, fast an derselben Stelle wie Ihr Mann. Das ist im Moment aber alles. Der Rest wird untersucht.«

»Der Rest? Hat ihn auch einer totgeschlagen?«

»Das haben Sie doch vermutet. Sonst hätten Sie uns wohl kaum dort unten auf der Wiese gleich Ihren leeren Kofferraum präsentiert.«

»Ich kann auch eins und eins zusammenzählen. Noch mal lass ich mich nicht festnehmen.«

»War sicherlich nicht angenehm?«, fragte Oskar Lindt.

Mary schüttelte den Kopf. »Und meine Kleine musste alles mit ansehen.«

Kühn nutzte das Stichwort: »Ist Merkel der Vater?«

Wie eine Rakete schoss die Frau in die Höhe. »Dieser elende Dorftratsch! Die waren von Anfang an gegen mich.«

»Ääh … Moment mal«, hob Lindt beschwichtigend die Hände. »Sie wissen wohl nicht, was gestern hier passiert ist?«

Mary Pfeifle blieb wie erstarrt stehen. »Nein, wieso?«

»Mit welchen Personen haben Sie denn gesprochen?«

»Eigentlich … nur mit seinem Bruder.«

»Und der hat kein Fernsehen?«

»Wieso Fernsehen?«

»Ganz Heselbach hat lautstark demonstriert, um Sie freizubekommen.«

Mary ließ sich wieder auf die Sitzbank sinken. »Wieso demonstriert? Die können mich doch alle nicht leiden. Das lassen sie mich ja dauernd spüren.«

»Alle? Kann es sein, dass Sie sich täuschen?«

Die Frau machte eine wegwerfende Handbewegung. »Ich hab gar keine Zeit, mich mit denen abzugeben. Der ganze Hof hängt nur an mir. Außer Saufen und Schlafen hat mein Alter nichts mehr fertiggebracht.«

»Und aus diesem ganzen Elend sind Sie ausgebrochen«, haute Kühn in die nun offene Kerbe. »Zurück in Ihre Heimat, runter ins Badische. Dorthin, wo man das Leben leichter nimmt.«

»Ich hab immer meine Pflicht getan«, empörte sich Mary trotzig. »Die Landwirtschaft, das Haus, die Kinder – und der Rest ist Privatsache!«

»Aber allgemein bekannt.«

»Na und! Meine Angelegenheit! Geht niemanden was an.«

Lindt ließ seinen Blick über die muskulösen gebräunten Oberarme und Beine der Frau gleiten. »Wir trauen Ihnen durchaus zu, dass Sie kräftig anpacken können …« Er machte eine bedeutungsschwere Pause.

»Kräftig anpacken?« Mary wurde wieder misstrauisch. »… was wollen Sie damit sagen? Vielleicht, dass ich erst meinen Mann erschlagen hätte und dann den Enrico?«

»Wie kommen Sie denn darauf, dass der Merkel erschlagen wurde?«

»Das … das … das weiß ich doch nicht!« Mary wurde giftig. »Oder wollen Sie mir vielleicht was unterschieben?«

»Nein«, antwortete Lindt entschieden. »Aber wir müssen herausfinden, wer ein Motiv für die Taten hat.«

»Ich auf jeden Fall nicht«, zischte Mary. »Mein Leben wird jetzt ziemlich scheiße weitergehen.«

»Wer erbt denn den Eichwaldhof?«, wollte Franz-Otto Kühn wissen.

»Keine Ahnung. Wahrscheinlich die Kinder. Ich glaube kaum, dass der Frieder ein Testament gemacht hat.«

»Wie hoch sind denn Ihre Verbindlichkeiten?«

»Die Bank sitzt uns im Genick, aber bisher habe ich es immer noch geschafft, die Raten zu bezahlen«, antwortete Mary spitz. »Ich alleine, wenn Sie es ganz genau wissen wollen. Wahrscheinlich sagt der Heselbacher Dorftratsch etwas ganz anderes.«

»Wir sind gerade dabei, das zu prüfen«, meinte Kühn. »Da halten wir uns ganz an die Fakten.«

»Pfeif auf die Fakten. Das sieht man unserem Hof doch an, dass wir kein Geld für Unnötiges ausgeben.«

»Was werden Sie jetzt machen? Jetzt, nachdem Ihr Mann tot ist?«, fragte Oskar Lindt. »Einen Teil der Landwirtschaft wird er ja schon noch bewältigt haben.«

»Der hat mehr Geld zum Getränkemarkt und ins Wirtshaus getragen, als er mit seiner Arbeit verdient hat. Ich hab keine Sorgen, dass wir nicht über die Runden kommen.«

»Allzu sehr scheinen Sie ihn ja nicht zu vermissen.«

Mary sah Lindt direkt in die Augen: »Wenn Sie es so sagen, wird's wohl stimmen, und wenn Sie mich verdächtigen, müssen Sie mich eben festnehmen. Nach einer Nacht in der Zelle kann mich nicht mehr viel schrecken, aber ich weiß, dass ich es nicht war!«

»Wir wissen das leider nicht«, antwortete Franz-Otto Kühn. »Und deswegen sind unsere Spezialisten auch gerade dabei, Ihr Auto zum zweiten Mal zu untersuchen. Aber Sie können beruhigt sein, im Moment möchten wir nur mit Ihnen sprechen, nicht mehr.«

»Wie lange kennen Sie sich schon?«, wollte Oskar Lindt wissen.

»Wer, der Enrico und ich?«

»Genau, Sie beide.«

»Sechs Jahre, ungefähr. Wieso?«

»Und wann ist Ihr Mann dahintergekommen?«

»Ziemlich schnell, aber das hat mich nicht interessiert. Der kann froh sein, dass ich nicht ganz fortgezogen bin. Dann wäre er nämlich schon längst bankrottgegangen.«

»Wieso sind Sie geblieben?«

»Blöde Frage! Wegen der Kinder natürlich. Die hätten ja alles verloren bei einem solchen Vater.«

»Ihre beiden Jungs können wohl schon richtig mit anpacken?«

»Ja, und stellen Sie sich bloß vor, sie tun es gern«, gab Mary zurück, »richtig gern!«

»Sind die stolz auf den Hof?«

»Genau, Sie Schlauberger, Sie haben's erfasst. Meine Buben wollen den Hof später unbedingt weiterbewirtschaften und sie wissen ganz genau, wem sie zu verdanken haben, dass alles nicht schon längst unter den Hammer gekommen ist.«

»Mit Kindern spricht man eher selten darüber, wenn es finanziell klamm zugeht.«

»Nicht, wenn man sie ernst nimmt. Die spüren doch genau, was los ist, wenn man ihnen kaum einen Wunsch erfüllen kann.«

»Und da waren Sie ganz offen mit ihnen?«

»Ja, ich hab denen sogar die Mahnbriefe und Bankauszüge gezeigt. Das hat sie zuerst geschockt, aber dann richtig motiviert, mit Hand anzulegen.«

»Fahren die auch schon mit dem Traktor?«

»Das können die zwei schon lange. Seit ihre Beine bis zu den Pedalen runterreichen, sind sie damit unterwegs. Aber nur auf unserem eigenen Grund und Boden natürlich. Das ist klar.«

Eine weitere Frage lag Lindt auf den Lippen, doch er wusste nicht recht, wie er sie formulieren sollte. Er zögerte kurz, holte tief Luft und sagte dann: »Ihre verstorbene Tochter, hat die auch mitgeholfen?«

Ein leichtes Zittern ging durch die Frau und erst antwortete sie nicht. Sie fasste mit ihren Händen nach dem Rand der Tischplatte und krallte sich daran fest. So sehr, dass die Knöchel weiß wurden. Für einige Sekunden schloss Mary Pfeifle die Augen, dann sah sie Lindt traurig an. »Die Pia konnte das alles nicht mehr aushalten. Sie hat nicht geglaubt, dass wir noch mal aus dieser Misere rauskommen.«

»Keine Hoffnung?«

Mary schüttelte den Kopf. »Nein. Den Peter und den Patrick konnte ich motivieren, aber meine Älteste nicht. Die hatte nicht den Mut, durchzuhalten.«

»Wenn Mädchen mit 17 Jahren freiwillig gehen, hat das meistens andere Gründe«, bohrte Lindt vorsichtig weiter nach und er war erstaunt, dass sein Gegenüber nicht augenblicklich die Kommunikation einstellte. Er bemerkte allerdings im Augenwinkel, dass Mary aus ihren Clogs geschlüpft war und sich mit den nackten Zehen an die Bodenstrebe des Fahrzeugtisches klammerte.

»Das ist dazugekommen«, sagte sie leise. »Sie hatte ihren allerersten Freund, einen Mitschüler, einen ganz netten Jungen aus Mitteltal. Der hat sie zu Hause besucht. Mit dem Fahrrad.« Sie machte eine Pause.

»Nur einmal?«, fragte Lindt.

»Leider. Er ist nie mehr wiedergekommen.«

»Weil er schockiert war, wie der Hof aussieht?«

Mary nickte. »Sie hat nicht darüber gesprochen. Das war genau vier Tage, bevor sie sich …«

Oskar Lindt wusste, dass es total falsch sein konnte. Trotzdem streckte er langsam seine Hände über den Tisch und fasste vorsichtig nach denen von Mary Pfeifle. »Woher nehmen Sie nur die Kraft, das alles auszuhalten?«

Die Frau zog ihre Hände nicht zurück. »Oft weiß ich das auch nicht«, antwortete sie leise. »Aber ich gebe die Hoffnung nicht auf, dass wir es schaffen können. Vielleicht war es ein Fehler, auf diesen Hof zu heiraten. Damals, ich war ja erst knapp über 20 und hätte mir niemals vorstellen können, dass es mit dem Frieder mal so abwärtsgehen würde. Aber ich steh dazu und ich zieh das durch. Das ist meine Aufgabe. Ganz einfach!«

Lindt drückte die Hände der Frau: »Deswegen haben die Heselbacher auch für Sie gekämpft. Vielleicht hat Ihnen das nie jemand direkt gezeigt, aber die haben größten Respekt vor Ihrer Leistung.«

Jetzt schossen Tränen in Marys Augen. »Es wird auch an mir liegen. Hab mich nie groß um die anderen gekümmert. Hab genug mit dem Hof und den Kindern zu tun gehabt. Aber dass jetzt auch noch der Enrico …« Ein heftiger Weinkrampf schüttelte die Frau. »Warum darf ich ihn denn nicht sehen?«

Lindt spähte aus den Fenstern des Polizeifahrzeugs und bemerkte, dass der Leichenwagen immer noch nicht abgefahren war. Schnell sah er zu Franz-Otto Kühn. Der zuckte mit den Schultern. »Du kennst die Vorschriften.«

»Ich nehm's auf mich«, antwortete Oskar Lindt, zog die Schiebetür auf, stieg aus dem Bus, drückte die Tür wieder zu und sah sich um. Sofort war ihm jedoch klar, dass er sein Vorhaben nicht umsetzen konnte. Zumindest nicht hier. Mindestens 30 Zuschauer beobachteten aus verschiedenen Entfernungen, was sich am Ufer der Murg abspielte.

»Gut, dass Sie noch nicht abgefahren sind«, sagte Lindt zu den beiden Bestattern, die neben ihrem schwarzen langen Volvo standen und rauchten.

»Ganz einfach, wir wissen nicht, wohin«, lautete die Antwort. »Der Gerichtsdoktor will es erst noch mit dem Kühn besprechen.«

»Okay, das haben wir gleich«, meinte Lindt und ging zum Wagen, in dem der Rechtsmediziner saß und telefonierte. Als dieser bemerkte, wer näher kam, brach er sein Gespräch ab. »In Tübingen sind sie ziemlich voll«, sagte der Arzt. »Wir müssen wahrscheinlich nach Freiburg oder Ulm.«

»Können Sie nicht in die Pathologie nach Freudenstadt?«

»Nein, das machen wir nur in ganz wenigen Ausnahmefällen. Ich muss es noch mit dem Franz bereden.«

»Kein Problem, ich schick ihn raus und setz mich wieder zu der Frau in den Bus. Eine kleine Bitte hätte ich aber noch …« Lindt sah sich um und vergewisserte sich, dass niemand mithören konnte. »Wäre es eventuell möglich, dass wir …?«

Der Rechtsmediziner hob die Augenbrauen. »Ungewöhnlich, aber eigentlich nicht verboten, unterwegs noch mal anzuhalten. Nur …«, er zögerte, »… als Angehörige zählt sie eigentlich nicht, wenn es noch Eltern oder Geschwister gibt.«

»Ich denke, wir können das vertreten. Immerhin waren die beiden schon seit sechs Jahren ein Paar.«

Der Arzt überlegte ein wenig, dann stimmte er zu. »Fahren Sie voraus?«

14. KAPITEL

Eine Kolonne von vier Fahrzeugen entfernte sich kurze Zeit später vom Ufer der Murg. Voraus der Polizeikleinbus mit den beiden Streifenbeamten, Oskar Lindt und Mary Pfeifle, danach der Leichenwagen, gefolgt vom Pkw des Gerichtsarztes und Franz-Otto Kühn in seinem Dienst-Passat.

In Klosterreichenbach bogen die Wagen links ab und fuhren auf der neu ausgebauten Landesstraße bergwärts. Kurze Zeit später, weit oben im Wald, setzte der Fahrer des Streifenwagens in einer Linkskehre den Blinker. »Wir nehmen diesen Waldweg«, schaute er kurz nach hinten zu Lindt. »Der mündet wieder in die Bundesstraße Richtung Freudenstadt.«

»In Ordnung«, stimmte der Kommissar zu. »Aber erst anhalten, wenn wir außer Sichtweite des Verkehrs sind.«

Einige Hundert Meter weiter stoppte die Korona. Lindt stieg aus, blieb aber neben der geöffneten Schiebetür stehen und sah, wie sich der Arzt und Franz-Otto Kühn dem Leichenwagen näherten. Dessen Heckklappe wurde nun geöffnet. Die zwei Bestatter zogen den Metallsarg aus dem Fahrzeug, stellten ihn auf dem Schotterweg ab und öffneten den Deckel. Der Arzt bückte sich, zog den Reißverschluss des Transportsacks zur Hälfte auf und streifte sich Handschuhe über. Einige routinierte Handgriffe, um den Kopf des Toten halbwegs ansehnlich zu gestalten, dann winkte er Oskar Lindt zu.

»Kommen Sie.« Der Kommissar reichte Mary Pfeifle die Hand, um auszusteigen. Langsam traten die beiden an den geöffneten Sarg. Einen knappen Meter davor blieb die Frau wie angewurzelt stehen. Unbeweglich starrte sie auf das Gesicht, dann klammerte sie sich an Oskar Lindts Arm. »Das ist nicht Enrico!«, brachte sie leise hervor und wurde bleich. »Nein«, schüttelte sie den Kopf. »Das ist er nicht.« Die Kraft wich aus ihren Beinen und langsam ließ sie sich zu Boden sinken. Spitze kleine Schottersteine bohrten sich in Marys nackte Knie, doch sie schien es nicht zu bemerken. Halt suchend krallte sie sich am Rand des Transportsarges fest und fixierte das Gesicht im geöffneten Leichensack.

Lindt beugte sich zu ihr hinunter: »Sind Sie sicher?«

Ein stummes Kopfnicken folgte.

»Kennen Sie ihn?«

Wieder nickte Mary Pfeifle. »Sein Mitarbeiter, der Joe. Johannes heißt er eigentlich. Johannes Klumpp.«

»Ein Mitarbeiter von Merkel? Kein Zweifel?« Franz-Otto Kühn kam näher und hielt den Personalausweis aus dem Geldbeutel des Toten in der Hand. Prüfend verglich er das Lichtbild mit dem Gesicht im Sarg. »Sieht ihm aber sehr ähnlich.«

»Die haben beide so lange Haare, lang und lockig.« Schluchzend schlug sie sich die Hände vors Gesicht.

»Darf ich mal«, bat Lindt und setzte sich seine Lesebrille auf. Kühn reichte ihm den Ausweis. Einige Zeit verglich auch Lindt Gesicht und Dokument, dann zeigte er auf eine kleine runde Warze neben dem rechten Nasenflügel des Toten. »Siehst du, die fehlt auf dem Foto. Sonst sehen sich die zwei wirklich sehr ähnlich.«

»Das haben sie mit Absicht gemacht«, kam mit tränenerstickter Stimme von Mary. »Der Enrico und der Joe haben die Firma zusammen aufgebaut. Lange, lockige Haare, die waren ihr Markenzeichen.«

»Hmm, passt zu Eventmachern«, rieb sich Lindt am Hinterkopf. »Wo hat er denn gewohnt, der Joe?«

»In Schönmünzach, von dort stammt er. In seinem alten Haus hat die Firma ihr Lager. Die EME unten, der Joe wohnt oben.«

»Und in der Nacht waren Sie auch dort?«

»Als Erstes, nachdem ich den Enrico stundenlang nicht erreichen konnte. Aber der Joe hat nicht aufgemacht. Sein Auto war zwar da, doch im Haus hat sich nichts gerührt. Ich hab geklingelt, geklopft – nichts.«

»Angerufen?«

»Natürlich, aber keine Verbindung.«

Lindt reichte der Frau die Hand und zog sie nach oben. »Können Sie sich das erklären?«

Mary rieb sich Sand und Steinchen von ihren Knien. Einige winzig kleine Blutströpfchen traten hervor.

»Hier, nehmen Sie das.« Oskar Lindt streckte ihr ein Papiertaschentuch hin.

»Geht schon«, antwortete die Frau und drückte das Tempo ein paarmal auf die Abschürfungen. »Nein, das begreife ich wirklich nicht. Aber … aber was ist dann mit …«

»Enrico Merkel?«, ergänzte Franz-Otto Kühn und bemerkte, wie sich ein ganz leichter Funken von Hoffnung in Mary Pfeifles Augen zeigte.

»Gibt es Angehörige?«, wollte Lindt wissen.

Mary schüttelte den Kopf. »Joes Eltern sind bereits seit ein paar Jahren tot. Deswegen war ja Platz im Haus für Enricos ganzen Krempel.«

»Partnerin?«

»Der Joe hatte viele, aber nichts Festes. Manchmal hab ich was mitbekommen, aber in letzter Zeit … nein, keine Ahnung.«

»Wir bringen Sie jetzt zurück«, sagte Lindt und begleitete Mary Pfeifle wieder zum Streifenwagen.

Bestatter und Rechtsmediziner fuhren auf dem Waldweg weiter und dann über die Bundesstraße in Richtung Freiburg. Kühn und der Polizeibus wendeten, um erneut Heselbach anzusteuern.

Dort hatten die Techniker der Spurensicherung gerade die Untersuchung des grauen Suzuki beendet. »Den Rest erledigen wir im Labor«, kam die Meldung.

»Der Wagen?«, wollte Kühn wissen.

»Freigegeben.«

Die Kommissare drückten Mary Pfeifle die Hand. »Sie können wieder. Wir melden uns, sobald …«

Ohne noch etwas zu sagen, schwang sich die Frau hinters Steuer ihres kleinen Allradlers und fuhr davon.

»Wo habt ihr denn die Tüten?«, wollte Kühn von den Kollegen der Spusi wissen.

»Mit Schlüssel und Handy? Moment …« Der Kriminaltechniker holte eine Kiste aus dem Kofferraum seines Transporters und zog einen durchsichtigen Plastikbeutel daraus hervor. »Hier. Alles drin, was der Enrico Merkel bei sich getragen hat.«

»Ist nicht der Merkel«, berichtigte Kühn. »Klumpp, Johannes Klumpp aus Schönmünzach.« Er zeigte dem grauen Wagen hinterher. »Sagt sie.«

»Oha, klingt kompliziert.«

Lindt nickte: »Schönmünzach, da fahren wir jetzt hin. Ihr könnt gleich mitkommen.« Er richtete seinen Blick auf die Beweismitteltüte. »Habt ihr denn das da drin schon näher untersucht?«

»Nein, wollten wir im Labor machen, aber kein Problem …«

Er schlüpfte in ein neues Paar Einmalhandschuhe, zog aus dem Regal im Fahrzeug eine flache Kunststoffschale hervor und legte alles, was der Tote in seinen Taschen gehabt hatte, hinein. »Handy ist platt. Dem hat das Wasser nicht gutgetan.«

»Okay, könnt ihr später versuchen auszulesen. Aber jetzt zum Inhalt des Geldbeutels.«

Der Techniker griff vorsichtig in die Börse. Nacheinander kamen Scheine und Münzen zum Vorschein. Einige aufgeweichte Kassenzettel, zwei EC-Karten. »Das war's. Mehr ist nicht drin«, sagte er zu Kühn. »Den Ausweis hast du ja schon.«

»Darf ich mal?« Oskar Lindt griff ebenfalls in die Handschuhbox. Er streifte sich das blaue Latex über, nahm die Geldbörse in die Hand und befühlte das Teil. »Hier ist noch was. Eine weitere Scheckkarte … nein …« Lindt zog den Geldbeutel ganz auseinander und klappte einen Lederstreifen nach oben. »Verstecktes Fach. Kommt man nur von innen unten dran.« Ein zweiter Personalausweis fiel in die Schale. Der Kommissar hob ihn hoch. »Da haben wir den Joe. Klumpp, Johannes. Selber Jahrgang wie der Merkel.«

»Schönmünzach, Schifferstraße«, las er weiter ab. »Nächste Station.«

Lindt tippte schnell eine SMS an Carla und stieg wieder zu Kühn in den Wagen. Die Spurensicherung folgte. Gute zehn Minuten später erreichten sie ihr Ziel.

»Bruchbude«, gab Franz-Otto Kühn seinen ersten Eindruck wieder. »Das Rolltor ist allerdings neu.« Die Umbauarbeiten an dem alten Haus hatten sich offensichtlich auf das Nötigste beschränkt.

Einer der Techniker brachte Klumpps Schlüsselbund. Kühn näherte sich damit der Haustür, klingelte mehrfach erfolglos und probierte dann nacheinander die Schlüssel aus, um festzustellen, ob einer passte. Beim vierten Versuch hatte er Erfolg. Die Eingangstür ließ sich öffnen. »Polizei – ist hier jemand?«, rief der Kommissar ins Treppenhaus und nahm vorsichtshalber seine Dienstpistole in die Hand. Er winkte den beiden Kriminaltechnikern, ihn zu begleiten. Oskar Lindt, als einziger unbewaffnet, trat zuletzt in das Haus.

Drei Türen gingen vom Flur ab. »Leer, nur alte Möbel«, meldete Kühn.

»Hier ist das Klo«, kam von einem der Techniker, dann nahm der die dritte Klinke in die Hand und stieß die Tür nach innen auf. Lichtkegel mehrerer Stablampen durchschnitten die Dunkelheit. »Polizei!«, schallte der Ruf aus mehreren Kehlen durch den weitläufigen Raum. Keine Antwort.

Lindt ertastete neben der Tür den Lichtschalter und drückte darauf. Neonröhren begannen zu flackern und erhellten Stück für Stück die Szenerie.

Zahlreiche Aluminiumboxen unterschiedlicher Größe standen herum, nebeneinander, aufeinander. Auch mehrere Rollcontainer, gefertigt aus schwarzen Holzplatten, reihten sich an den Wänden entlang. Klapptische und

Stapelstühle, dann ein verbeulter Kastenwagen direkt bei dem silberfarbenen Rolltor. Offenbar waren mehrere Räume des alten Hauses hier zu einem großflächigen Lager umgebaut worden.

Ein Techniker näherte sich dem Heck des dunklen Ford Transit. »Soll ich?«

Kühn nickte und die Flügeltür wurde vorsichtig geöffnet. »Da liegt einer«, kam der Ruf des Kollegen. Das Licht seiner LED-Lampe spiegelte sich in schreckensweit aufgerissenen Augen. »Lebt!«

Oskar Lindt griff sofort nach seinem Smartphone, drückte Eins-Eins-Zwei und forderte den Rettungsdienst an.

Tatsächlich war Enrico Merkel noch am Leben. Als zusammengekrümmtes Paket lag er auf dem Boden des Transporters, Hand- und Fußgelenke mit starkem Gewebeband zusammengeschnürt, mehrere Züge davon auch rund um den Kopf. Der Techniker zückte umgehend ein Taschenmesser. »Halt!«, rief Franz-Otto Kühn und hob rasch sein Smartphone, um zu fotografieren. »So, jetzt kannst du ihn losschneiden.«

Ratsch – ratsch, die Gelenke waren frei, dann setzte der Polizist das Messer neben dem Mund an und fuhr vorsichtig unter das Klebeband. Der Mann zuckte zusammen, als das stabile Gewebe mit einem Ruck von der Gesichtshaut gelöst und gleichzeitig ein Stofffetzen aus seinem Mund gezogen wurde. Stöhnend holte er tief Luft.

»Enrico Merkel?«, fragte Franz-Otto Kühn und beugte sich zu dem Befreiten hinunter. Ein zaghaftes Nicken folgte, dann die ersten Bewegungen von Armen und Beinen.

»Können Sie aufstehen?«

Langsam rappelte sich der Mann hoch. Einer der Kriminaltechniker half dabei und stützte ihn am Rücken, sodass er sitzen konnte. In seinem Nacken haftete immer noch das silbrige Gewebeband an den langen, lockigen Haaren. Merkel griff danach und versuchte es abzuziehen. Mit schmerzverzerrtem Gesicht ließ er wieder davon ab.

»Moment, ich helfe Ihnen.« Der Techniker fasste die Haare mit einer Hand oberhalb des Bandes zusammen, um den Zug zu entlasten, und riss es dann mit seiner anderen Hand ab.

»Danke«, war das Erste, was über Enrico Merkels Lippen kam.

Oskar Lindt hatte in einer Ecke des Lagerraums Wasserkisten entdeckt, holte schnell eine Flasche und reichte sie durch die Hecktür. »Danke«, zum zweiten Mal, dann setzte Merkel an und trank mit großen Schlucken.

Als Nächstes griff Lindt nach einem der Stühle und zog ihn neben den Transporter. »Aussteigen? Geht das?«

Enrico Merkel schaffte es, rutschte auf dem Fahrzeugboden bis zur Hecktür, stand auf wackeligen Beinen und ließ sich auf den Stuhl fallen.

»Haben Sie Schmerzen? Verletzungen?«, wollte Lindt wissen.

Stöhnend hob Merkel sein Sweatshirt hoch. Rücken und Bauch boten ein grässliches Bild, über und über voll von Blutergüssen in allen Farben, genauso an den Armen.

»Wer hat Sie denn so grün und blau geschlagen?«

»Weiß nicht. Waren maskiert. Wo ist der Joe?«

Franz-Otto Kühn registrierte eine auffallend blasse Gesichtsfarbe. »Haben Sie auch am Kopf was abbekommen?«

Merkel tastete sich vorsichtig durch die Haare. »Nein, aber dem Joe haben die einen Schlag verpasst, dass er umgefallen ist und sich nicht mehr gerührt hat. Was ist mit ihm?«

Lindt holte noch ein paar Stühle heran, damit sich alle im Kreis um Enrico Merkel setzen konnten.

Kühn blickte zu seinem Karlsruher Kollegen: »Sag du es. Du kannst das besser.«

Einige Male atmete Lindt tief aus und ein, dann sah er den Mann an: »Der Joe hat es nicht überlebt. Tut uns sehr leid, Ihnen das mitteilen zu müssen.«

»Wie …?«

»Sie sollten erst mal ins Krankenhaus. Dringend zum Check. Nicht, dass Sie noch innere Verletzungen haben. Alles Weitere berichten wir Ihnen später.«

Das Signalhorn kündigte den eintreffenden Notarzt an.

15. KAPITEL

Die Spurensicherung forderte Verstärkung an, um das alte Haus in der Schönmünzacher Schifferstraße komplett auf den Kopf zu stellen. Offensichtlich hatte sich der Überfall jedoch nur im Lagerraum der EME – Enrico-Merkel-Events – abgespielt. Das und ein paar weitere wichtige Details konnte der Verletzte noch berichten, bevor er im Rettungswagen, gespickt mit Infusionen, EKG-Kabeln, Blutdruckmanschette und Pulsoxymeter, in Richtung des Freudenstädter Krankenhauses abtransportiert wurde.

Zwei maskierte Männer waren durch das offen stehende Rolltor eingedrungen und hatten ohne Vorwarnung sofort auf Enrico und Joe eingedroschen. Nicht mit Baseballschlägern, sondern mit der flachen Seite eines massiven Spatens wurde zugeschlagen, bis beide zu Boden gingen und sich vor Schmerzen krümmten.

Joe Klumpp hatte sich nicht mehr bewegt. Merkel wusste noch, dass er mit Klebeband aus seinem eigenen Lager gefesselt, geknebelt und dann in den Laderaum des Transporters geworfen worden war. Mehr konnte er nicht mehr sagen – nur dass die Tür später noch mal aufflog und man ihm den Geldbeutel aus der Hose zog.

»War es ein Kollateralschaden?«, überlegte Lindt.

»Der Klumpp?«

Oskar nickte. »Wenn sie beide hätten umbringen wollen und Spaten dabeihatten, wäre es doch ein Leichtes gewesen, ihnen mit der scharfen Kante die Schädel zu spalten.«

Franz-Otto Kühn schüttelte sich vor Entsetzen. »Schädel spalten! Mann, Oskar, hast du so was in Karlsruhe etwa erlebt?«

»Alles schon vorgekommen, Axtschläge, Säbelhiebe, aber ich will dir lieber keine Einzelheiten berichten. Es reicht, wenn mich diese Bilder manchmal nachts einholen.«

»Friedlicher Schwarzwald, zum Glück«, seufzte Kühn.

»Sei dankbar dafür«, nickte Lindt und trat unter das mittlerweile hochgefahrene Tor, um sich eine Pfeife anzustecken. Draußen war es bereits recht dämmerig geworden.

Er sah auf sein iPhone. Halb zehn. Carla hatte alleine essen müssen. Er las ihre Antwort auf seine SMS. Nur zwei Worte, doch die sagten alles: »Schöner Urlaub!« Dazu ein Smiley mit herabgezogenen Mundwinkeln.

»Einer lebt«, schrieb Lindt zurück. Dabei beließ er es, denn Kühn näherte sich ihm. »Franz, wann fahren wir?«

»Jetzt«, war die Antwort. »Mir reicht es auch für heute. Morgen darfst du wieder wandern.«

Seine Frau war noch wach, als Oskar Lindt im Heselbacher Hof eintraf. Lesend saß sie im Bett und sah ihn mit großen Augen an. »Schlimm?«

Der Kommissar setzte sich zu ihr an den Rand. »Vom Toten in der Murg weißt du ja schon, seinen Kumpel haben wir gefesselt vorgefunden.«

»Wo? Auch im Wasser?«

»Nein, in einer alten Hütte in Schönmünzach.«

»Wie? Eine Waldhütte?«

»Nein, in einem ziemlich baufälligen Haus. Dieser Merkel, mit dem die Mary …«

»Echt?«, stieß Carla aus. »Ihr Liebhaber aus dem unteren Tal?«

»Ebender. Im Lager seiner Veranstaltungsfirma. Von zwei Maskierten zusammengeschlagen und anschließend zum Paket verschnürt.«

»Und der Tote?«

»War sein Mitarbeiter. Der hat wohl einen Schlag auf den Kopf kassiert und war sofort weg.«

»Gleich tot?«

»Nein, sie haben ihm …« Lindt musste schlucken. »Sie haben ihm noch zusätzlich ins Genick gestochen!«

Carla riss die Augen auf und tastete zu ihrem Nacken: »Hier rein?« Entsetzt schüttelte sie sich. »Wer tut denn so was?«

Oskar zuckte die Achseln: »Jemand, der auf Nummer sicher gehen will. Später wurde er in der Murg entsorgt.«

»Am selben Platz wie dieser Frieder? Unglaublich. Die hätten ihn doch liegen lassen können.«

»Ja …«, zögerte Lindt. »Darauf kann ich mir auch noch keinen Reim machen.«

»Die Täter wollten euch zeigen, dass sie dieselben sind wie bei diesem Frieder«, überlegte Carla.

»So sehe ich das auch, aber wieso? Was wollen die damit ausdrücken? Zudem hatten sie ihm den Perso von Enrico Merkel in den Geldbeutel gesteckt. Die beiden sehen sich recht ähnlich, aber weshalb denn diese Aktion mit dem Ausweis?«

»Um euch glauben zu machen, der Tote wäre Marys Freund?«

»Zu allem Unglück kam die auch noch angefahren. Mann, was für ein Drama. Allerdings hat sie den Toten identifiziert. Von daher war es wieder ein Glücksfall. Für sie, für uns und für den Merkel. Möglicherweise wäre der sonst tagelang nicht gefunden worden.«

»Braucht dich der Franz morgen auch wieder oder hast du frei?«

»Urlaub!«, lächelte Lindt, stand schwerfällig auf und ging ins Bad, um sich die Widerwärtigkeiten des Tages vom Leib zu spülen.

»Urlaub«, wiederholte er, als er zurückkam und sich neben Carla ins Bett legte. »Der Franz lässt den Merkel im Krankenhaus bewachen und befragt ihn morgen weiter. Wir dürfen wieder wandern. Hat er mir ausdrücklich erlaubt.«

»Na dann machen wir eine neue Tour. Nicht besonders anstrengend. Hab mir bereits was ausgedacht.«

Lindt hörte ihre letzten Worte nicht mehr. Erschöpft war er in Sekundenschnelle weggetreten.

Um halb acht weckte ihn Carla. »Du bist ja gar nicht beim Morgenspaziergang. Was ist los mit dir? So erschlagen von gestern?«

»Erschlagen«, blinzelte Lindt in das Morgenlicht. »Hör mir bloß damit auf. Mit einem schweren Spaten haben die Täter auf die zwei Langhaarigen eingedroschen. Grad ein Wunder, dass der Merkel keine Knochenbrüche hatte.«

»Denk jetzt an was anderes«, meinte Carla. »Kein Frühspaziergang, stattdessen Frühschwimmen. Los, nimm deine Badesachen.« Mit einem Satz sprang sie aus dem Bett und griff nach dem weißen Bademantel. »Dann schmeckt dir das Frühstück nachher umso besser.«

Merkels Knochen waren komplett heil. Trotzdem wurde er im Freudenstädter Krankenhaus notoperiert. Zwerchfellriss und Milzruptur mit Sickerblutung in den Bauchraum! Rettung in letzter Minute.

»Lange hätte er das nicht mehr überlebt«, berichtete der diensthabende Oberarzt dem Kriminalbeamten, der am Morgen nach der Tat auf der Intensivstation klingelte.

»Ist er schon ansprechbar?«, wollte Franz-Otto Kühn wissen.

Der Arzt ließ sich erweichen: »Ein paar Minuten, wenn's unbedingt sein muss. Scheint hart im Nehmen zu sein. Er spricht bereits von Entlassung.«

Der Kommissar musste sich in Schutzkleidung hüllen, dann durfte er eintreten. Er zog sich einen Plastikstuhl neben Merkels Bett und betrachtete den vollverkabelten Mann. »Gerade noch mal gutgegangen«, meinte Kühn. »Fühlen Sie sich stark genug, mit mir zu sprechen?«

Enrico grinste. »Kein Problem, ich bin fit.«

»Na, so sieht es nicht gerade aus. Tut's noch sehr weh?«

»Ach was, die paar Prellungen. Kennen Sie das schöne Gefühl, wenn der Schmerz nachlässt?«

»Da wird wohl was Linderndes drin sein«, meinte Kühn und versuchte, den handschriftlichen Zusatz auf dem Etikett der Infusionsflasche zu entziffern.

Merkel schlug die Bettdecke zurück. Auf dem Bauch waren einige bandagierte Stellen zu sehen: »Schauen Sie, bloß ein paar winzige Schnitte. Die haben meine Innereien optimal geflickt.«

»Ist Ihnen nicht kalt?«, hob Kühn die Augenbrauen

und betrachtete den muskulösen, gebräunten Oberkörper des Patienten, der lediglich eine knappe schwarze Unterhose trug.

»Weil ich kein Flügelhemd anhabe?«, lachte Merkel, verzog dabei aber doch leicht schmerzhaft sein Gesicht. »Inneres Feuer, wenn Sie verstehen. Mich friert's nicht so schnell.«

Keine Frage, dass sich Frauen zu einem solch durchtrainierten Body hingezogen fühlen mussten. »Ihre Mary ist sehr froh«, sagte Kühn.

»Dass es mich nicht erwischt hat?«

Der Kommissar nickte. »Darf ich ihr Bescheid geben, was mit Ihnen geschehen ist?«

»Nicht nötig«, grinste Merkel. »Wir haben bereits telefoniert. Die steht bestimmt bald hier auf der Matte.«

»Im Moment darf niemand zu Ihnen rein. Zu Ihrem eigenen Schutz. Wir wissen ja nicht, ob Sie noch mal attackiert werden.«

»Von den gleichen Kerlen?«

»Hätten die denn einen Grund dafür?«

Merkel zuckte die Achseln. »Es gibt schon einige, die mir gerne eine Abreibung verpassen würden. In meinem Metier geht's nicht immer ganz sanft zu.«

»Bei den Veranstaltungen, die Sie managen?«

Enrico grinste: »Outdoor. Ich mache überwiegend was unter freiem Himmel. Am liebsten weit weg vom nächsten Ort, damit sich niemand dran stört.«

»Ach so, laute Musik.«

»Genau, knallhart, die Events von EME. Hart, härter, Merkel – dafür sind wir bekannt, ich und der …«
Er musste kurz und heftig schlucken. »Können Sie mir Näheres von Joe …?«

Kühn überlegte kurz: »Hatte er Feinde?«

»Nicht mehr als ich. Es gibt ein paar Konkurrenten, die uns ins Geschäft pfuschen wollen. Da muss man sich gelegentlich schon kräftig wehren.«

»Schlägereien?«

»Seit mal unser halbes Equipment zu Bruch gegangen ist, wussten wir uns zu schützen. Elektronik ist teuer, sehr teuer. Deshalb verstehen wir keinen Spaß.«

»Also vermuten Sie einen Konkurrenten hinter der Tat?«

»Natürlich, der Markt ist hart umkämpft. Aber zwischen der Pfalz und der Schweizer Grenze sind wir … waren wir … die Besten. In der Saison geht an jedem Wochenende irgendwo was ab.«

»Könnten Sie sich noch andere Motive für den Überfall vorstellen?«

Merkels Augen wurden schlagartig größer: »Weshalb? Wissen Sie schon mehr?«

»Ihr Freund Joe, der … der wurde bei Heselbach in die Murg geworfen. An derselben Stelle wie …«

Enrico schoss in die Höhe. »Aaah!« Reflexartig drückte er sich auf den Bauch. »Von der Brücke, so wie bei Marys Altem?«

»Kannten Sie ihn?«

»Nie gesehen«, antwortete Merkel schnell. »Das war ihre Sache. Klare Abmachung zwischen uns. Mary hat sich entschieden. Tagsüber Haus, Hof und Kinder, nachts kam sie zu mir.«

»Und ihr Mann, dieser Frieder, hat sich nicht daran gestört?«

»Wird ihm wohl nicht gepasst haben, aber was hätte er machen sollen? Die Mary rauswerfen? Der konnte doch froh sein, dass sie ihn nicht ganz hat sitzen lassen.«

Kühn sah angespannt in Merkels Gesicht. »Und jetzt lag er tot in der Murg.«

»*Ich* hab ihn nicht auf dem Gewissen. Wieso sollte ich auch?« Er zögerte kurz: »Aber wenn der Joe auch dort ...«

»Dann sehen wir einen Zusammenhang. Das ist eindeutig. Und dann fragen wir uns noch, weshalb Johannes Klumpp Ihren Personalausweis bei sich getragen hat.«

Enrico öffnete den Mund, sagte aber erst nichts. »Das ... das ... kann ich mir überhaupt nicht erklären«, meinte er schließlich.

»Ihr eigener Geldbeutel lag in einer Ecke, hinter aufgestapelten Containern in Ihrem Materiallager. War ordentlich viel Geld drin.«

»Den haben mir die Kerle doch aus der Tasche gezogen. Hatte ich Ihnen das nicht bereits gesagt?«

Kühn nickte. »Extra noch mal in den Transporter gekommen, so haben Sie uns gestern berichtet. Was ist mit Ihrem Handy?«

»Das auch. Portemonnaie und iPhone. Beides haben die mir hinten aus der Hose geholt. Haben Sie das Gerät auch dort gefunden?«

Der Kommissar schüttelte den Kopf. »Nein, wir suchen noch danach.«

In diesem Moment kam die diensthabende Intensivschwester an Merkels Bett. »Könnten Sie jetzt bitte Schluss machen? Unser Patient ist frisch operiert und muss sich schonen.«

»Selbstverständlich.« Kühn stand auf. »Bitte überlegen Sie sich, ob Ihnen noch etwas einfällt. Ich komme später wieder.« Er sah die Pflegerin an: »Und vorerst darf niemand zu ihm. Der Kollege draußen bekommt klare Anweisung.«

»Da ist aber bereits …«

»Eine Frau, blond, kurze Haare?«

Die Schwester nickte. »Offenbar eine Angehörige.«

»Bitte!«, rief Merkel aus. »Die Mary müssen Sie zu mir lassen.«

Kühn rieb sich das Kinn. »Okay, große Ausnahme. Aber sonst wirklich niemanden. Sie soll bitte noch draußen warten. Ich muss erst mit ihr sprechen.«

Mary Pfeifle stand die Erleichterung ins Gesicht geschrieben. »Es geht ihm ganz gut, hat mir die Schwester gesagt.«

»Ja, sieht so aus«, meinte Franz-Otto Kühn und zeigte auf einen der Stühle im Wartebereich. »Bitte, nur ganz kurz. Sie können gleich rein zu ihm.«

Mary, die ihre kurzen blonden Haare heute mit kräftig viel Gel zu einer wirren Strubbelfrisur gestylt hatte, nahm Platz und sah den Kommissar an. Ein feuchter Schimmer lag in ihren Augen: »Ich bin nur froh, heilfroh. Das ist alles, was ich Ihnen sagen kann.«

»Der Enrico ist Ihr Halt«, stellte Kühn fest. »Das kann ich gut verstehen.«

Mary nickte: »Ohne ihn hätte ich diese ganzen Jahre nicht überstanden. Es war nur furchtbar mit meinem Mann, aber trotzdem …«

»Hätten Sie ihm kein solches Ende gewünscht?«

»Nein, aber …«

»Aber …?«

»Irgendwie …«, druckste Mary rum, »irgendwie war mir schon seit Längerem klar, dass es mit ihm …«

»Was meinen Sie?«

»Na ja, wenn Sie mit ansehen müssen, wie einer tagtäglich besoffen ist und nichts mehr fertigbekommt, dann …«

»Dann …?«

»Hab ich mir halt Gedanken gemacht, wie es weitergehen kann …«

»Falls ihm etwas zustößt?«

Mary sah den Kommissar an: »Wenn ihn auf dem Traktor der Schlag trifft, oder im Wald, beim Brennholzsägen, oder … oder … oder …«

»Natürlich, das muss Sie stark beunruhigt haben.«

Die Frau schüttelte den Kopf: »Nur am Anfang. Seit ein paar Jahren habe ich mich damit abgefunden, dass ihm irgendwann mal was passiert.«

»Jetzt ist der Fall eingetreten, aber jemand hat dabei nachgeholfen.«

Sie zuckte die Schultern. »Eigentlich macht das für mich keinen Unterschied mehr. Nur, was dahintersteckt, kann ich absolut nicht verstehen – und dass mir jemand diese Tat anhängen will, das geht mir überhaupt nicht runter.«

Mary stand auf: »Kann ich jetzt …?«

Auch Kühn erhob sich und reichte ihr die Hand. »Bitte. Ich melde mich wieder.«

Er sah ihr nach, wie sie zur Eingangstür der Intensivstation davoneilte, heute in kurzem Jeansrock, engem Trägertop und flachen Sandalen, muskulös, sonnenbraun …

Inneres Feuer, ging ihm durch den Kopf. Die beiden passen wirklich gut zusammen, auch wenn zehn Jahre zwischen ihnen liegen. Bei der nächsten Gelegenheit würde er sich mit Oskar Lindt darüber austauschen.

16. KAPITEL

Dieser befand sich zu dieser Zeit gemeinsam mit seiner Frau auf dem Weg zum Frühstück. Erfrischt von einer halben Stunde im Hotelpool, war er voller Vorfreude auf die Leckereien des Buffets, als jemand nach ihm rief. »Herr Lindt, bitte einen Moment.«

Hotelier Bernd Schneider kam hinter der Theke hervor und eilte seinen Gästen nach. »Wissen Sie was Näheres von gestern?«

Oskar lächelte ihn an. »Waren wir nicht bereits beim Du?«

»Au, ja, natürlich, aber ich wusste nicht so recht, ob das immer noch …«

»Selbstverständlich«, meinte Lindt. »Einmal Oskar, immer Oskar!«

Der Wirt reichte erst Carla, dann dem Kommissar die Hand. »Bernd – jetzt gilt's wirklich! Aber was ich fragen wollte … gestern …?«

Der Kommissar zählte erst ganz langsam innerlich auf drei, dann sagte er: »Was weißt du denn darüber?«

»Schon wieder ein Toter bei der Schrofelbrücke. Hab ich selbst gesehen.«

»Oh, du warst unter den vielen Zuschauern?«

»Ja, aber nur ganz kurz. Ich habe von der Straße aus

bemerkt, dass die Feuerwehr schon wieder an der Murg im Einsatz war.«

»Dann hast du mich wohl auch gesehen?«

Der Wirt nickte: »Und den anderen Kommissar und … und …«

»Die Mary«, ergänzte Lindt.

Erneutes Nicken. »Hat die auch damit etwas zu tun?«

»Wie kommst du darauf?«

Der Hotelier musste sich erst kurz besinnen, dann antwortete er: »Es geht ein Gerücht rum.«

»Über die Person des Toten?«

»Hmm hmm.«

»Hat ihn jemand erkannt?«

»Es heißt, dass es der … der Bekannte von der Mary wäre.«

Lindt sah ihn prüfend an: »Kann nur aus Feuerwehrkreisen stammen, dieses Gerücht.«

»Die waren nach dem Einsatz noch hier auf ein Bier. Zwei von den Kameraden, zwei junge Kerle, die waren sich ziemlich sicher, es sei dieser Merkel, der aus Weisenbach.«

»Kennt man ihn denn hier oben im Tal?«

»Die Jungs haben sich wohl schon auf seinen Veranstaltungen rumgetrieben, da, wo er den DJ macht. Furchtbarer Krach, Hard-Rock, Heavy Metal oder wie das heißt. Grässlich, was heutzutage als Musik durchgeht.«

»Nichts für unsere Generation«, lächelte Oskar Lindt. »Wilderes als das, was auf SWR 4 läuft, kann auch ich nicht aushalten.«

»Mir dreht's jedes Mal den Magen rum, wenn ich dieses Geschrei irgendwo anhören muss. Da suche ich schnellstens das Weite.«

Carla sah den Wirt grinsend an und klopfte gleichzeitig ihrem Mann auf die Schulter: »SWR 4. Am besten, wenn der Edi Graf am Mikrofon ist und Blasmusik spielt. Da geht Oskars Herz auf.«

»Na ja«, schwächte Lindt ab. »Lassen wir halt der Jugend ihren Geschmack. Mich findet man jedenfalls garantiert nicht bei den Events dieses Enrico Merkel.«

»Also stimmt es?«, fragte Bernd Schneider von neuem. »Ist er tot?«

Lindt antwortete professionell: »Laufende Ermittlungen, du kannst dir bestimmt vorstellen, was das bedeutet. Leider darf ich dazu rein gar nichts sagen. Den Kripokollegen Kühn vom Freudenstädter Kommissariat kenne ich halt bereits recht gut von früheren Ermittlungen, deshalb hat er mich um Unterstützung gebeten. Aber ich bin sicher, dass es bald eine Pressemitteilung geben wird.«

»Na dann«, zuckte Schneider resigniert die Achseln. »Ich dachte nur, falls es stimmt, dann wäre …«

»Ja? Dann?«

»… wäre schon wieder die Mary drin verwickelt!«, stieß der Wirt aus.

Lindt runzelte die Stirn: »Vielleicht kannst du auf die örtliche Gerüchteküche einwirken, um die Stimmung etwas abzukühlen. Sag doch, dass du mit mir gesprochen hast und …« Er überlegte einige Sekunden lang: »Ja, sag doch, dass es sich nicht um Enrico Merkel handelt.«

Bernd Schneider riss die Augen auf: »Sicher? Er ist es nicht?«

Der Kommissar schüttelte den Kopf. »Nein, definitiv nicht.«

»Und das darf ich so weitergeben?«

»Du darfst nicht nur, du sollst sogar.«

»Wegen der Mary?«

Oskar nickte: »Hat genug mitgemacht. Die muss nicht schon wieder in der Schusslinie stehen. Jetzt, wo man sie gerade freigelassen hat.«

Der Wirt blieb wie angewurzelt stehen: »Aber … aber …«

»Wenn nicht Merkel, wer dann?«, fragte Lindt.

»Einer von hier?«

»Wird noch untersucht. Aber mehr kann ich nun wirklich nicht sagen. Die Ermittlungen laufen auf Hochtouren.«

Der Wirt war offensichtlich immer noch konsterniert. »Nicht der Merkel«, sagte er kopfschüttelnd leise vor sich hin. »Okay, dann müssen wir eben warten. Aber wenn Sie etwas Neues wissen, dann …«

»Du«, lächelte Lindt. »Oskar, Carla und Oskar.«

»Äh, Entschuldigung, ich bin grad total durcheinander. Also, wenn du was Neues weißt, dann …«

»Abgemacht«, reichte ihm sein Gast die Hand. »Das Leben ist ein Geben und Nehmen. Wenn du etwas mitbekommst, sagst du es mir, und wenn ich etwas weitergeben darf, dann bist du der Erste, der davon erfährt.« Fest drückte er Schneiders Hand. »Versprochen?«

»Selbstverständlich. Einverstanden.« Er zeigte in Richtung des Frühstücksbuffets. »Aber jetzt will ich Sie … nein, nein, euch nicht mehr länger aufhalten. Lasst es euch schmecken. Ich schaue gleich nach, ob noch genug von allem da ist.«

Kurz nach zehn schnürten die Lindts wie an fast jedem ihrer Urlaubstage die Wanderschuhe und gingen los. Dieses Mal komplett zu Fuß, so sah es der Tagesplan vor. Auf dem Heselbacher Weg, am Hang oberhalb des Tales, schritten die beiden munter aus in Richtung Klosterreichenbach.

»Siehst du das lange Gebäude da unten?«, fragte Carla und zeigte zwischen den Bäumen durch.

»Kaum zu erkennen, aber meinst du das dunkle mit dem kleinen Teich daneben? Sieht aus wie …«

»War früher mal ein Sägewerk. Vor einigen Jahren zum Café umgebaut. Das fehlt uns noch in der Sammlung. Café Erle – da kehren wir nach der Tour ein. Unsere Nachbarn daheim in der Waldstadt haben mir davon erzählt. Die sind schon öfter extra von Karlsruhe aus hingefahren. Waren ganz begeistert, denn neben Kaffee und Kuchen gibt es zusätzlich noch eine reiche Auswahl an Floralem und an Dekoartikeln.«

»Florales?«, wunderte sich Lindt. »Ein Blumenladen?«

»Ganz besondere Blüten – lass dich überraschen«, antwortete Carla. »Erst die Münsterkirche und das Reichenbachtal, dann die Erle.«

Ausgiebig besichtigten die zwei das, was von der früheren romanischen Klosteranlage noch übrig geblieben war: Kirche und Gefängnisturm, den »Kasten« – ein früheres Lagerhaus – und Reste der Ringmauer. Danach wanderten sie in das romantische Seitental, lasen ab und zu am Weg die Informationstafeln zu Mönchen und Lehensbauern, freuten sich über blühende Wiesen und ruhten sich schließlich auf einer Bank an der Wasserfläche des Märtesweihers aus.

»Klosterreichenbach … Reichenbachtal … dann ist der kleine Bach da sicherlich der Reichenbach«, meinte Oskar, streckte seine Beine aus und blinzelte in die Sonne.

»Stimmt«, bestätigte Carla mit Blick auf ihr iPhone. »Die einen sagen Reichenbach, die anderen Reichenbächle.

Auf jeden Fall ein schön gepflegtes kleines Tal. Landschaftsschutzgebiet, das Schild hast du ja vorhin gesehen. Herrliche Urlaubslandschaft für uns gestresste Städter.«

Lindt schloss die Augen. »Gestern Himmelfahrt, heute wieder Wanderhimmel. Hier will ich nie mehr weg.« Das Klingeln seines Mobiltelefons machte ihm umgehend einen Strich durch die Rechnung.

»Franz, wolltest du mir nicht einen Entspannungstag gönnen?«, meldete sich Oskar, als der eingespeicherte Name seines Freudenstädter Kollegen auf dem Display aufleuchtete.

»Mir geht was durch den Kopf«, tönte es aus dem Lautsprecher. »Etwas, was ich mit dir besprechen müsste.«

»Darf meine Frau mithören? Ich hab auf laut gestellt.«

»Selbstverständlich – hallo, Carla!«, schallte Kühns Stimme durch die Einsamkeit von Wasser, Wald und Wiesen.

»Hallo, Franz«, grüßte Carla zurück. »Was gibt's? Der dritte Tote in der Murg? Mich kann nichts mehr schrecken.«

»Keine Sorge, bis jetzt ist alles ruhig. Sogar bei Enrico Merkel. Der liegt zwar noch auf Intensiv, aber am liebsten würde er von dort schon wieder abhauen.«

»Die Mary wird sich um ihn kümmern«, vermutete Carla.

»Du hast voll ins Schwarze getroffen. Genau darum geht es. Mary und Enrico.«

»Weibliche Intuition«, sagte Oskar. »Am besten ernennen wir meine Frau jetzt zur Ehrenkommissarin.«

»Alles, bloß das nicht«, lachte Carla. »Ein gut dotierter Beratervertrag tut's mir auch.«

»Ich werd's dem Kripochef vorschlagen. Aber wenn

der mitbekommt, dass du auch unter der entfesselten Menschenmenge warst, wird er nicht grad so begeistert sein.«

»Ich hab nur mitgemacht! Der Oskar war es doch, der angefangen hat.«

»Wird gerade analysiert. Stellt euch vor, die sitzen jetzt in Rottweil in der Zentrale und sehen sich alle Fernsehberichte zur missglückten Pressekonferenz an. Mich haben sie auch einbestellt. Bin schon auf dem Weg dorthin.«

»Was wirst du sagen, falls mich einer erkennt?«

»Darüber mache ich mir Gedanken, seit ich in Freudenstadt ins Auto gestiegen bin.«

»Tu doch einfach ganz überrascht und sag, so hättest du das gar nicht wahrgenommen. Dumm stellen war schon immer recht schlau.«

»Mal sehen, ob ich das hinkriege. Der Ott und der Borngräber sind nicht besonders gut auf mich zu sprechen.«

»Weil du dich verdrückt hast und nicht auch auf den Misthaufen geflogen bist?«

»Natürlich, die Chefs blamieren sich bis auf die Knochen und der einfache Kommissar bleibt unbeschadet im Hintergrund.«

»Tja, woran das wohl liegt?«, lachte Lindt. »Auf jeden Fall hat es die Richtigen erwischt. Aber hast du deswegen angerufen?«

»Nein«, antwortete Kühn und die Verbindung zu seinem Handy knackte. »Nein, wir sollten uns unbedingt noch mal treffen und gemeinsam nach Verbindungen zwischen den beiden Morden suchen. Die Rottweiler lassen mich gerade ziemlich im Regen stehen. Deine Baustelle – sieh zu, wie du damit fertig wirst.«

»Das denke ich mir«, antwortete Oskar. »Die haben

vollauf damit zu tun, die eigenen Wunden zu lecken. Aber keine Sorge, ich stehe dir weiterhin zur Seite. Wäre doch gelacht, wenn wir diesen Knoten nicht lösen könnten.«

»Danke«, atmete Kühn auf. »Zwei Köpfe haben eben doch mehr Gedanken als nur einer.«

»Ich war auch bereits aktiv«, fuhr Lindt fort. »Momentan geht das Gerücht um, der zweite Tote wäre Enrico Merkel. Das habe ich heute Morgen – quasi von offizieller Seite – dementiert und im Hotel darum gebeten, meine Mitteilung zu streuen. Mal sehen, was passiert, wenn es sich rumspricht.«

»Gut, dass du seit dem kleinen Volksaufstand bereits ein halber Heselbacher bist«, meinte Kühn. »Die Leute vertrauen dir. Vielleicht kommen wir auf dieser Schiene weiter. Da rechne ich mir durchaus …«

»Mist, jetzt ist die Verbindung weg«, sagte Lindt zu Carla. »Und mir ist gerade noch was eingefallen.«

»Woran denkst du?«

»Erinnerst du dich an vorgestern Abend? Gemeinsames Fernsehschauen?«

»Natürlich, mit anschließendem Du.«

»Genau«, meinte Oskar. »Dabei sind mir doch zwei Männer aufgefallen.«

»Keine Ahnung. Darüber hast du nichts gesagt.«

»Komischer Gesichtsausdruck. Du weißt ja, so was merke ich gleich. Und außerdem haben die sich ziemlich schnell verdrückt, als klar war, wer ich bin.«

»Auffällig unauffällig?«

»Exakt. Nichts wie weg, aber ohne dass es jemand merkt.«

»Hast du die schon mal in Heselbach gesehen, bei deinen Morgenspaziergängen zum Beispiel?«

Oskar überlegte: »Nicht dass ich wüsste, aber ich würde sie natürlich wiedererkennen.«

Carla wusste spontan, was zu tun war: »Dann müssen wir eben auch das tun, was der Franz in den nächsten Stunden macht.«

»Nämlich?«

»Uns alle Fernsehberichte reinziehen. Diese Kerle waren doch sicherlich ebenfalls in der Menschenmenge.«

Lindt sah seine Frau an: »Gar kein so dummer Gedanke. Ich erkenne die Männer, unser Hotelier kann sie identifizieren und der Franz fühlt denen auf den Zahn.«

»Na bitte«, lächelte Carla, »geht doch!«

»Auf dem besten Weg zur Hilfskommissarin«, sagte Oskar und tippte in der Anrufliste seines iPhones auf ›Kühn, Franz-Otto‹.

»Oskar, ich war im Funkloch«, tönte dessen Stimme umgehend wieder aus dem Lautsprecher. »Aber eigentlich hatten wir ja auch bereits alles besprochen.«

»Noch nicht ganz«, korrigierte Lindt. »Kannst du in Rottweil die Videos der Fernsehsendungen unauffällig an dich bringen? Carla und ich würden sie gerne komplett ansehen. Wir haben da so eine Idee.«

»Idee? Hört sich gut an. Ich bin sicher, dass die Kollegen alles auf dem Server gespeichert haben und von dort kann ich es jederzeit abrufen.«

»Dann lass uns doch einen gemeinsamen Abend draus machen. Erst essen, dann vor die Glotze. Dein Notebook lässt sich bestimmt mit dem Fernsehgerät in unserem Zimmer verbinden.«

»Prima«, antwortete Kühn. »Gegen sechs bin ich da!«

Einige Zeit später brachen Carla und Oskar wieder auf. Sie umrundeten das Reichenbachtal vollständig, erreichten wieder den Ort und gingen ein kurzes Stück an der Bundesstraße entlang bis zum Café Erle. Sowohl der Eingangsbereich als auch der weite Innenraum des umgebauten Sägewerks entfachten bei Carla Begeisterungsstürme. Überall kunstvoll gefertigte Blumen – von echten erst auf den zweiten Blick zu unterscheiden – und eine überreiche Auswahl an unterschiedlichsten Dekorationsartikeln.

Oskar konzentrierte sich mehr auf den Inhalt der Kuchentheke und ging schon voraus, um ihnen im Freien einen Platz zu sichern. Er fand einen Tisch am Klotzweiher der früheren Säge und nahm zufrieden unter dem Sonnenschirm Platz. Carla ließ auf sich warten und setzte sich erst zu ihm, als Oskar bereits das erste alkoholfreie Alpirsbacher Weizenbier geleert hatte.

»Unglaublich, was die alles haben. Hochwertig und geschmackvoll. Kein Wunder, dass unsere Nachbarn andauernd hier reinschneien.«

Lindt hatte die Killerfrage bereits wohlüberlegt vorbereitet. »Brauchen wir denn was?«, sagte er wie beiläufig zu seiner Frau, ohne sie direkt anzublicken. Er rechnete mit einer empörten Antwort. Carla jedoch konterte souverän: »Natürlich. Ich brauche dringend eine Entschädigung für entgangene Urlaubsfreuden. Deine Scheckkarte hast du ja wohl dabei.«

»Eins zu null für dich«, gab sich Lindt stöhnend geschlagen. »Aber nimm nichts so Großes. Denk dran, dass wir es bis nach Heselbach tragen müssen.«

»Steht alles bereits auf der Verkaufstheke. Kannst du später bequem mit dem Auto abholen.«

Oskar rollte die Augen, antwortete aber nicht, sondern schob seiner Frau die Karte hin. »Ich bestelle diese dreieckige ›Gipfeljoghurttorte‹ mit Eiskugel.«

»Passt gut zum schönen sonnigen Wetter«, antwortete Carla und orderte bei der Bedienung: »Dasselbe plus eine große Tasse Kaffee.«

Franz-Otto Kühn war pünktlich. Kurz nach sechs Uhr traf er am Heselbacher Hof ein und fand die Lindts an ihrem angestammten Tisch im Restaurant Glockenstube.

»Hat mich jemand erkannt?«, wollte Oskar wissen.

»In Rottweil? Ach wo!«, beruhigte ihn Kühn. »Die waren so mit sich selbst und ihrer eigenen Blamage beschäftigt, dass niemand auf die Idee gekommen ist, dass es sich bei dem Unruhestifter um einen Kollegen handeln könnte.«

»Also brauche ich mir keine Sorgen zu machen?«

»Bestimmt nicht. Die haben beschlossen, keine Personenfeststellungen vorzunehmen und den ganzen Vorfall so gut wie möglich unter den Teppich zu kehren. Außerdem haben sie aus Stuttgart einen saftigen Einlauf bekommen, künftig professionelle Pressekonferenzen und kein solch extravagantes Bühnenschauspiel zu veranstalten.«

Lindt rieb sich die Hände: »Ich hab sie gefressen! Schon immer! Diese eitlen Selbstdarsteller in ihren lackierten Schuhen. Gut, dass ihnen die Stuttgarter den Marsch geblasen haben.«

»Sind ziemlich kleinlaut geworden. Aber mir wollten sie einen Aufpasser zur Seite stellen. Zur Unterstützung, hat der Ott gesagt und natürlich etwas absolut anderes gemeint. Was soll ich denn mit einem jungen Bürschchen, gerade frisch von der Hochschule und noch völlig grün hinter den Ohren.«

»So einer muss nicht gleich bei Mordermittlungen eingesetzt werden. Da macht er mehr Schaden, als er nützt«, meinte Oskar. »Das hast du hoffentlich abbiegen können.«

»War nicht leicht, aber am Ende habe ich es doch geschafft. Ich suche mir meine Unterstützung selbst, ob es denen passt oder nicht.«

»Du denkst an externes Fachpersonal«, schmunzelte Lindt. »Räumlich extern, aber fachlich intern.«

»Wunderbar formuliert«, meinte Kühn, nahm seine Aktenmappe zur Hand und öffnete sie. »Schau mal rein«, forderte er seinen Kollegen auf. »Deinen Dienstausweis hast du ja dabei und das Schießeisen bekommst du jetzt von mir. Einschließlich vier vollen Ersatzmagazinen.«

»Also mache ich jetzt morgens bewaffnete Spaziergänge«, hob Lindt die Augenbrauen. »Da fehlt mir ja nur noch das berühmte ›eisenhaltige Abführmittel‹.«

»Kein Problem, hab an alles gedacht.« Kühn griff tief in seine Mappe und klimperte mit einem metallisch glänzenden Paar Handschellen herum. »Alternativ gebe ich dir auch gerne stabile Kabelbinder mit.«

»Sagt mal, ihr zwei Helden«, ging Carla dazwischen, »soll das heißen, du, Oskar, wirst jetzt bei einem deiner Frühspaziergänge ganz alleine die Mörder überführen und festnehmen?«

»Klar doch, wenn sie das mit sich machen lassen«, gab Oskar spontan zurück, schränkte aber sofort wieder ein. »Keine Sorge, alles nur zu meinem eigenen Schutz. Schließlich ist ja bekannt, wer ich bin.«

»Und die Mörder wohnen in Heselbach, da seid ihr euch schon ganz sicher?«

»Selbstverständlich«, grinste Franz-Otto Kühn. »In Heselbach oder einem Umkreis von zweihundert Kilometern. Nein, Schluss mit dem Quatsch. Aber hier ist das Zentrum des Bebens. Alle Spuren führen hierher. Wir müssen nur noch Beweise finden.«

»Und Motive«, meinte Lindt, »aber dafür habe ich ja eine ›Kommissarin ehrenhalber‹ an meiner Seite. Die ist für mentale Feinarbeit zuständig.«

»Okay, und wo bleibt meine Pistole?«, sagte Carla so spontan und laut, dass sie vom Nachbartisch verstörte Blicke erntete.

»Gun-Sharing, so macht man das heute«, antwortete Kühn leise mit gesenktem Blick und klopfte auf seine Aktentasche. »Die 9-Millimeter-Kanone da drin müsst ihr euch eben teilen. Ein Schüsschen für Carla, ein Schüsschen für Oskar.«

»Idiot!«, knuffte ihn Carla in die Seite. »Sieh lieber zu, dass du deinen Teller leer bekommst, bevor die Spätzle noch völlig kalt werden.«

»Das wäre äußerst schade«, antwortete Franz und widmete sich wieder ganz seinem Hirschgulasch.

Eine halbe Stunde später begann der Fernsehabend im Hotelzimmer des Ehepaars Lindt. Beim Verlassen des Restaurants versicherten sie sich noch, dass die Wirtsleute präsent waren. Oskar fand Bernd Schneider und seine Frau Bärbel am Stammtisch neben der Theke und meinte in verschwörerischem Tonfall: »Jetzt gehen wir auf Mörderjagd. Kann sein, wir brauchen euch später noch …«

Das Blut wich den beiden schlagartig aus dem Gesicht: »Äh … uns … äh … wozu, bitte?«

Lindt grinste. »Zum Überwältigen natürlich, ihr habt doch sicherlich einen nicht angemeldeten Revolver im Tresor liegen.«

Jetzt wurde die Gesichtsfarbe der Wirtsleute derart aschfahl, dass Oskar keine weiteren Späße verantworten mochte.

»Keine Sorge, alles, was wir brauchen, ist ein Sessel für meinen Kollegen. In unserem Zimmer stehen nur zwei.«

»Einen Sessel lasse ich euch gerne vorbeibringen, aber wo findet dann die Mörderjagd statt? In unserem Hotel sehen wir das nicht ganz so gerne.«

»Entwarnung«, schaltete sich Franz-Otto Kühn ein. »Nur ein harmloser Fernsehabend. Allerdings mit brisanten Videos.« Er kniff ein Auge zu. »Doch möglicherweise benötigen wir ortskundige Personen, um Verdächtige darin zu identifizieren.«

Der Wirt atmete auf: »Okay, dann sind wir beruhigt. Wenn ihr uns braucht – einfach übers Haustelefon anrufen. Wir bleiben hier im Lokal bis zum bitteren Ende.«

17. KAPITEL

Nicht nur einen bequemen Sessel, sondern auch eine kühle Nachfüllration für die Zimmerbar ließ der Hotelier zu den dreien liefern. »Mit besten Empfehlungen unseres Chefs«, lächelte der freundliche Zimmerkellner, ein schlaksiger junger Mann, und legte die Getränkefläschchen in den kleinen Kühlschrank.

Lindt drückte ihm ein Zwei-Euro-Stück in die Hand und fragte: »Wie lange arbeiten Sie denn schon hier im Hotel?«

»Fast drei Jahre, aber in ein paar Wochen habe ich ausgelernt, dann geht's erst mal aufs Schiff, die Welt kennenlernen.«

»Toller Beruf«, nickte Oskar. »Stammen Sie denn aus der Gegend?«

Der Kellner schüttelte den Kopf: »Nein, das hören Sie sicherlich an meiner Stimme, und wer Jens Petersen heißt, kommt meistens aus dem hohen Norden. Ich wollte aber unbedingt im Schwarzwald meine Ausbildung machen, hier gibt es viel mehr gehobene Gastronomie.«

Ein spontaner Gedanke zuckte durch Lindts Hirnwindungen. »Weit weg von zu Hause und den Freunden. Ist es nicht ein wenig langweilig, wenn Sie mal frei haben?«

»Ach wo, nette Leute, mit denen man was unternehmen kann, gibt es überall. Am Anfang sagten die zwar Fischkopf zu mir, aber das hat sich schnell gelegt.«

»Dann haben Sie hier richtig gut Anschluss gefunden?«

»Ja, bin voll vernetzt. Das Nordlicht Petersen ist mittlerweile im ganzen Murgtal bekannt.«

»Findet man Sie auch auf diesen Open-Air-Veranstaltungen, bei denen man halb taub wird?«

Der junge Mann lächelte: »Ich weiß, weshalb Sie fragen. EME-Events, stimmt's?«

»EME?«, gab Lindt zurück.

»Na, der Merkel, der jetzt doch nicht tot ist.«

»Sie sind ja gut informiert«, wunderte sich der Kommissar. »Woher wissen Sie denn …?«

»Der Chef hat's gesagt und alle waren total erleichtert. Das Gerücht, der zweite Tote aus der Murg wäre der Enrico, ging ja wie ein Lauffeuer durch Facebook.«

Er zog sein Smartphone aus der Gesäßtasche. »Der Chef sieht's nicht so gerne, wenn man bei der Arbeit draufschaut, aber wenn es während einer kleinen Zigarettenpause ist, drückt er schon mal ein Auge zu.«

»Jetzt wird's interessant«, sagte Lindt. »Bitte, setzen Sie sich doch kurz zu uns.« Er zeigte auf den freien Sessel und nahm sich selbst einen der Stühle vom Tisch.

»Allzu lange darf ich aber nicht wegbleiben«, meinte der junge Kellner zögernd.

»Wir regeln das«, bestimmte Oskar. »Sie sind jetzt Bestandteil einer kriminalpolizeilichen Ermittlung. So was geht immer vor. Meine Frau kennen Sie ja bereits und der Herr hier ist …«

»Hauptkommissar Kühn aus Freudenstadt«, kam die Antwort.

»Jetzt bin ich aber platt«, wunderte sich Franz-Otto Kühn. »Woher wissen Sie denn ...?«

»Die Gäste zu kennen, ist das A und O einer guten Servicekraft. Schließlich waren Sie ja schon mal hier im Hotel. In der Sitzgruppe gegenüber vom Empfang, als Sie mit unseren Chefs gesprochen haben. Eine meiner Kolleginnen hat Ihnen Wasser gebracht.«

»Donnerwetter! Geht so was dann auch wie ein Lauffeuer durch Facebook?«, wollte Lindt wissen.

»Klar! Wenn in Heselbach einer um die Ecke gebracht wird, muss man sich doch austauschen.«

»Um die Ecke gebracht ... wohl eher in die Murg geworfen.«

»Und vorher erschlagen, sehen Sie doch, hier.« Der Kellner rief auf seinem Phone ein Video auf, in dem ganz genau zu erkennen war, wie die Spurensicherung einen verhüllten länglichen Gegenstand aus dem Kofferraum des grauen Suzuki nahm. »Garantiert die Tatwaffe. Deswegen wurde die Mary ja kurze Zeit später verhaftet.«

»Sie kennen die Mary?«

»Logisch, die ist doch auch immer bei den Events im Wald dabei.«

»Echt? Obwohl sie schon ...«

Jens Petersen winkte ab. »Macht doch nichts. Die Mary ist für ihr Alter echt scharf.«

Lindt bekam auf der Stelle einen Hustenanfall. »Echt scharf«, meinte er kopfschüttelnd, nachdem er sich wieder beruhigt hatte. »Scharf ist auch das Video. Wer hat es denn aufgenommen?«

»Ooch ... so genau ...«

»Sie wissen es schon, aber lassen Sie's gut sein. Wir

sind es gewohnt, dass man uns ablichtet, wenn wir in der Öffentlichkeit arbeiten.«

Der junge Mann zuckte mit den Schultern. »Ist doch normal, dass so was rumgeschickt wird. Ihren Auftritt bei der Pressekonferenz hab ich ebenfalls gespeichert. War auch …«

»Scharf«, nickte Lindt. »Mich wundert jetzt echt nichts mehr. Fehlt nur noch, dass Sie uns gleich ein paar Verdächtige liefern.«

»Die den Frieder und den Joe auf dem Gewissen haben?«

Lindt stöhnte auf: »Was wissen Sie denn noch alles?«

»Also stimmt es, dass der Tote der Joe ist?«

Der Kommissar holte tief Luft. »Ich hab nur gesagt, es ist nicht Enrico Merkel. Sonst gar nichts. Wer behauptet denn so was?«

»Wir sind doch nicht blöd«, grinste der Zimmerkellner. »Einer, der aussieht wie Enrico, aber nicht Enrico ist, das kann nur der Joe sein.«

»Den Sie natürlich auch von den wilden Waldpartys kennen?«

»Jeder kennt die beiden. Schon alleine, weil sie sich so ähnlich sehen. Hier bitte …«

Er hielt Lindt aufs Neue sein Smartphone hin. »Als ich gepostet habe ›Kommissar Lindt hat meinem Chef gesagt, der Tote ist nicht Enrico‹, kam umgehend von drei anderen zurück: ›Dann muss es der Joe sein.‹«

»Unfassbar« schüttelte Oskar Lindt den Kopf und sah seine Frau und Franz-Otto Kühn an. »Kommt ihr da noch mit?«

»Klar«, meinte Carla. »Seit ich mit unseren Töchtern über WhatsApp in Verbindung bin, erfahre ich viel mehr als vorher. Du, lieber Oskar, bist da ganz schön hinterm Mond.«

»Bitte«, wandte sich Lindt wieder an den jungen Mann. »Alles, was wir sprechen, ist wirklich geheim. Streng vertraulich. Können Sie mir versprechen, nichts davon im Netz zu veröffentlichen?«

»Ehrenwort! Sie können sich auf mich verlassen. Zumindest so lange, bis Sie die Kerle festgenommen haben.«

»Was?«, schrie Lindt auf. »*Die Kerle?* Wen denn?«

»Na, die zwei Bürkle-Brüder. Die hätten doch wirklich ein Motiv.«

»Jetzt schlägt's dreizehn!« Oskar sank in sich zusammen. »Die Bürkles – ein Motiv! Und welches, bitte schön?«

»Gibt es eine Belohnung für …«

Auf Oskar Lindts Stirn standen dicke Schweißperlen. »Franz, dafür bist du zuständig.«

Kühn schüttelte den Kopf. »Im Moment ist nichts vorgesehen, aber eine anerkennende Urkunde kann ich Ihnen versprechen.«

»Da pfeif ich drauf. Das kommt dann sicher noch in die Zeitung und jeder hat es schwarz auf weiß, wer die Brüder verpfiffen hat.«

»Halt, halt, verpfiffen ist nicht das richtige Wort«, korrigierte Lindt. »Sachdienliche Hinweise, die zur Ergreifung der Täter führen. Oder liegt Ihnen nichts daran, dass wir die Kerle fassen und ihrer gerechten Strafe zuführen? Wenn Sie den Joe doch persönlich gekannt haben?«

Der lange Petersen zögerte: »Macht sich nicht gut im Netz, wenn bekannt wird, dass einer mit den Bullen … oh, Verzeihung … ich meine, mit der Polizei …«

»Nichts da«, entschied Lindt. »Wer gackert, muss auch legen. Wie bei den Hühnern. Was ist mit den Bürkles?«

Jetzt wurde der junge Mann richtig rot im Gesicht. »Na ja, ich bin ja eh bald weg. Also diese zwei Brüder, die hatten früher mal was mit der Mary.«

»Wie bitte? Mit der Mary? Und gleich beide?«

Der Kellner nickte. »Anscheinend hat die nichts anbrennen lassen, so frustriert, wie sie wegen ihrem Alten war. Kann ich ja wirklich verstehen, wenn alles den Bach runtergeht.«

»Wie alt sind die Bürkles denn?«

»Auch schon ziemlich … also … mindestens so alt wie die Mary.«

»Die ist 40! Ziemlich alt?«

Carla ging dazwischen. »Oskar, die Jugend hat andere Maßstäbe. Für die sind wir drei hier bereits scheintot.«

Der junge Mann grinste, kommentierte das Gesagte aber nicht. Stattdessen meinte er: »Charly und Manne, so heißen die Bürkles. Karlheinz und Manfred. Ab und zu kamen sie auch an den Mittwochsstammtisch, aber eher selten, denn meistens war der Frieder da.«

»Der hat davon gewusst?«

»Keine Ahnung. Es heißt aber, dass die Affären nur ein paar Monate gedauert haben.«

»Weshalb?«

»Zwei Junggesellen! Die sind zwar gestandene Kerle und ihr Hof ist wesentlich besser in Schuss als der vom Pfeifle, aber …«

»Die Mary hat geahnt, dass sie vom Regen in die Traufe käme«, ergänzte Carla Lindt. »Das liegt ja auf der Hand.«

»Und danach zog sie sich den Enrico an Land?«, wollte Oskar wissen.

»Sagen wir so«, meinte Kellner-Azubi Petersen. »Wenn es stimmt, was mir meine Freunde so alles erzählen, hat sie sich das Tal hinunter vorgearbeitet.«

Oskar rieb sich die Stirn und sah seine Frau an. »Die musste ausbrechen, zwanghaft.«

»Und irgendwann ist sie mal auf einem Waldfest dem Merkel begegnet«, fuhr Carla fort und sah den jungen Mann an. »Woher wissen Sie denn das alles? Sie interessieren sich doch nicht wirklich für solche ›uralten‹ Menschen?«

»Für die Mary schon«, kam spontan zurück. »Die ist irgendwie anders. So wie der Enrico und der Joe. Einfach …«

»Scharf«, schaltete sich Franz-Otto Kühn ein. »Außerdem kannten Sie garantiert auch ihre Tochter. Diese Pia, die sich …«

Jetzt wurde der Zimmerkellner bleich. »Ihr Freund hätte sie halt nicht im Stich lassen sollen. War echt blöd von dem. Aber dass die Pia gleich so überreagiert, konnte auch niemand voraussehen.«

»Kannten Sie den Freund?«

»Alle sind auf Facebook.« Er hob sein Smartphone in die Höhe. »Alle wissen, was abgeht. Wer dazugehören will, hat keine Wahl.«

Lindt sah ihn an. »Haben Sie denn diese Bürkles auch auf Ihrem Gerät gespeichert? Also Bilder von denen, meine ich.«

Petersen lachte: »Die Brüder Bürkle wissen bestimmt nicht mal, wie man Facebook schreibt.«

»Ich dachte auch eher an Ihre Videos. Sind die darauf irgendwo zu sehen?«

»Ach so, die Aufnahmen vom Tanz um den Misthaufen. Es kann sein, dass die …« Er wischte flink über das Display, tippte darauf und eine Szene des Heselbacher Volksaufstands erschien. »Moment noch … ich glaube … ja, hier sind die zwei.«

Der junge Mann hielt Lindt das Gerät vors Gesicht. »Sehen Sie, dort hinten. Zweimal mit Bart und Hut.«

Der Kommissar brauchte nur eine Sekunde, um die Gesichter wiederzuerkennen, dann sagte er: »Fernsehabend nicht mehr nötig. Los, Franz, die Bürkles kaufen wir uns jetzt.«

»Da werden Sie Pech haben«, grinste Jens Petersen.

»Wieso?«, fragte Lindt konsterniert.

»Abends hocken die immer auf dem Hochsitz. Sind echt wilde Jäger. Die bringen uns öfter mal ein Reh, ein Hirschkalb oder ein Wildschwein in die Küche.«

»Mann«, ächzte Lindt. »Was Sie alles wissen …«

»Fast alles. Ich kenne auch den Bereich, wo die beiden jagdberechtigt sind. Hab ja oft genug ihre Storys am Stammtisch mitanhören müssen.«

»Bringen Sie uns hin?«

Petersen schüttelte den Kopf. »Ich möchte wirklich nicht mit hineingezogen werden, aber es gibt dort nur zwei Wege aus dem Wald. Auf einem von denen müssen die Bürkles rausfahren, wenn's dunkel ist. Wenn Sie mir versprechen, niemandem zu sagen, von wem Sie den Tipp haben, beschreibe ich Ihnen die Stellen.«

»Okay, das ist fair«, meinte Kühn, doch Lindt schüttelte den Kopf.

»Nein, zu riskant. Wir müssen sicher unterbinden, dass irgendwas von unserer geplanten Aktion im Netz auftaucht. Es gibt leider keine Alternative. Sie müssen uns begleiten.« Er streckte seine Hand aus. »Und Ihr Smartphone nehmen wir für eine Weile an uns. Die Sache muss wirklich wasserdicht sein.«

Der junge Mann schaute entsetzt: »Sie können mir doch nicht mein …«

»Nur für die Zeit, in der Sie bei uns sind. Es darf nicht das Geringste nach draußen dringen. Glauben Sie mir, ich habe da schon ziemlich blöde Erfahrungen gemacht.«

»Aber warum sollte ich denn …?«, jammerte Petersen.

»Warum denn nicht?«, gab Lindt zurück. »Ist doch eine Sensation und die muss rausposaunt werden. Es wäre ein fataler Ermittlungsfehler, wenn wir Sie mit Ihrem Gerät durch diese Tür dort gehen ließen. Das können wir uns in diesem Fall wirklich gar nicht leisten.«

»Okay, dann muss ich mich halt …« Der Kellner reichte Lindt das Smartphone. »Aber gut drauf aufpassen. Ohne das geht gar nichts.«

»Dafür sind Sie live dabei, wenn wir die Brüder hopsnehmen. Ist doch auch nichts Alltägliches. Davon können Sie später mal noch Ihren Enkeln erzählen.«

Franz-Otto Kühn sah erst aus dem Fenster, dann auf die Uhr. »Es wird schon etwas dämmerig und wir brauchen Verstärkung. Bis die Kollegen hier sind, dauert es noch einige Zeit. Ich geh mal runter ins Auto und hänge mich an den Funk. In welche Richtung müssen wir denn?«

»Röt und Huzenbach«, sagte Jens Petersen. »Ich sollte mich vielleicht noch umziehen.«

»Jacke reicht«, bestimmte Lindt. »Nehmen Sie am besten eine mit Kapuze, dann bleiben Sie auf jeden Fall unerkannt. Wir lassen ohnehin die Kollegen zugreifen und halten uns zunächst im Hintergrund.«

Kühn gelang es, vier Beamte seines Kriminalkommissariats zu alarmieren. »Möglichst jeder mit einem extra

Fahrzeug«, gab er durch. »Wir müssen jemanden in die Zange nehmen.« Als Treffpunkt benannte er die kleine Tankstelle am Ortsende von Röt.

Auch Oskar Lindt rüstete sich auf. Wanderschuhe anziehen, Gürtelholster mit Pistole umschnallen, Handschellen und Kabelbinder einstecken, leichte offene Jacke drüber – fertig.

»Passt bloß auf«, gab ihm Carla mit auf den Weg. »Wenn es sich um Jäger handelt, dann sind die …«

»Bewaffnet.« Oskar hauchte ihr einen flüchtigen Kuss auf die Wange. »Keine Sorge, wir halten uns zurück.«

Er begleitete Jens Petersen zu dessen Spind, wo der sich einen Kapuzenpullover überzog, und ging dann mit ihm gemeinsam zur Theke im Restaurant.

»Heute Abend müsst ihr leider ohne euren Spitzenkellner auskommen«, sagte er zu Hotelier Schneider. »Wichtiger Zeuge. Danke, dass du ihn zu uns aufs Zimmer geschickt hast.«

Der Wirt – ob dieser überraschenden Nachricht völlig verwirrt – wollte etwas antworten, doch Lindt war gemeinsam mit seinem Schützling bereits unterwegs zum Ausgang. Er winkte kurz zurück: »Näheres später.«

Franz-Otto Kühn wartete schon ungeduldig neben der Fahrertür seines Passats. »Ich möchte erst noch am Hof der Bürkles vorbeifahren«, sagte er. »Wir müssen sicher wissen, dass die Brüder nicht doch zu Hause sind.«

»Kein Problem«, antwortete Petersen und faltete seinen langen dünnen Körper auf den Rücksitz. »Einmal rechts, am Dorfplatz links, das letzte Haus Richtung Röt.«

Oskar Lindt nahm auf dem Beifahrersitz Platz und Kühn fuhr los. »Ich kenne den Hof«, meinte Lindt. »Bin schon ein paarmal dran vorbeigekommen, hab aber nie jemanden gesehen. Nur die drei Hirschgeweihe an der Wand sind mir aufgefallen.«

»Meistens sind die Bürkles im Wald«, kam die Erklärung von hinten. »Seit letztem Jahr haben sie kein Vieh mehr und konzentrieren sich ganz auf Forstwirtschaft.«

»Die arbeiten als Holzhauer?«, wollte Kühn wissen.

»Selbstständig. Wer in seinem Wald Holz einschlagen möchte, kann sie beauftragen.«

»Haben die auch eigenen Waldbesitz?«, fragte Lindt.

»Soviel ich weiß, gehört denen ein großes Stück im Eichwald direkt neben dem vom Pfeiflehof.«

»Was wissen Sie eigentlich nicht?«, schüttelte der Karlsruher Kommissar den Kopf. »Bekommt man im Hotel denn alles mit, was sich in Heselbach abspielt?«

»Alles?«, grinste Petersen von hinten. »Das ist noch längst nicht alles. Aber im Service muss man absolut verschwiegen sein, sonst haben die Gäste weder Vertrauen noch Trinkgeld. Deshalb gilt: Diskretion ist mein zweiter Vorname.«

»Bei Facebook hört die Verschwiegenheit aber anscheinend auf«, wandte sich Lindt nach hinten.

»Keineswegs«, entrüstete sich der junge Kellner. »Wenn man seinen Job behalten will, muss man sehr genau überlegen, was man postet, sonst landet so ein Beitrag gleich beim Chef.«

Intelligentes Bürschchen, ging dem Kommissar durch den Kopf und er sagte: »Eigenes Restaurant, wäre das was für Sie?«

Petersen lachte: »Selbstverständlich. Augen auf, was Hotelerbinnen angeht. Jeder ist seines Glückes Schmied.«

»Dieser Satz findet sich aber nicht im Netz«, grinste Lindt zurück.

»Nee, der ist von meiner Oma und die hat immer recht.«

Im selben Moment kam der Bürklehof in Sicht. Auch recht stattlich, aber längst nicht so imposant wie der vom Eichwald-Bauern – allerdings wesentlich besser in Schuss.

»Wenn die zwei zu Hause sind, steht ein grüner Pickup dort im offenen Schuppen.« Petersen zeigte auf einen ausladenden Holzverschlag. Innen waren zwei gelb-grüne Forstschlepper zu sehen, daneben ein freier Abstellplatz. »Die Traktoren sind da, der Allrad ist weg, also sind die Brüder auf der Jagd. Alles andere hätte mich auch überrascht. Jetzt, wo die Bockjagd offen ist.«

»Auch jagdkundig?«

»Nein, aber ich durfte in der letzten Woche schon drei dieser armen Viecher abziehen. Eigentlich wäre das ja Arbeit für die Köche, aber ich lerne gerne was dazu.«

»Alle Rehe von den Bürkles geschossen?«

»Komplett«, meinte Jens Petersen. »Die schießen scharf, also Vorsicht.«

»Werden wir beachten«, sagte Franz-Otto Kühn und fuhr langsam weiter am Hof vorbei in Richtung Röt.

Auf dem Platz vor der Tankstelle warteten bereits zwei Zivilwagen der Freudenstädter Kripo. Die Kommissare stiegen aus, um die Kollegen zu begrüßen. Ein weiteres Team traf ein. »Schutzwesten anlegen!«, befahl Kühn. »Wir müssen zwei Jäger zur Strecke bringen, also sind Waffen im Spiel. Bürkle heißen sie, Karlheinz und Manfred, genannt Charly und Manne. Dringend tatverdächtig, die beiden Morde in Heselbach begangen zu haben. Wir haben uns entschlossen, sie hier abzufangen. Bei denen zu Hause müssten wir vermutlich das SEK holen, um zu stürmen. Eigensicherung ist erstes Gebot, aber sie dürfen uns nicht entwischen. Haben zwar keine Ahnung, dass sie erwartet werden, sind aber vermutlich zu allem entschlossen, wenn es eng wird.«

»Weshalb vier Autos?«, kam als Frage.

»Nehmt sie in die Zange. Einer lässt vorbeifahren, der andere blockiert weiter vorne den Weg. Das erste Team fährt über die Brücke gleich vorne links, das zweite unten in Huzenbach. Das sind die beiden wichtigsten Ausfahrten. Andere Wege werden sie kaum nehmen.« Kühn zeigte die Stellen auf einer topografischen Karte. »Vermutlich fahren sie hier oben aus dem Wald. Kollege Lindt und ich bleiben deshalb an der Tankstelle in Bereitschaft. Sofort funken, wenn das Fahrzeug kommt. Dann Straßensperre und raus aus dem Wagen. Seitlich aufstellen, Waffe im Anschlag. Verstärkung kommt sofort.«

»Fahrzeugtyp?«

»Grüner Pickup, Nissan Navara. Viertürer, Ladefläche mit Hardtop, Kennzeichen FDS-BB 22.«

Einer der Kripobeamten zeigte zum Rücksitz von Kühns Passat. »Wen habt ihr noch dabei?«

»Zeuge«, antwortete Franz nur ganz kurz. »Von ihm kam der Tipp, deshalb müssen wir ihn schützen. So und jetzt ab auf eure Posten. Zwei Streifen habe ich angefordert. Aber auch die müssen erst mal unsichtbar bleiben.«

Die Zeit des Wartens zog sich wie eine gefühlte Ewigkeit hin. Viertelstunde um Viertelstunde verging, ohne dass etwas geschah. Es wurde halb elf, dreiviertel elf – kein Fahrzeug erschien. Gelegentlich meldeten sich die Einsatzteams am Funk: »Nichts Besonderes.« – »Ein Fuchs vor mir auf dem Weg.« – »Nachtsichtgeräte sollten wir haben.«

»Wir halten aus«, antwortete Franz-Otto Kühn in die Sprechmuschel. »Die Wahrscheinlichkeit, dass sie an einer der beiden Stellen auftauchen, ist äußerst hoch.«

»Vielleicht müssen die Brüder ja noch ein Stück Wild bergen«, überlegte Lindt.

»Oder mit ihrem Hund nachsuchen«, kam vom Rücksitz. »Ein Deutsch-Drahthaar, Riesenkerl. Der schnappt sich manchmal sogar kleinere Wildschweine und macht ihnen den Garaus.«

»Auch so eine Geschichte, die Sie am Stammtisch mitbekommen haben? Nennt man doch Jägerlatein.«

Petersen wurde energisch: »Nein, garantiert nicht geflunkert. Der packt die Schweine am Rückgrat und lässt nicht mehr los, bis sie hinüber sind. Ich hab diese Bestie mal im Dunkeln gesehen. Zum Glück hatte der Charly den Köter an der Leine. Der kennt kein Erbarmen.«

»Wer? Jäger oder Hund?«, wollte Lindt wissen.

»Beide, oder besser gesagt, alle drei. Die sehen sich auch ziemlich ähnlich. Alle haben ungepflegte Vollbärte und wenn der Hund gerade was vom frisch erlegten Reh gefressen hat, sind seine zotteligen Haare ums Maul rum ganz rot – alles voller Blut – sieht furchterregend aus.«

»Achtung – Fahrzeug!«, tönte aus dem Funkgerät. »Grüner Pickup – ich fahr ihm nach. Mach den Weg zu und schalt dein Blaulicht ein!«

Kühn startete den Motor. »Alle Einheiten zur Brücke bei Röt«, kommandierte er und fuhr mit quietschenden Reifen ab. Oskar Lindt griff nach der Magnetleuchte und setzte sie aufs Dach. Von hinten ebenfalls blaue LED-

Blitze in der Dunkelheit – einer der Streifenwagen folgte dichtauf.

Ein Schrei im Funk: »Vorsicht, der hält nicht! Aah, der rammt!«

Mit einem gewaltigen Knall prallte der grüne Allrad mit seinem dicken Rammbügel gegen das quer gestellte Polizeifahrzeug und schob den Zivil-Audi mühelos, Heck voran, in den Graben. Funkensprühend schrammte der Pickup an der Beifahrerseite des Wagens entlang und schaffte sich freie Bahn. Eine Salve von Pistolenschüssen hallte durch die Nacht. Der Kripobeamte des gerammten Wagens hatte befehlsgemäß den Audi verlassen und leerte jetzt sein Magazin auf den fliehenden Nissan. »Reifentreffer!«

Unbeeindruckt davon, brauste die schwere Kiste mit aufgeblendeten Scheinwerfern weiter, brach mit dem Heck aus, schlingerte, erfasste das Andreaskreuz des Bahnübergangs, kam wieder auf den Weg zurück – Richtung Bundesstraße.

Auf der Brücke blockierten Franz-Otto Kühn und der Streifenwagen die Fahrbahn. Keine Chance, auszuweichen. Links und rechts massive Mauern. Der breite Pickup raste mit aufgeblendeten Scheinwerfern auf sie zu.

»Raus!«

Sekunden vor dem Zusammenprall schafften es die Kommissare und Jens Petersen, den Passat zu verlassen. Sie rannten rückwärts, hörten den dumpfen Aufprall hinter sich und hechteten am Ende der Brücke die Böschung hinab.

Gnadenlos schob der massige Geländewagen Kühns Passat vor sich her, drückte ihn quer gegen den blau-silbernen Mercedes der Schutzpolizei. Dann erst kam er zum Stillstand. Drei Autos, zusammengefaltete Blechhaufen, verkeilt zwischen den Brückenmauern. Vom Wald her nahte der zweite Zivilwagen. Der Fahrer stellte ihn quer, ließ sich aus der Tür fallen und nahm Deckung hinter seinem Fahrzeug. Die Waffen sämtlicher Polizisten richteten sich auf den grünen Pickup. Plötzlich Totenstille, nur Blaulichter zuckten durch die Nacht.

Langsam öffneten sich die Türen des schweren Wagens. Mit erhobenen Händen stiegen zwei Männer aus.

»Auf den Boden!«, schallte es durch die Nacht. Die Pistolen im Anschlag, näherten sich Polizeibeamte. Zwei Uniformierte turnten über die Motorhauben der ineinandergeschobenen Fahrzeuge, ihre Kripokollegen rannten von der anderen Seite herbei.

Die Brüder Bürkle leisteten keine Gegenwehr. Handschellen klickten. »Aufstehen!« An der Seite ihres Geländewagens wurden sie abgetastet. »Beine auseinander!« Zwei schwere Revolver fanden sich in Gürtelholstern, lange spitze Jagdmesser seitlich in den Lederhosen.

Auch Kühn und Lindt quälten sich über den Schrottberg. »Kriminalpolizei! Sie sind vorläufig festgenommen!«

Die Brüder Bürkle sagten kein einziges Wort. Aus dem Laderaum ihres Geländewagens ertönte ein leises Jaulen.

18. KAPITEL

»Schöne Bescherung.« Oskar Lindt betrachtete die zerknautschten Fahrzeuge, nachdem die Bürkles in einen weiteren Streifenwagen verfrachtet worden waren. »Dreimal Polizeischrott. Und dann noch der da. Zum Glück kann er nicht raus.« Aus dem schmalen Schiebefenster des Pickup Hardtops ragte ein geifernder massiger Hundekopf. Offenbar war der aggressive Drahthaar nach dem Aufprall wieder zu sich gekommen. Zähnefletschend und knurrend versuchte er, sich aus seinem Gefängnis zu befreien.

»Um den sollen sich die Hundeführer kümmern«, meinte Franz-Otto Kühn.

»Sind bereits unterwegs«, bestätigte ein Streifenbeamter.

»Wollen wir den Überraschungseffekt nutzen?«, schlug Oskar Lindt vor.

Kühn nickte. »Wir knöpfen sie uns vor, aber getrennt.«

»Einer der beiden steigt aus«, wies Kühn die Besatzung des unversehrten Streifenwagens, eines Mercedes Kleinbusses, an. »Setzt ihn in einen der anderen Pkws rein. Aber erst, wenn der Zeuge außer Sicht ist. Die Brüder dürfen ihn nicht erkennen.« Er wandte sich an einen seiner Kripo-Mitarbeiter: »Du fährst ihn schnell heim nach Heselbach.«

Dann winkte er Jens Petersen, der in der Dunkelheit

20 Meter weiter an einem Baum lehnte und sich eine Zigarette angesteckt hatte. »Sind Sie okay?«

»Alles ganz gechillt«, antwortete der junge Kellner, wobei die Gauloises in seinen Fingern allerdings deutlich zitterte. »War eine coole Aktion. Nur schade um die schönen Autos.«

»Ein Kollege bringt Sie nach Hause, ach, und hier ...« Kühn fasste in seine Jackentasche und reichte ihm das konfiszierte Smartphone. »Aber bitte direkt dort drüben einsteigen. Keine Fotos mehr!«

Die Kommissare nahmen im blau-silbernen Polizeibus Platz und musterten Charly Bürkle. Eine dünne Blutspur zog sich über dessen rechte Wange. »Verletzt?«

Der vollbärtige Jäger verzog keine Miene.

Kühn stellte sein Diktiergerät auf den schmalen Fahrzeugtisch. »Baiersbronn-Röt, 23 Uhr 24 Minuten, Vernehmung von ...« Er las aus einem der Personalausweise, die ihm die uniformierten Kollegen nach der Durchsuchung der Kleidung weitergegeben hatten: »... Bürkle, Karlheinz, geboren 2. April 1977 in Freudenstadt. Stimmt das? Sind Sie Karlheinz Bürkle?«

Wieder keine Antwort.

Der Kommissar hielt die Dokumente nebeneinander und diktierte weiter. »Nach Augenschein beim Vergleich der Lichtbilder in den vorgefundenen Ausweisen handelt es sich um Karlheinz Bürkle. Sein ein Jahr jüngerer Bruder Manfred sieht ihm zwar entfernt ähnlich, kann aber zweifelsfrei unterschieden werden. – Herr Bürkle, stimmt das?«

Charly schwieg beharrlich.

»Der Beschuldigte macht keine Angaben.«

Kühn fuhr fort: »Herr Bürkle, Sie sind vorläufig festgenommen wegen des dringenden Tatverdachts, den Landwirt Friedrich Pfeifle ermordet zu haben. Weiterhin legen wir Ihnen zur Last, auch Herrn Johannes Klumpp getötet zu haben. Was haben Sie dazu zu sagen?«

Bürkles Gesicht war völlig versteinert.

»Möchten Sie einen Anwalt hinzuziehen?«

Erneut keine Reaktion.

»Gut, Sie antworten nicht, also wünschen Sie keinen Rechtsbeistand. Dann nehmen wir Sie erst einmal in Gewahrsam und warten, bis Sie bereit sind, mit uns zu reden.«

Kühn stand auf, öffnete die Schiebetür und stieg aus dem Bus, sein Karlsruher Kollege ebenfalls. Draußen drehte sich Oskar Lindt noch einmal um und fixierte den bärtigen Jäger. »Ihr Hund macht einen sehr aggressiven Eindruck. Wir haben einen Polizeihundeführer angefordert. Falls der es nicht schafft, das Tier zu beruhigen, müssen wir leider …«

»Nein!« Bürkle stieß einen Schrei aus und schoss in die Höhe, so gut es seine hinter dem Rücken gefesselten Arme zuließen. »Nicht den Hund!«

»Reden Sie mit uns, dann wird alles einfacher«, forderte ihn Lindt auf.

»Ich habe nichts getan, gar nichts!«, stieß der Mann hervor.

Kühn hielt sein Aufnahmegerät noch in der Hand und stieg wieder ein. Lindt blieb vor dem Wagen stehen und suchte in seiner Jackentasche nach Pfeife und Tabak. »Bitte, wir hören.«

»Und wir haben Zeit, viel Zeit«, ergänzte Franz-Otto Kühn. Er setzte sich erneut gegenüber dem Mann hin. »Wenn die Anschuldigungen nicht stimmen, können Sie ja beruhigt mit uns sprechen.«

»Was soll der Überfall?«, keuchte Bürkle. »Mein Bruder und ich waren nur auf der Jagd.«

»Sie haben eine polizeiliche Straßensperre missachtet.«

»Woher sollten wir wissen, dass Sie echt sind?«

»Blaulicht? Wie wäre es damit?«

»Pah, kann jeder kaufen. Ich hab nur den Kerl am Straßenrand gesehen, der mit seiner Pistole herumgefuchtelt hat.«

»Polizei – steht groß und deutlich auf der Schutzweste. Reflektierend!«

»Mitten in der Nacht auf einem Waldweg? Das kann nur ein Gangster sein, der unsere Gewehre will. Ich hab Panik bekommen und Gas gegeben.«

»Und auf der Brücke? Drei unserer Wagen sind Schrott.«

Bürkle stieß Luft durch seine Nase aus: »Panik! Sonst nichts!«

»Was sagen Sie zu unserem Tatvorwurf?«

»Völliger Blödsinn!«, schrie der Mann. »Wieso sollten wir so was tun?«

»Wo waren Sie vorgestern Abend? Am Tag vor Himmelfahrt?«

»Auf der Jagd, wie immer.«

»Zeugen?«

»Mein Bruder, fragen Sie ihn!«

»Das werden wir als Nächstes tun, verlassen Sie sich drauf.«

»Sie können uns nicht einfach festhalten, ganz ohne Beweise.«

»Die finden wir schon noch. Wie haben Sie die Opfer weggeschafft? Auf der Ladefläche Ihres Wagens?«

»So ein Quatsch! Wir haben niemanden umgebracht und schon gar nicht abtransportiert.«

»Die Spurensicherung wird sich Ihr Fahrzeug vornehmen.«

»Rehschweiß werden Sie finden. Blut von erlegtem Wild und sonst nichts. Lassen Sie uns in Ruhe.«

»Wieso haben Sie Johannes Klumpp ins Genick gestochen?«

»Was?« Bürkle begann von neuem zu schreien. »Ich? Ins Genick? Niemals! Sie sind ja irr!«

»Und dann in die Murg geworfen!«

»Jetzt reicht's!« Die Augen des Mannes funkelten wild. »Das muss ich mir nicht gefallen lassen. Machen Sie mich sofort los!«

»In der Zelle – vorher nicht. Dort können Sie zur Besinnung kommen. Wir haben Zeit bis morgen Abend. Der Ermittlungsrichter entscheidet, wie es dann weitergeht.«

Bürkle stampfte mit seinen schweren Waldstiefeln auf den Boden und versuchte, Kühn zu treten.

»Schluss damit, sonst legen wir Ihnen noch Fußfesseln an! Und jetzt der Nächste.« Der Kommissar winkte einen Uniformierten heran. »Bringt den Bruder her. Und bei dem hier müsst ihr aufpassen. Falls er weiterhin um sich tritt – Beine fixieren!«

Oskar Lindt hatte den Verdächtigen die ganze Zeit intensiv beobachtet, ging nun ein paar Schritte zur Seite, als Bürkle aus dem Kleinbus geführt wurde, und blies dabei einige dicke Rauchwolken in die Luft. »Franz, wir werden uns schwertun«, sagte er halblaut zu seinem Kollegen. »Den lässt der Richter wieder frei. Hoffentlich findet die Spusi hieb- und stichfeste Beweise.«

»Spaten zum Beispiel«, meinte Kühn. »Sobald dieser

aggressive Köter gebändigt ist, sehen wir uns den Pickup an.«

»Der Hundeführer bemüht sich, aber dieses Vieh lässt ihn nicht ran. Der tobt wie wahnsinnig im Laderaum rum, wenn sich ein Fremder nähert«, antwortete Lindt, der zwischenzeitlich immer mal wieder einen Blick auf die Umgebung geworfen hatte. »Es wäre besser, wenn einer der Brüder ihm einen Maulkorb anlegen würde.«

»Dazu müssten wir aber die Handschellen aufmachen«, gab Kühn zu bedenken. »Sollen wir das riskieren?«

»Fußfessel, Franz, wie du gesagt hast. War keine schlechte Idee«, meinte Oskar. »Lass es uns versuchen.«

»Wir haben keine dabei«, entgegnete Kühn.

»Macht nichts. Drei Kabelbinder tun's auch«, lächelte Lindt und trat auf den zweiten Bürkle-Bruder zu, der mit völlig finsterer Miene gerade herangeführt wurde. »Können Sie Ihren Hund bändigen? Zumindest einen Maulkorb anlegen?«

»Wie soll das gehen?«, blaffte Manne, der denselben struppigen Vollbart wie sein Bruder trug, gegenüber dem aber ein deutlich schmaleres Gesicht hatte. »Machen Sie mir die Dinger ab!« Hinter seinem Rücken bewegte er die gefesselten Arme auf und nieder.

»Sofort«, antwortete Oskar Lindt. »Gleich nachdem wir Ihnen eine Weglaufsperre angebracht haben.« Dann drehte er sich zu Franz-Otto Kühn: »Also, bring mal lange kräftige Kabelbinder.« Sein Kollege hielt sie bereits in der Hand.

»Einen um jeden Knöchel, ziemlich eng, und den dritten nehmen wir, um die zwei zu verbinden. Damit macht unser Herr Bürkle keine großen Sprünge mehr, sondern nur noch ganz kleine Schrittchen.«

»Also, schön stillhalten«, sagte Kühn, blickte zu Lindt und kniff ein Auge zu. Dann bückte er sich neben dem Jäger. Bürkle schlug blitzartig aus wie ein scheuendes Pferd. Der Kommissar hatte diesen Tritt natürlich erwartet, fasste das Bein und riss es zur Seite weg. Mit einem Schmerzensschrei fiel der bärtige Kerl wie ein Sack frontal auf den Boden.

»Hoppla«, meinte Kühn. »Dann halt im Liegen.« Zwei Streifenbeamte rannten herbei und knieten sich auf den Mann, während Kommissar Kühn flink die Kabelbinder um dessen Fußgelenke schlang und sie dann verband. »So, jetzt hoch mit ihm!«

Die Uniformierten schnappten sich die Handschellen hinter Bürkles Rücken und zogen damit die gefesselten Arme ruckartig nach oben. »Aufstehen!«

Schmerzhaft stöhnend, rappelte sich der Kerl wieder hoch. Wütend funkelte er die Polizisten an, sagte aber nichts.

»Los, rüber zu Ihrem Wagen!«, befahl Kühn.

Zwischenzeitlich war es den Streifenkollegen gelungen, die verkeilten Polizeiwagen mittels eines Abschleppseils ein Stück auseinanderzuziehen, sodass nun neben der Brückenmauer ein schmaler Durchgang offen war. In ganz kleinen Schrittchen tappte Manfred Bürkle, eskortiert von vier Beamten, zu seinem grünen Wagen. Der Polizeihundeführer wartete bereits und hielt einen großen ledernen Maulkorb in der Hand. »Keine Chance, ich kann ihn nicht anfassen.«

»Okay«, sagte Franz-Otto Kühn und sah Manfred Bürkle direkt ins Gesicht. »Wir machen Ihnen jetzt die Handschellen ab und Sie legen Ihrem Hund diesen Beißschutz an. Aber keine faulen Tricks. Falls Sie ihn aus dem Laderaum entkommen lassen oder gar auf uns hetzen, kriegt er die Kugel. Verstanden? Überlegen Sie sich gut, was Sie tun.«

Mit hochrotem Gesicht nickte der Mann: »Wir brauchen ihn noch.«

Dann schloss Kühn die Handschellen auf. Bürkle rieb sich die Gelenke, an denen das Metall leicht eingeschnitten hatte, und griff nach dem Maulkorb.

»Nur so weit öffnen, dass der Kopf durchpasst«, gab Kühn Anweisung und zwei Uniformierte postierten sich mit gezogenen Waffen zu beiden Seiten des Fahrzeugs. »So, jetzt!«

Langsam schwang die Heckklappe nach oben. Ein bedrohlich knurrender, zotteliger, sabbernder Hundekopf drängte sich ins Freie. Manfred Bürkle streckte langsam seine Hand aus, das Knurren hörte auf. Er kraulte die Ohren, das Tier beruhigte sich und ließ sich widerstandslos den Maulkorb überstreifen.

Der Hundeführer streckte ihm eine breite Lederleine hin: »Festmachen!«

Bürkle gehorchte auch jetzt, sagte »Sei brav!« und hakte die Leine am Halsband ein. Der Rest war kein Problem und eine Minute später saß der kräftige Jagdhund in einer vergitterten Box des Polizeihundeführerwagens.

Bürkle bekam erst wieder Handschellen angelegt, dann Bewegungsfreiheit an den Beinen und anschließend einen Sitzplatz im Streifenfahrzeug.

Oskar Lindt sah auf die Uhr: »Mitternacht vorbei.«

»Du hast recht«, nickte Franz-Otto Kühn. »Wir lassen die Techniker ihre Arbeit tun und sperren die zwei Brüder in getrennte Zellen ein. Gleich am Morgen nehmen wir sie uns zur Brust.«

Leider erwiesen sich die Verhöre als völliger Reinfall. Sowohl Hauptkommissar Kühn als auch zwei seiner Kollegen, die mit vor Ort im Einsatz gewesen waren, gaben ihr Bestes – ohne Erfolg.

Die Brüder wurden stundenlang getrennt vernommen – sie widersprachen sich mit keinem Satz.

Die Ermittler unterbrachen jede Viertelstunde, um sich draußen zu besprechen und Fangfragen zu formulieren – keinerlei belastende Anhaltspunkte.

Sie spielten »Guter Bulle, böser Bulle« – null Effekt.

Dieselben Fragen wurden in den unterschiedlichsten Formulierungen bis zu zehnmal gestellt – ohne das gewünschte Ergebnis.

Nach und nach zeichnete sich ab, dass der Verdacht gegen die Brüder Bürkle nicht aufrechterhalten werden konnte.

Tatzeit? – Jedes Mal waren die Männer gemeinsam auf der Jagd gewesen. Im Zeitraum, als Frieder Pfeifle erschlagen worden war, hatte einer der beiden sogar einen Rehbock erlegt, den sie am nächsten Tag in die Küche des Hotels lieferten.

Motiv? – Die Bürkles konnten keinerlei Vorteile aus dem Tod der Männer ziehen. Ihre Beziehungen zu Mary waren längst vorbei. Beide Brüder verwandten seit Jahren ihre ganze Energie auf Jagd und Waldarbeit und nur ganz gelegentlich für weibliche Zufallsbekanntschaften.

Spuren? – Weder im Laderaum des Pickups noch in anderen Fahrzeugen der Brüder Bürkle fanden sich irgendwelche Hinweise, dass Frieder Pfeifle oder Joe Klumpp darin transportiert worden waren.

Niederlage auf der ganzen Linie!

»Wie steht es mit dem Grundbesitz des Eichwaldhofes?«, überlegte Oskar Lindt, als ihn Franz-Otto Kühn während einer Verhörpause anrief. »Könnten die Bürkles versuchen, den Wald an sich zu bringen, falls die Mary finanziell so sehr in die Klemme geräte, dass sie verkaufen müsste?«

»Theoretisch schon«, meinte Kühn, »aber an der bekannt klammen Kassenlage ändert der Tod von Frieder Pfeifle erst mal gar nichts. Seine Arbeitskraft ist zwar nun weggefallen, aber die war ohnehin nicht mehr groß. Die Ausgaben für Bier und Schnaps dagegen belasten die Familienkasse jetzt nicht mehr, also sieht die Gesamtlage eher besser aus.«

»Folglich hätten die Bürkles mehr von einem lebenden Frieder profitiert, der seinen Hof zügig ins Verderben säuft«, fasste Lindt zusammen und erkannte, dass nun keine der Annahmen aufrechterhalten werden konnten.

»Die Felle, lieber Franz, sie schwimmen uns davon, die Murg runter, eines nach dem anderen«, setzte er nachdenklich fort. »Es bleibt nur die Erkenntnis, dass wir auf einer völlig falschen Fährte waren. Facebook, Petersen und mein eigener Eindruck von den zwei Bürkles haben uns in eine Richtung gedrängt, neben der wir alle sonstigen Alternativen aus den Augen verloren haben. Fatal!«

»Du sagst es«, bestätigte Kühn. »Wir müssen bei null anfangen. Alle Personen unter die Lupe nehmen, die wir irgendwie in Zusammenhang mit den zwei Morden bringen könnten, und Stück für Stück ein Puzzle zusammensetzen.«

»Mühsam wird es werden, Franz«, meinte Lindt. »Die Hoffnung auf einen schnellen Erfolg dürfen wir begraben. Ich kann dir nur anbieten, weiterhin die Morgenspaziergänge zu nutzen, um meine kleinen grauen Zellen zu aktivieren. Vielleicht hilft uns ja der Zufall, denn nach wie vor bin ich überzeugt – der Schlüssel liegt in Heselbach, wir müssen ihn nur finden.«

19. KAPITEL

Carla Lindt hatte das Telefonat mitgehört, sinnierte eine Weile und sah in die Ferne. Heselbach, das kleine beschauliche Schwarzwalddorf, auf einer Sonnenterrasse mit Südlage gelegen, dieses Örtchen wie gemalt, hatte sie direkt in ihrem Blickfeld. »Oskar, ihr müsst *hinter* die Dinge schauen. Nicht das Offensichtliche bringt euch weiter, sondern das, was im Verborgenen liegt. Nichts ist so, wie es scheint.«

»Fängst du jetzt an zu philosophieren?«, wunderte sich ihr Mann, der ebenfalls die Aussicht von der Zimmerplatzhütte hoch über Klosterreichenbach genoss. »Meine Erfahrung sagt, dass es meistens die einfachsten Lösungen sind, die unsere Fälle zur Aufklärung bringen.«

»Du verstehst mich nicht«, entgegnete Carla. »Einfach – ja, aber nicht einfach zu finden. Zugedeckt, verschüttet, unsichtbar. Tiefer graben ist angesagt.«

»Wo denn? Vielleicht im Misthaufen vom Eichwaldhof? Womit denn? Vielleicht mit einem Spaten? So einer, mit dem der Joe erschlagen wurde?«

»Spaten ist richtig. Wo würdest du ihn suchen? Und Misthaufen passt auch, nur nicht der, den die Kühe hinterlassen, sondern einen viel größeren, einen menschengemachten.«

»Du hast recht«, nickte Oskar. »Bis es so weit kommt, dass zwei Menschen umgebracht werden, muss sich schon eine Riesenmenge Mist angehäuft haben. Aber warum sehen wir ihn denn nicht, den Haufen?«

»Wahrscheinlich fehlt dir der richtige Blick. Irgendetwas verhindert, dass du klar sehen kannst. Zerreiß den Schleier vor deinen Augen, dann liegt die Lösung der Fälle offen vor dir.«

»Heute bist du aber pathetisch«, mokierte sich Oskar. »Willst du sagen, die Wölkchen aus meiner Pfeife verbergen die Hauptsache?«

»Ihr seid immer nur dem Nächstliegenden nachgerannt, der Franz und du. Ein blutiges Flacheisen in Marys Kofferraum – alles klar, die Mary war's, die Mary wird verhaftet. Ein junger, smarter Kellner, der Facebook-Gerüchte erzählt – völlig logisch, die Bürkles waren es, die Bürkles werden verhaftet. Was hat es gebracht? Nichts, nur eine Menge Hektik und Aufregung. Ihr müsst die Sache komplett anders anpacken.«

»Motive und Indizien sind aber immer das Wichtigste bei Ermittlungen«, verteidigte sich Lindt. »Wer hat einen Vorteil aus der Tat? Wer hätte Gründe dafür? Wo finden sich welche Spuren? Genauso gehe ich schon seit Jahrzehnten vor und bisher bin ich gut damit gefahren.«

»Natürlich ist es so, aber momentan seht ihr nur die falschen Indizien und Spuren, die in die Irre führen. Alles auf null, tief durchatmen und dann los!«

»Leichter gesagt als getan«, meinte Oskar, schaute in die Höhe und betrachtete die weißen Schönwetterwolken im Frühlingsblau. »Dort oben sitzt einer, der weiß alles. Warum gibt der uns nicht einen kleinen Fingerzeig, nur einen klitzekleinen Hinweis?«

»Vielleicht hat er das längst getan und du hast es nur nicht bemerkt?«

»Tja«, rieb sich Lindt das Kinn, »als mir im Hotel aufgefallen ist, wie sich die Bürkles verdrücken, da dachte ich an so was. Eine Kleinigkeit nur, der Ausdruck in ihren Gesichtern, aber es war der Weg in die Irre – die schauen halt immer so.«

»Sind mir aber lieber als die, denen man nicht ansieht, wie dunkel es in ihrem Inneren ist. Finstere Gestalten tragen manchmal das schönste Lächeln auf ihren Lippen«, kam von Carla.

»Jetzt hör aber auf, das ist ja fast schon Poesie. Sag mir lieber, wer uns hier im Urlaub angelächelt hat und trotzdem eine absolut schwarze Seele in sich birgt.«

»Bin ich der Kommissar oder du«, spielte Carla den Ball gekonnt zurück. »Dein Spürsinn ist gefragt, deine Menschenkenntnis und deine Fähigkeit, tiefer als nur auf die Oberfläche zu blicken.«

»Toll, danke. Jetzt bin ich also wieder mal der, an dem alles hängt. Na prima. Gut, wenn es jemanden gibt, auf den man Misserfolge schieben kann. Das kenne ich sonst nur von eingebildeten Staatsanwälten und eitlen Kriminaldirektoren. Ist deren Lieblingsmasche, mit dem Finger auf uns kleine Ermittler zu zeigen und zu fragen: Weshalb kommen Sie nicht weiter? Wo bleiben Ihre Ergebnisse? Wann haben Sie den Fall endlich gelöst?«

»Ach was«, machte Carla eine wegwerfende Handbewegung. »Das kommt nicht nur von deinen Oberen, das steckt doch auch in dir und nagt und frisst. Gib's zu!«

Lindt sprang auf: »Hör auf mit dem schlauen Daherreden! Eine Analyse meines Innersten kann ich jetzt grad gar nicht gebrauchen. Sag etwas, was weiterhilft.«

»Weitergehen natürlich.« Carla lächelte ihn an und zeigte in die Richtung ihrer Wanderstrecke. »Dorthin, nach Freudenstadt.« Sie nahm ihn an der Hand. »Komm, auf in die Höhenstadt. Der größte Marktplatz Deutschlands wartet auf uns.«

»Diesen Spruch kenne ich schon«, maulte ihr Mann.

»Aber den Speckwirt noch nicht. Ganz neu eröffnet. Damit kann ich dich doch sicher locken.«

»Speckwirt? Genau, beim Oskar geht es wie beim Esel, dem man eine Möhre vorhält. Die Aussicht auf eine Leckerei und schon trabt er los.«

»Mittlerweile trabt es aber ganz gut, mein Eselchen Oskar«, lobte Carla. »Wanderhimmel bringt Konditionswunder. Täglich zehn Kilometer machen nach drei Wochen zehn Jahre jünger.«

Lindt verdrehte die Augen, aber er schwieg und … trabte los.

Die beiden ließen sich Zeit. Erst gute zwei Stunden später erreichten sie den Waldrand der Kreisstadt.

»Das Gehen hat nicht geholfen«, brummte Oskar. »Ich hab immer noch keine zündende Idee.«

»Geduld«, meinte Carla. »Siehst du dort vorne die Türme der Stadtkirche? Die peilen wir jetzt an und füllen unseren Energiespeicher auf.«

»Wo? Drinnen in der Kirche?«

»Nein, aber nicht weit davon entfernt. Lass dich überraschen.«

Sie erreichten über die Martin-Luther-Straße den Marktplatz und gingen nach rechts die Arkaden hinunter. Automatisch kamen sie am Schickhardtbau vorbei.

»Willst du klingeln und den Franz zum Essen einladen?«, schlug Carla mit Blick auf das blaue Polizeischild vor. »Quasi als Wiedergutmachung für die falsche Richtung, in die du ihn gedrängt hast?«

Lindt schüttelte den Kopf: »Heute ist Kühn freier Tag. Nur du und ich.«

»Aber wenn dein Handy klingelt und er um Unterstützung bittet, bist du gleich dabei.«

»Na ja, hast recht.« Er zögerte nur kurz, dann nahm er sein Mobiltelefon aus der Tasche. »Franz, du solltest dich stärken. Wir stehen vor deiner Tür. Hast du Zeit für dieses neue Lokal … Moment, Carla, wie heißt es noch … ach ja, ›Zum Speckwirt‹? … Gut, wir heben dir einen Platz auf.«

Die Lindts ergatterten einen Tisch im Freien und mussten nur wenige Minuten auf Franz-Otto Kühn warten. »Gott sei Dank, Oskar. Deinen Anruf hat mir der Himmel geschickt. Ich hätte sowieso eine Pause gebraucht. Dringend. Bei mir ist völlig die Luft raus.«

»Geh mal wandern, Franz«, meinte Carla. »Bei Oskar wirkt das Schwarzwald-Wander-Wunder schon ganz gut. Der ist jetzt richtiggehend entspannt.«

»Richtiggehend«, wiederholte Lindt. »Gehen hilft. Zum Beispiel, um die richtigen Gedanken zu finden.«

»Und?« Kühn sah ihn gespannt an. »Hast du schon welche?«

»Gedanken, die uns weiterführen? Nein, leider noch nicht, aber Carla meint, man muss sie fließen lassen, nicht erzwingen. Kommt der Flow, kommt des Rätsels Lösung.«

»Flow«, pustete Kühn den Rauch seines Zigarillos in die Luft. »An mir fließt gerade alles eher vorbei. Wie die Murg bei Hochwasser. Dreckig braun, reißend, voller Treibholz und polternder Steine. Alles geht den Bach runter und wenn ich nicht aufpasse, reißt es mich mit.«

»Diagnose: Speicher leer«, meinte Carla und reichte ihm die Speisekarte. »Hier ist das Rezept dagegen. Wir nehmen Flammkuchen. Oskar ist schon ganz entzückt.«

Lindt nickte und zeigte auf eine der Seiten: »Mit Blut- und Leberwurst. Einzigartig. Das habe ich noch nirgends gefunden.«

Kühn warf einen Blick auf die Karte: »Flammkuchen à la Schlachtplatte sozusagen? Hört sich mehr als lecker an. Den probier ich auch.«

»Und schon beginnt die Anspannung zu weichen«, lächelte Carla. »Der erste Schritt auf dem Weg zum Ermittlungserfolg. Leg einfach die bisherigen Fehlschläge ad acta und fang von vorne an. Oskar wird dir weiterhin zur Seite stehen.«

»Und wenn uns beiden nichts einfällt?«, grübelte Lindt.

»Dann geht ihr beiden, zu Fuß selbstverständlich, miteinander oder jeder für sich alleine, Hauptsache gehen«, insistierte seine Frau. »So lange, bis die Erleuchtung kommt.«

»Direkt aus dem Himmel?«, wollte Kühn wissen. »Schön wär's, schön und zu einfach. Dann müssten wir ja lediglich dasitzen und warten.«

Carla hob den Zeigefinger: »Siehst du, da haben wir ihn schon, den Fehler im System. Sitzen ist der halbe Tod. Der Mensch ist geschaffen, sich zu bewegen, also richtet euch danach. Es war schwer genug, den Oskar für drei bewegte Wochen zu begeistern.«

Kühn sah seinen Kollegen prüfend an: »Siehst aber gar nicht so unglücklich aus.«

»Am Anfang war's schon herb. Frag mich lieber nicht, welche Steigungen sie mich hochgejagt hat, aber mittlerweile …«

»Rennt er fast wie ein junges Reh«, lachte Carla.

»Fast«, verzog Lindt das Gesicht, nahm einen tiefen Schluck aus seinem Weizenglas, leckte sich den Bierschaum von den Lippen und betrachtete den Flammkuchen, der im selben Moment vor ihm auf den Tisch gestellt wurde. »Wandern ja, aber Einkehr gehört dazu. Zwingend!«

Der nächste Morgen brachte leichten Nieselregen. Oskar Lindt setzte seine Fjäll-Räven-Wandermütze auf, schlüpfte in die Goretex-Jacke und ließ sich, derart ausgerüstet, vom Wetter nicht von einer inspirierenden Morgenrunde abhalten. Die Erleuchtung kam umgehend.

Unweit der Ortsmitte traf er auf den Hans. Wie üblich in eine blaue Latzhose gekleidet, kam ihm der in einem kleinen grünen Unimog entgegen. Mehrere Motorsägen und etliches Holzhauereiwerkzeug waren auf der Ladefläche verstaut. Er fuhr vorbei, hob dabei grüßend die Hand, legte aber mehrere Meter weiter eine spontane Vollbremsung hin. Lindt zuckte zusammen und drehte sich um, da sprang Hans bereits mit einem Satz aus dem Führerhaus und eilte ihm entgegen.

»Unser Kommissar, Mensch, hab dich gar nicht gleich erkannt mit deiner Schildkappe auf dem Kopf. Oskar, gell?« Fest drückte er dem Karlsruher die Hand. »Eine unserer Ferienwohnungen ist frei«, lachte der offensichtlich gut gelaunte Mann und knüpfte an sein früheres Angebot an. »Ihr könnt jederzeit kommen.«

»Um mit dir in den Wald zu fahren und zu lernen, Bäume zu fällen?«

»Genau! Einen Helm habe ich noch übrig.«

Lindt zeigte auf den dünnen Stoff der Latzhose: »Sicherheitskleidung?«

Hans grinste: »Na ja, nicht direkt. Mit der nehme ich es selbst auch nicht so genau. Ist noch immer gut gegangen.«

Anscheinend stand Lindt einem unverbesserlichen Optimisten gegenüber. »Eigentlich wollte ich heute Heugras mähen, aber das Wetter spielt nicht mit, also schaue ich eben nach dem Käferholz. Was soll's, es kommt, wie es kommt.«

»Wie bei uns«, meinte Lindt. »Da geht die Arbeit auch nicht aus.«

»Manchmal erwischt ihr auch die Falschen«, grinste Hans. »Das kann vorkommen. Charly und der Manne haben ja jetzt auch mal eine Nacht eure Gastfreundschaft genießen dürfen.«

»Schöne Blamage«, meinte Oskar. »Hat sich das schon rumgesprochen?«

»In allen Einzelheiten. Bei der Aktion in Röt wäre ich doch zu gerne dabei gewesen. Mäuschen spielen, alles mitkriegen. Mords-Schauspiel mit vier geschrotteten Autos«, lachte der Mann dröhnend. »Wobei der Pickup mit seinem dicken Ochsenfänger vorne dran am wenigsten abbekommen hat. Steht schon in der Werkstatt.«

»Du weißt wohl bestens Bescheid?«

»Über alles, ganz klar. Hier bleibt nichts lange verborgen.«

»Nur wer die beiden Morde begangen hat, das weißt du leider nicht«, vermutete Lindt.

Jetzt wurde Hans nachdenklich: »Keiner von uns. Lauter absolut anständige Menschen. Ich würde es niemandem hier zutrauen. Für meine Heselbacher lege ich die Hand ins Feuer.«

»Mancher hat sich seine Hand schon verbrannt«, gab Oskar stirnrunzelnd zurück. »Kennst du wirklich alle so genau?«

»Was heißt alle …«, zögerte der Mann. »Ein paar Zugezogene haben wir natürlich auch, aber ich wüsste nicht, was einen von denen am Frieder gestört hätte.«

»Hast du ihn gut gekannt?«

»Schulkameraden sind wir, miteinander aufgewachsen. Früher war der auch echt okay. Hat halt zu lange keine Frau gefunden und ist dabei schon ein wenig sonderlich geworden.«

»Bis die Mary kam?«

Hans lachte: »Die hat ihn auf Trab gebracht. Ein echter Wirbelwind. Wirklich ein Glücksfall für den Hof, dass er sie an Land ziehen konnte.«

»Weißt du, wo er sie kennengelernt hat?«

Der Mann zwinkerte verschmitzt: »Den Frieder haben wir mit auf die Fasnet genommen, runter ins Badische, dahin, wo's hoch hergeht. Ein stattlicher Kerl war er ja damals und hat nicht lang gefackelt. Im November war's dann so weit.«

»Wie?« Lindt sah ihn verblüfft an. »Echt? Der Frieder hat die Mary direkt auf der Fasnet …?«

»Soll vorkommen«, lachte Hans. »Nicht der erste und nicht der letzte Faschingsknaller. Ich kenne da noch ein paar, denen es auch so gegangen ist. Wilde Weiber, dort unten im Tal. Bei uns hier oben gibt's ja so gut wie keine Fasnet, aber Forbach war auch schon damals ein Magnet für Kerle, die was erleben wollten.«

Oskar griff nach der Bordwand des Unimog. »Ich muss mich festhalten«, stöhnte er. »Und im November …«

»Vorher haben sie schon noch geheiratet. Die Mary muss ihn ganz schön unter Druck gesetzt haben. Keine Chance, sich aus der Affäre zu ziehen. Außerdem hat sie dann das ganze große Anwesen gesehen.«

»Und das Beste aus der Situation gemacht«, ergänzte Lindt.

»Damals war der Eichwaldhof richtig gut in Schuss. Nicht gerade top, aber doch beeindruckend. Gesunder Viehbestand, jede Menge Wiesen dabei und den großen Waldbesitz nicht zu vergessen.«

»Wie lange ist das gutgegangen?«, fragte Lindt.

»Gut? Sehr gut! Jedes Jahr hat die Mary die Wiege gefüllt. Dreimal hintereinander. Und das war gut so, wirklich gut. Auf einen solchen Hof gehört nicht nur eine Viehherde, sondern auch eine Herde Kinder. Wir selbst haben auch fünf.«

»Glückwunsch«, sagte Oskar. »Soweit ich weiß, kam das vierte Eichwald-Kind dann erst einige Jahre später. Und man sagt …«

Hans streckte die Daumen hinter die Träger seiner Latzhose: »Da war die Situation schon total verfahren. Der Frieder hat immer tiefer ins Bierglas geschaut und seine Mary nach anderen Kerlen.«

»Wie ist es denn dazu gekommen?«

»Tja«, zögerte der Mann. »Wenn man das alles so genau wüsste. Aber die meisten hier in Heselbach sind sich einig – die Mary war einfach zu lebhaft für den Frieder. Zu viel Energie und dann die drei Kleinen Schlag auf Schlag. Wir glauben, das war zu viel für ihn.« Er hob die rechte Hand und deutete eine Flasche an, die er zum

Mund führte. »Gluck, gluck, gluck, runter die Gurgel. Unglaublich, wie schnell es mit ihm abwärtsging.«

»Der Frieder abwärts und seine Frau seitwärts?«

»Hat sich wahnsinnig schnell rumgesprochen und zuerst waren wir alle schockiert. Das gehört sich ja nun wirklich nicht, aber heute …«

Lindt nickte: »Es war ja eindeutig, vor ein paar Tagen bei dieser misslungenen Pressekonferenz. Die Sympathie des ganzen Dorfes gehört der Mary.«

Hans schüttelte den Kopf: »So würde ich das nicht nennen. Sympathie beruht auf Gegenseitigkeit und damit hat diese Frau ein Problem. Aus der Dorfgemeinschaft hat sie sich seit langem vollkommen rausgezogen. Wahrscheinlich wegen einiger blöder Kommentare, als bekannt geworden ist, dass sie die Nächte woanders verbringt. Da hat sie ihre Konsequenzen gezogen: ›Ihr könnt mich mal!‹«

»Hmm«, brummte Oskar Lindt. »Was unbedachte Worte doch vermögen. Geben dem Schicksal ganz ungeplante Wendungen.«

»Wohl wahr«, bestätigte Hans. »Aber das Schicksal vom Frieder ist trotzdem für uns alle noch unfassbar. Früher oder später wäre es zwar ohnehin so weit gewesen. Seine Leber war bereits total ruiniert, und das wusste er, aber …«

»In einer Stadt wie bei uns in Karlsruhe gibt es natürlich jede Menge Gewaltverbrechen, doch hier auf dem Land erwartet man das nicht.«

»Und dann gleich zwei innerhalb weniger Tage«, führte der Mann Oskars Gedanken fort.

»Die Leute zerreißen sich doch bestimmt das Maul über die Taten.«

Hans nickte. »Natürlich, das kannst du dir ja denken. Aber ich habe noch niemanden gehört, der einen konkreten Verdacht geäußert hätte. Nicht mal hinter vorgehaltener Hand.«

»Dürfte ich davon erfahren, wenn jemand eine Idee hat?«

Der Mann zögerte. »Also ich … ich … So recht wär's mir nicht, einen anzuschwärzen.«

Lindt griff in seine Hosentasche und zog die Geldbörse hervor. »Hier meine Visitenkarte – für Notfälle. Und vergiss nicht, es geht immerhin um Mord. Um zwei Morde!«

Hans schwang sich wieder in das enge Führerhaus des moosgrünen 421er Modells. Ratternd startete der Diesel. Oskar Lindt wurde umgehend in eine blau-schwarze Abgaswolke gehüllt. Er hustete kurz, dann hob er die Hand und winkte dem abfahrenden Unimog nach.

»Keiner von uns«, ging ihm durch den Kopf. »Für jeden Einheimischen lege ich die Hand ins Feuer.« Tja, wer blieb dann noch übrig? Doch die Mary? Nein, nach mehr als 17 Jahren musste sie dazugehören, wenngleich …

Oder ihr Liebhaber? Der Badener? Aber wie sollte das zusammengehen? Selbst schwer verletzt beim Überfall …

Lindt schüttelte den Kopf. Nein, Sackgasse! Außerdem hatte die Spurensicherung doch das ganze Materiallager auf den Kopf gestellt – ohne Erfolg.

Der Kommissar zerbröselte etwas Presstabak, zündete seine erste Pfeife an und sah sich auf dem Dorfplatz um. Wohin heute? Richtung Röt, den Gernbachweg? Nein, keine rechte Lust, am Hof der Bürkles vorbeizukommen. Wenn dann noch dieser gefährliche Hund …

Bergauf, entschied er sich. Am Wieshörnle, bergauf bis zum Waldrand. Lindt ging gemächlich, ließ den Eichwaldhof rechts liegen, bemerkte, dass der graue Suzuki vor dem Haus parkte, und hörte die Geräusche der Melkmaschine aus dem Stall.

Aktiv war sie, diese Mary, ein echter Wirbelwind, oder wie hatte der Hans noch mal gesagt? Zu lebhaft für den Frieder, zu viel Energie. Ja, die konnte sie jetzt gebrauchen. Ohne Energie wäre die Herkulesaufgabe, den Hof weiter zu bewirtschaften, nicht zu meistern.

Sicherlich halfen ihr die beiden Söhne aber schon kräftig mit. Schließlich ging es ja um ihren Hof, um ihre Existenz. Das konnte man auch mit 15 Jahren schon kapieren.

Lindt blieb etwas oberhalb des Bauernhauses stehen, drehte sich um und sah zurück. Ja, tatsächlich, es war ein junger, großgewachsener Bursche, der gerade mit der mistgefüllten Schubkarre aus dem Stall kam, mit Schwung über eine Holzdiele hochfuhr und die Ladung oben auf dem Haufen auskippte. Gummistiefel, kurze Hose, Muskelshirt. Braungebrannt. Kraftvoll, die Bewegungen. Vom Vater die Statur, von der Mutter die Energie – so sah also die Zukunft des Eichwaldhofes aus.

Ob die Mary dafür gemordet hatte?

Lindt schüttelte den Kopf. Wieso verfolgte ihn dieser Gedanke immer noch? Wieso immer wieder? Er verstand es nicht. Die Alibis zu den Tatzeiten waren doch … oder nein … so richtig bewiesen war es eigentlich nicht, wo sich die Frau jeweils aufgehalten hatte.

Oskar versuchte, seine Gedanken zu ordnen.

Als der Frieder erschlagen wurde, war sie bei ihrem Liebhaber in Weisenbach gewesen – Aussage Enrico Merkel. Keine weiteren Zeugen. Nein, kein besonders stabiles Alibi.

Ob man vielleicht ein Bewegungsprofil ihres Handys anfertigen könnte? Damit würden Zweifel ausgeräumt. Er nahm sich vor, mit Franz darüber zu sprechen. Vielleicht hatten es seine Technikerkollegen bereits routinemäßig erstellt? Keine Ahnung, aber das Ergebnis wäre sicherlich Bestandteil der Ermittlungsakten. Nach dem Frühstück wollte er ohnehin in Freudenstadt anrufen, um zu erfahren, ob es etwas Neues gab. Jetzt hatte er noch einen zusätzlichen Grund, mit Kühn zu telefonieren.

Während er weiter in den Wald hineinging, versuchte er zu rekapitulieren, wo die Mary während der zweiten Tat gewesen war. Er erinnerte sich daran, was sie ihm und Franz auf der Wiese neben der Murg gesagt hatte. Rumgefahren, den Enrico gesucht, die halbe Nacht. Ja, genau. Beim Lager in Schönmünzach, bei seinem Haus in Weisenbach, sogar bei Merkels Bruder in Gaggenau. Nein, dort war sie erst am nächsten Tag hingefahren. Trotzdem: Hatte man den Bruder befragt? Auch diese Suche würde aufgrund der Handydaten zu beweisen sein.

Der Kommissar machte unter den ersten großen Bäumen Halt und ließ seinen Blick schweifen. Zu Füßen das erwachende Dörfchen, weiter hinten Klosterreichenbach mit dem markanten Geviert des Skihanges, der schon vor vielen Jahrzehnten aus dem Wald herausgeschnitten worden war. Weiter oben am Hang musste die Hütte sein, die er gemeinsam mit Carla gestern erwandert hatte. Dieser eine Punkt dort? War das der Zimmerplatz? Vielleicht. Der leichte Niesel verhinderte einen klaren Blick.

Lindt zog an seiner Pfeife. Ja, das war es, was er vermisste. Eine klare Sicht auf die Zusammenhänge. A plus B gleich C. So einfach wie diese Gleichung waren viele seiner Fälle gewesen, aber meist konnten die simplen Verknüpfungen erst im Nachhinein erkannt werden. Häufig lichtete sich der Schleier nur langsam, nach und nach. So wie dieser Nieselregen, der hoffentlich bald aufhören und wieder einem Sonnentag Platz machen würde. Was sagte eigentlich der Wetterbericht?

Oskar sah auf sein Smartphone. Nein, nicht besonders gut für heute. Wenig Sonne, hohe Niederschlagswahrscheinlichkeit. Er zuckte die Schultern – na dann ... Es kommt, wie es kommt, hatte Hans, der Unimogfahrer und Latzhosenträger, gesagt. Und wie es kommt, so ist es gut? Nein, das hatte er nicht von sich gegeben. Denn gut war gar nichts. Zwei Tote, zwei Gewalttaten, einfach nicht gut, sondern böse, richtig böse.

Und um das Böse in der Welt ging es schon sein ganzes Berufsleben lang. Als Chef der Karlsruher Mordkommission hatte er nur äußerst selten mit dem Guten zu tun. Gut war allenfalls, das Böse herauszufinden, damit es gesühnt werden konnte. Konnte das die Erfüllung für ein Leben sein?

Lindt blies eine besonders dicke Rauchwolke in die Luft. Erfolge eines Kommissarslebens? Die Welt etwas besser zu machen? Der Gerechtigkeit zum Sieg zu verhelfen? Ja, das war immer sein Ansporn gewesen. Dafür hatte er sich mit Leib und Seele eingesetzt. Aber seine Seele, die eigene? Mit welchen Wohltaten war ihr geschmeichelt worden? »Das Gute – dieser Satz steht fest – ist stets das Böse, was man lässt.« Von wem stammte dieses Zitat noch mal? Oskar kam nicht drauf, aber eines stand auf jeden Fall fest: Zu wenig Gutes in zu vielen Jahrzehnten! Dringend Zeit, etwas zu ändern!

Das Mobiltelefon zeigte 6.15 Uhr. Sollte er weiter hoch gehen? Rein in den Wald? Ja, Zeit hätte er noch ...

Oskar Lindt schritt zügig aus. Ein Hohlweg. Wohin er wohl führte? War das hier der Eichwald? Gehörte er zum Hof dort unten? Hohe Tannen und Fichten, dazwischen auch Stämme mit rötlicher Rinde. Kiefern, wie daheim im Hardtwald, aber viel aufrechter – nicht so schräg und krumm. Doch wo waren denn Eichen? Stolze, ausladende, jahrhundertealte Riesen, wie er sie von Karlsruhe her kannte?

Im Weitergehen fand er tatsächlich, was er suchte. Eine größere Anzahl krummer Eichen am Waldrand unterhalb des Weges, nicht besonders dick, aber immerhin, es gab sie noch. Auch wenige Buchen und einen Ahorn erkannte er. Und weiter oben am Hang? Fehlanzeige, fast nur Nadelbäume.

War früher dieser ganze Südhang ein Laubwald gewesen? Ein Eichenwald, der dem Hof seinen Namen gegeben hatte? Vielleicht konnte ihm der Hans weiterhelfen. Bei der nächsten Begegnung würde er ihn darauf ansprechen.

Lindt ging an der Heselbacher Hütte vorbei, einer offenen Schutzhütte mit Grillstelle, und blieb nach einigen Hundert Metern vor einem Holzpolter stehen. Lauter kurze Klötze, kaum drei Meter lang, aber innen so merkwürdig dunkel gefärbt. Er nahm sein Schweizer Taschenmesser aus der Hosentasche und klappte die große Klinge auf. Mühelos konnte er sie im Zentrum der Stämme ins Holz stoßen. Holz? Nein, das war Fäulnis, weich und modrig – die Holzsubstanz schon recht zersetzt. Klar, dass diese Bäume gefällt worden waren.

Lindt betrachtete die Rinde. Komisch, von außen sah man den dicken runden Hölzern gar nichts an. Nur im Innern waren sie dem Zerfall preisgegeben.

Ob die Lösung der beiden Mordfälle auch irgendwo im Innern lag?

Menschen, die äußerlich perfekt wirkten, kräftig, stattlich, stabil, makellos. »Doch wie's da drin aussieht, geht niemand etwas an« – »Land des Lächelns«, so hieß doch die Operette, in der diese Arie vorkam. Alle lächeln dich an, alle haben gute Laune, alle sind optimistisch. Doch wie's da drin aussieht …

Man müsste sie anbohren, alle, die irgendwie mit den Taten in Verbindung standen. Reinbohren, ein kleines Loch bloß, aber hinein bis ins Zentrum, bis ins Mark. Dann den Bohrkern herausziehen und analysieren. So machten es doch auch Sachverständige gelegentlich, um die Standsicherheit von Bäumen zu prüfen. Doch wie könnte man Menschen anbohren?

Eigentlich wusste Hauptkommissar Oskar Lindt das genau. Ganz genau. Hunderte, nein sicherlich tausende Male hatte er es schon praktiziert, wenn er Verdächtige verhörte, befragte, ausquetschte, sie in die Mangel nahm, in sie drang – ja richtig, so oft war er schon in Menschen gedrungen. Stundenlang, tagelang. So lange, bis sie ihm ihr Geheimnis offenbarten. Manchmal bestätigte sich dann seine Vermutung, manchmal auch nicht. Doch er wollte wissen, was los war. Und niemals gab er auf, bis er nicht völlig sicher war, die entscheidenden Punkte erfahren zu haben – die Knackpunkte.

Hinter ihm knackte es auch. Leise nur … ah, ein Eichhörnchen, das einen Kiefernzapfen den Baum hochtrug. »Eine Eichel wäre dir wohl lieber gewesen«, sagte Oskar zu dem rötlichen Tier, das ihn nun von einem Ast aus neugierig ansah. Doch Pech, zu dieser Jahreszeit gab es höchstens ein paar alte Eicheln vom Vorjahr – neue erst im Herbst wieder.

Aber Verdächtige gab es und über die wollte Lindt nun mehr wissen. Entschlossen nahm er sein Smartphone zur Hand und wählte die Nummer von Kriminalhauptkommissar Kühn.

»Franz, der Frühaufsteher«, lachte Lindt, als sein Kollege schon nach dem ersten Klingeln abnahm.

»Seit fünf bin ich im Büro«, kam es stöhnend aus dem Lautsprecher. »Diese Ermittlung treibt mich um wie kaum eine andere vorher.«

»Kenne ich«, meinte Lindt. »Carla sagt ›präsenile Bettflucht‹ dazu, wenn ich im Morgengrauen nicht mehr weiterschlafen kann.«

»Und die nächste Stufe ist Demenz?«, fragte Kühn.

»So weit wollen wir es nicht kommen lassen. Gibt es denn etwas Neues?«

»Null!«, antwortete Franz-Otto. »Null Komma null! Wir treten auf der Stelle und finden keinen Punkt, um einzuhaken.«

»Habt ihr bereits ein Bewegungsprofil erstellt?«

»Handyortung, meinst du? Natürlich. Routinemäßig bei dieser Mary. Alle Angaben voll bestätigt. Ihr Gerät war bei eben jenen Funkmasten eingeloggt, die zu den Ortsangaben gehören, genau wie sie es uns zu Protokoll gegeben hat.«

»Habt ihr auch bei Merkel und diesem Joe geprüft?«

»Selbstverständlich. Das Handy von Johannes Klumpp war irgendwann in der Nacht mal tot. Sicherlich der Zeitpunkt, als das Murgwasser ihm den Garaus gemacht hat.«

»Und das von Enrico?«

»Bis zum Abend der Tat in Schönmünzach eingeloggt, danach Ende. Immer noch nicht gefunden. SIM-Karte raus, entsorgt, vermuten wir. Passt zeitlich gut zum Überfall.«

»Die Mary hat ihn doch gesucht. Wann war sie denn in der Schifferstraße?«

»Moment, ich muss nachlesen …« Lindt hörte das Rascheln von Papier. »Ungefähr zwei Stunden nach der Zeit, die uns Merkel für die Attacke der beiden Schläger genannt hat. Da war sein eigenes Gerät schon längst außer Betrieb.«

»Danach?«

»Die Mary? Wieder talaufwärts, Heselbach und Umgebung. Weisenbach erst viel später in der Nacht. Alles so, wie sie es ausgesagt hat.«

Lindt fuhr sich über die Stirn. »Wie viel Prozent der Gewalttaten sind noch mal Beziehungstaten?«

»Steht in der Statistik, kann ich nachsehen«, meinte Kühn. »Jedenfalls ganz schön viele, die überwiegende Mehrzahl. Habgier kommt erst weiter hinten.«

»Habgier, schönes altes Wort«, gab Lindt zurück. »Geldgier. Alle wollen nur eines – Kohle! Hast du denn die Finanzverhältnisse des Eichwaldhofes schon durchleuchten können?«

»Hatte der Richter genehmigt«, antwortete Franz. »Die stehen mit dem Rücken zur Wand.«

»Aber sie werden noch nicht plattgedrückt?«

»Nein, laut Bankauskunft sind die Zahlungen für ihre Darlehen zwar sehr schleppend eingegangen, aber immer gerade rechtzeitig, um Schlimmeres zu verhüten.«

»Also noch mehrere Schritte bis zur Zwangsversteigerung?«

»Kann man so sagen. Bisher wurde nichts in die Wege geleitet.«

»Sag mal …«, überlegte Lindt. »Könnt ihr auch diese Eventfirma durchleuchten?«

Kühn war irritiert: »Dafür habe ich noch keine Notwendigkeit gesehen. Glaubst du denn, wir sollten da ebenfalls nachbohren?«

»Wenn sonst nichts weiterhilft«, gab Lindt zurück. »Die alte Bude, der verbeulte Transporter. Eine Goldgrube kann diese EME nicht gerade sein.«

»Das Haus vom Merkel in Weisenbach soll aber recht ansehnlich dastehen. Hat uns das nicht die Mary selbst gesagt?«

»Ich würde auch bei ihm die Finanzen prüfen. Ein teures Haus in bester Lage muss ja noch nichts heißen. Kann er seine Kredite bedienen? Zahlt er regelmäßig?«

»Wird sicherlich genehmigt«, meinte Kühn. »Wenn ich es dringend mache, bekomme ich vom Gericht noch heute Vormittag grünes Licht.«

»War ja nur so ein Gedanke. Ermitteln heißt, wirklich in alle Richtungen Ausschau zu halten.«

»Okay, aber ich kann mir nicht vorstellen, dass wir dabei auf etwas Wichtiges stoßen. Der Merkel ist doch ein Opfer – gerade noch so mit dem Leben davongekommen.«

»Nur ein Gefühl, Franz. Momentan stehe ich hier im Wald vor einem riesigen Haufen Holz. Außen top, innen Flop.«

»Was? Verstehe ich nicht.«

»Raue Schale, fauler Kern«, antwortete Oskar. »Lauter gefällte Bäume, die von außen völlig gesund wirken, aber im Innern matschfaul sind. Deswegen bin ich draufgekommen – wir müssen rein, tief rein, in alle, die auch nur im Entferntesten mit den Taten zu tun haben.«

»Gut«, kam zögerlich von Franz-Otto Kühn. »Der Oskar und sein Gefühl. Dem gehen wir natürlich nach und wenn es auch nur vom morschen Holz kommt. Ich ruf dich an, sobald wir Näheres wissen.«

Oskar hängte seine feuchte Jacke auf einen Bügel und zog die Schirmmütze ab, bevor er zu Carla ans Bett trat. Gerade erwacht, sah sie ihn mit großen Augen an. »Schon zurück?« Ein Blick zum Wecker: »Ist doch erst kurz nach sieben.«

»Nicht wirklich schön draußen«, meinte ihr Mann, nachdem er die schmutzigen Schuhe abgestellt hatte. »Heute wird uns die Sonne kaum verwöhnen.«

Carla setzte sich auf. »Auch trübes Wetter hat seine Reize. Macht ganz eigene Stimmungen im Wald.«

»Hab ich schon genossen. Mein Bedarf an Regen ist bereits gedeckt.«

»Also erst mal Wellness, danach ein kräftiges Frühstück«, entschied die Organisatorin des Schwarzwaldurlaubs. »Später sehen wir weiter. Ganz so schlimm wird's schon nicht werden.«

»Schon wieder Optimismus«, brummte Lindt leise. »Langsam wird's mir ein wenig viel.«

»Was meinst du?«, fragte Carla irritiert.

»Ach, diesen Hans habe ich heute Morgen schon getroffen. Der war auch so locker drauf wie du. Einfach das Beste aus dem Wetter machen.«

»Na also«, lächelte Carla. »Hier sind die Leute halt entspannt.«

»Und wir gleichen uns immer mehr an?«

»Genau! Auch die Lindts nehmen es, wie's kommt. Was kann denn schlimmstenfalls passieren? Wir werden ein wenig nass! Und dann? Weiter als bis auf die Haut ist es noch bei niemandem gegangen.«

Oskar rollte die Augen und suchte nach seiner Badehose. »Gegen so viel gute Laune habe ich wohl keine Chance. Also los, jetzt werden wir erst mal richtig nass.«

Im Pool schwamm Lindt ins Freie und nahm erfreut zur Kenntnis, dass sich gerade erste Sonnenstrahlen durch die Wolken schoben. Vom Rand des Beckens aus betrachtete er, wie nach dem Regen dampfende Wölkchen aus den Wiesen und Wäldern des Murgtals aufstiegen. »Besser als vorhergesagt«, drehte er sich zu seiner Frau. »Kennst du die Steigerung von Lüge? Nein? Lüge – Meineid – Wetterbericht!«

»Der ist aber abgedroschen«, lachte Carla. »Du könntest dir ruhig mal neue Sprüche einfallen lassen.«

»Kein Problem, seit ich dem Hans und seinem Unimog begegnet bin, weiß ich tatsächlich etwas Neues.«

»Wieder mal Dorftratsch?«

»Die Fasnet war's. Drunten in Forbach. Die hat den Frieder Pfeifle und die Mary zusammengeführt. Im November waren sie dann zu dritt.«

»Hoppla«, schmunzelte Carla. »Volltreffer, gleich beim ersten Mal. Ja, das soll's geben.«

»Danach hat sie anscheinend nicht mehr lockergelassen«, meinte Oskar. »Es scheint so, als wäre dieser Frieder mit der Situation ziemlich überfordert gewesen.«

»Aber die Mary hat ihm gezeigt, wo's langgeht«, prustete Carla amüsiert. »Und das schon mit knapp über zwanzig.«

»Ob ihn ihre überschäumende Energie zum Alkohol getrieben hat? Vielleicht wurde es dem Frieder einfach zu viel?«

»Kommt diese Ansicht auch vom Hans?«, wollte Carla wissen.

Lindt nickte: »Könnte doch zutreffen. Oder was denkst du?«

Seine Frau zuckte die Schultern. »Hört sich plausibel an. Die Einheimischen haben diese junge Badenerin bestimmt argwöhnisch beobachtet. Und die Mäuler werden sie sich zerrissen haben, als sie sich dann einige Jahre später einen Ausgleich gesucht hat.«

»Garantiert. Der Kellner hat's ja genau gewusst. Erst die Bürkles, dann immer weiter talabwärts, bis sie schließlich bei diesem langhaarigen Merkel hängen geblieben ist. Ich glaube, die passen gut zusammen, so vom Naturell her.«

Carla zwinkerte ihren Oskar an: »Du warst ja auch nicht immer so behäbig. Sieh dich vor. Nicht, dass ich mich auch noch nach einem flotten jüngeren Kerl umschaue.«

Oskar sah sie völlig konsterniert an: »Du? Also sag mal ...«

Mit einem Satz war seine Frau über ihm und drückte Lindt unter Wasser. »Glaubst du wohl nicht«, lachte sie ihn an, als er nach Luft schnappend wieder an die Oberfläche des Hotelschwimmbads kam. »Bis jetzt noch nicht, aber ...«, grinste sie schelmisch. »Sieh dich um – jede Menge gut aussehender Männer. Wenn du immer auf Mörderjagd gehst und mich alleine im Hotel zurücklässt, kann ich für nichts garantieren.«

Oskar spritzte ihr schnell eine Handvoll Wasser ins Gesicht: »Untersteh dich! Du weißt, jetzt bin ich bewaffnet, und mit Schönlingen mache ich kurzen Prozess.«

»Dann solltest du mir am besten keine Gelegenheit bieten und mich immer unter Kontrolle halten.«

»Also, jetzt reicht's aber. Diese Schwarzwaldluft macht aus angehenden Seniorinnen die wildesten Weiber.«

Das ließ sich Carla nicht gefallen: »Was? Angehende Seniorin?« Blitzschnell hechtete sie sich erneut auf Oskar und drückte ihn noch mal tief ins Becken. Wie ein Walross prustend, kam er wieder hoch, schnappte sich seine Frau und versuchte dasselbe bei ihr. Doch keine Chance. Problemlos wand sie sich aus seinem Griff und schwamm nixengleich davon. »Komm, fang mich doch!«, rief sie ihm zu, aber Lindt dachte nicht daran, denn die Blicke mehrerer anderer Hotelgäste richteten sich bereits aufmerksam auf das Paar.

»Es kommt, wie es kommt«, brummte er vor sich hin und machte einige Schwimmzüge in die andere Richtung. »Ganz so schlimm, wie man befürchtet, kommt's dann doch nicht.«

Dabei stieg ein Gedanke in ihm auf. »Was wäre, wenn …« Er hielt sich am Beckenrand fest und schaute nachdenklich in die Ferne. »Was wäre, wenn …«, meinte er auch zu Carla, die wieder an seine Seite geschwommen war.

»Wenn?«

»Wenn Weiber zu Hyänen werden?«

»Friedrich Schiller?«

»Nein, Goethe. Wallenstein.«

»Der ist aber von Schiller.«

»Egal, dann eben ›Das Lied von der Glocke‹ – ›Da werden Weiber zu Hyänen und treiben mit Entsetzen Scherz.‹«

»Jetzt stimmt's, das ist wirklich von Schiller.«

»Die Mary jedenfalls ist vom Eichwaldhof und sieht alles dahingehen.«

»Hat doch auch der nette junge Kellner gesagt«, meinte Carla.

»Ausweglos«, nickte Lindt. »Und ausweglos ist gefährlich. So weit waren wir ja schon mal, aber es gab keine Beweise.«

»Lasst Mary frei!«, deklamierte seine Frau. »Du glaubst, sie hat doch …?«

»Dumm ist sie garantiert nicht. Würdest du ihr das zutrauen?«

»Was? Den eigenen Mann erschlagen?«, entsetzte sich Carla. »Nein, bitte. Solche Gewalttaten werden doch fast immer von Männern begangen. Das weiß sogar ich als kriminalistischer Laie.«

»Kräftig genug wäre sie aber und bei einem Betrunkenen ohne kontrollierte Abwehrreflexe hätte sie leichtes Spiel gehabt.«

Seine Frau schüttelte den Kopf: »Wieso sollte sie die Tatwaffe dann in ihrem Auto liegen lassen. Das wäre doch einfach nur dumm gewesen.«

»Oder besonders schlau. An das Offensichtliche glaubt ja ohnehin niemand und genau damit könnte sie kalkuliert haben.«

»Oskar, ich glaube auch was und zwar, dass du zu viel Wasser geschluckt hast. Was sollen denn diese Hirngespinste? Das lässt sich ja niemals beweisen. Außerdem war die Mary doch die ganze Nacht in Weisenbach.«

»Sagt wer?«

»Na, ihr … ihr …«

»Liebhaber, genau. Und eben deswegen halte ich davon gar nichts und habe heute Morgen schon beim Franz nachgefragt, ob seine Mitarbeiter eine Handyortung durchgeführt haben.«

»Und? Haben sie?«

Lindt nickte: »Beide Telefone waren während der Tatzeit in Weisenbach eingeloggt.«

»Na bitte. Fantasien, sag ich doch.« Dann zögerte Carla: »Oder denkst du etwa …?«

»Was denn, Frau Kommissarin?«

»Dann wären die beiden aber wirklich superschlau. Handy dort, Menschen hier!«

»Aha! Wenn man dir ein wenig auf die Sprünge hilft, geht's ja doch. Leider habe ich keinerlei Ahnung, wie man das beweisen könnte.«

»In Fernsehkrimis werden solche Personen dann immer von Radarfallen geblitzt«, meinte Carla. »Hat Franz das geprüft?«

»Kannst du dich an ortsfeste Blitzer hier im Murgtal erinnern? Gibt's nicht. Höchstens mobile Messgeräte.«

»Ruf deinen Kollegen nach dem Frühstück doch noch mal an. Manchmal hilft ja der Zufall.«

»Ich hatte noch eine andere Idee, der die Freudenstädter gerade nachgehen. Wer sagt denn, dass hier nicht zwei ausweglose Situationen zusammenkommen? Der bankrotte Hof und dann noch jemand, der finanziell vor dem Abgrund steht?«

Carla machte große Augen: »Du meinst, der Merkel hat sich übernommen?«

Lindt zuckte die Schultern: »Das, was wir von seiner Firma gesehen haben, hat nicht gerade den besten Eindruck gemacht. So bin ich eigentlich draufgekommen.«

»Ein Schlag und beide wären saniert?«

»Jetzt zum Beispiel könnte die Mary einen Teil des

Waldes verkaufen. Das hat der Frieder ja bisher immer noch verhindert.«

»Aber was soll dann der Überfall in Schönmünzach bedeuten? Wieso musste dabei Merkels Freund sterben und er selbst wurde lebensgefährlich verletzt?«

»Zeit für ein kräftiges Frühstück«, meinte Oskar und stieß sich vom Rand ab. »Energiezufuhr tut Not.«

Es war kurz nach zwölf, als der Anruf kam. Das Wanderpaar Lindt strebte gerade flott entlang der Murg in Richtung Baiersbronn, als sich Franz-Otto Kühn meldete. »Oskar, du und dein Riecher.«

Lindt blieb stehen und schaltete sein iPhone auf laut.

»Tatsächlich steckt diese Eventfirma seit mehreren Monaten kolossal in der Klemme. Wir haben die Konten geprüft und festgestellt, dass es drei Banken gibt, die dem Merkel die Kreditlinie gekündigt haben. Von allen gab es übereinstimmende Auskünfte. Er hat sich mit seinem Haus fürchterlich übernommen.«

»Größenwahn?«, fragte Lindt dazwischen.

»In diese Richtung geht es wohl. Immer noch mehr und immer noch teurer. Ein Schwimmteich im Garten ist anscheinend gerade im Bau. Das ursprüngliche Budget hat er um mehr als dreihunderttausend Euro überzogen. Mehrfach musste er nachfinanzieren und jetzt ist er am Ende.«

»Die Banken haben ihm den Hahn zugedreht?«

»Ja, vor drei Wochen wurde ihm eine letzte Frist eingeräumt, sonst droht die Zwangsversteigerung. Und noch was haben wir rausgefunden …«

»Wir hören«, antwortete Oskar gespannt.

»Seit mehr als einem Jahr bezahlt Merkel an seinen Mitarbeiter keine Miete für das Lager und seit vier Monaten auch kein Gehalt mehr!«

»Au, das war's dann wohl mit der Freundschaft zwischen Enrico und Joe«, kommentierte Carla.

»Franz, ich glaube, es wird Zeit«, meinte Oskar Lindt nachdenklich. »Du solltest den beiden ganz zügig deine Gastfreundschaft anbieten.«

»Wir sind bereits unterwegs. Hast du am Nachmittag Zeit, bei den Verhören dabei zu sein?«

Lindt warf seiner Frau einen fragenden Blick zu und erntete ein Kopfnicken. »Um vier? Dann könnten wir noch ein Stückchen weiterwandern?«

»Einverstanden. Wir warten auf dich.«

Die Zeit reichte aus, um bis Baiersbronn zu gehen, einschließlich Kaffeetrinken in der ›Neumühle‹ und Stöbern beim gegenüberliegenden, mit Schwarzwald-Krimis bestens sortierten »Bücher-Burkard«. Dann erreichten Oskar und Carla den Bahnhof. Lindt stieg in die S 8 nach Freudenstadt, seine Frau musste noch ein wenig warten, bis sie in die Gegenrichtung abfahren konnte. »Dann lasse ich es mir im Hotel halt wieder gutgehen. Du weißt ja, Wellnessbereich, Saunen, Beauty- und Spaanlage, schöne junge Männer …«

Oskar griff an seine Hüfte und lachte. »Das elfte Gebot – lass dich nicht erwischen, sonst leihe ich mir von Franz wieder eine 9-Millimeter-Kanone.«

»Die Rottweiler habe ich noch nicht informiert«, meinte Franz-Otto Kühn, als sein Karlsruher Kollege bei ihm eintraf. »Ist zwar gegen die Vorschriften, aber auf einen Rüffel mehr oder weniger kommt's jetzt auch nicht mehr an.«

»Danke«, antwortete Lindt. »Nicht dass sich der Ott doch noch an den Heselbacher Bauernaufstand erinnert und mich erkennt.«

Kühn nickte: »Genau deshalb. Wir beide schaffen das auch alleine.«

»Wo habt ihr sie erwischt?«

Franz grinste: »Glück gehabt. Beide hier im Freudenstädter Krankenhaus. Der Merkel wollte sich gerade selbst entlassen – gegen ärztlichen Rat – und seine Liebste war dabei, ihm die Reisetasche zu packen.«

»Gab's ein großes Aufsehen?«

Kühn schüttelte den Kopf. »Zwei Zivilkollegen hatte ich ins Krankenhaus geschickt. Die waren wohl sehr überzeugend – nur ein paar wichtige Fragen – und haben das Paar unauffällig nach draußen eskortiert.«

»Und jetzt sitzen sie bereits im Verhörraum?«

»Natürlich getrennt. Die Mary wartet bewacht in meinem Büro, den Merkel lasse ich schon schmoren.«

»Weichkochen«, lächelte Lindt. »Mal sehen, ob wir ihn gar bekommen. Guter Bulle – böser Bulle?«

»Klar doch«, bestätigte Kühn. »Bewährte Methode. Du willst sicherlich der Gute sein.«

Oskar nickte: »Exakt. Komm, packen wir's an.«

Die Kommissare nahmen Merkel in die Mitte.

»Möchten Sie einen Anwalt benachrichtigen?«, fragte Lindt.

Enrico schüttelte den Kopf. »Nein, wieso denn? Ihre Fragen kann ich sicherlich ohne Beistand beantworten.«

»Haben Sie noch starke Schmerzen?«

Merkel zog sein Sweatshirt hoch und zeigte die Pflaster auf den Operationsnarben. »Schon so gut wie verheilt, diese winzigen Schnittchen. Die Chirurgen haben echt was drauf im hiesigen Krankenhaus.«

»Hat wohl mit voller Kraft zugeschlagen, die Mary?«, fragte Franz-Otto Kühn.

»Wie? … Was? … Weshalb die Mary?«, stotterte der Verdächtige.

»Wer denn sonst? Ihren Freund Joe hatten Sie ja bereits eliminiert.«

Die Farbe wich aus Merkels Gesicht. »Was … was behaupten Sie denn da? Wir wurden doch von zwei Maskierten …«

»Komisch nur, dass niemandem in der Schifferstraße diese Personen aufgefallen sind. Hatten doch angeblich einen Spaten bei sich. Einen fremden Wagen hat auch niemand bemerkt.«

»Das sagt doch nichts«, empörte sich der Mann. »Die standen plötzlich im Tor und dämmerig war's auch schon.«

»Hmm«, brummte Lindt. »Hat man Ihnen denn noch keinen Kaffee angeboten? Ich kümmere mich gleich mal drum.«

Über Merkels Gesicht huschte ein leichtes Lächeln. »Gerne. Sie können sich denken, im Krankenhaus war der nicht besonders stark.«

Lindt stand auf, doch Kühn setzte nach: »Unser Kaffee ist stark. Tote weckt allerdings auch er nicht auf. Haben Sie nur Ihren Freund erschlagen oder auch den Frieder Pfeifle?«

»Nein!«, schrie Enrico auf. »Ich habe niemandem etwas angetan! Ich dachte, Sie hätten nur ein paar harmlose Fragen, und jetzt wollen Sie mir zwei Morde anhängen?«

»Wie fühlt es sich denn an, einem Bewusstlosen das spitze Messer ins Genick zu rammen?«

Merkel fing an zu zittern. »Nein! Ganz bestimmt nicht. Nein!«, stieß er aus. »Der Joe ist doch mein …«

»Einen Freund behandelt man aber fair. Weshalb haben Sie ihm denn keinen Lohn mehr gezahlt?«

»Ich … ich … das war … ein vorübergehender Engpass. Er hat es verstanden.«

»Und wovon sollte er leben? Die Miete sind Sie ihm doch auch schuldig geblieben. Bereits seit einem ganzen Jahr.«

Enrico sackte zusammen und antwortete nicht.

»Hatte er Verständnis für Ihr protziges neues Haus? Er, der alte Freund mit seiner baufälligen Bude?«

Keine Reaktion. Merkel schloss die Augen. Seine Hände verkrampften sich an der Stuhllehne.

»Oder war es immer die Mary? Hat die auf alle eingeschlagen? Sogar auf ihren eigenen Mann?«

»Nein! Nicht die Mary!« Merkel schnappte nach Luft. »Sie können gar nichts beweisen. Sie bluffen doch nur.«

In diesem Moment trat Oskar Lindt, der auf einem Bildschirm draußen alles mit angesehen hatte, wieder in den Raum. Er stellte einen Pappbecher mit Kaffee vor dem Verdächtigen auf den Tisch. »Sicherlich trinken Sie ihn schwarz?«

Enrico schaute hilfesuchend zu Lindt: »Sie glauben mir doch. Bitte, sagen Sie es Ihrem Kollegen, dass nichts stimmt, was er mir hier vorwirft.«

Oskar nahm Platz und sah ihm direkt ins Gesicht. »Glauben, ein schwieriges Wort. Ich glaube eigentlich immer an das Gute. Es sei denn …«

Merkel war offensichtlich einem vollkommenen Zusammenbruch nahe. »Mit dem Tod vom Frieder haben wir überhaupt nichts zu tun. Mary und ich waren die ganze Nacht bei mir zu Hause in Weisenbach.«

»Kann das sonst noch jemand bezeugen? Also außer Ihnen beiden?«

»Natürlich nicht, was denken Sie denn …?«

»Tja«, zuckte Kühn die Schultern. »Der Staatsanwalt sucht nach Motiven. Und dabei kommt er ganz schnell auf zwei desaströse Finanzlagen. Der Eichwaldhof und Ihre Firma EME. Beide stecken bis über beide Ohren im Schuldensumpf und haben kaum eine Perspektive. Das reicht garantiert für Untersuchungshaft und Anklageerhebung.«

Enricos Kopf sank auf die Brust, dann schnellte er wieder hoch. »Können Sie nicht aufgrund unserer Handydaten feststellen, wo wir waren?«

Darauf hatte Kühn gewartet. »Ihre Telefone lagen in Weisenbach.«

»Na bitte, das beweist doch unsere Unschuld.«

»Und wo haben Sie sich in Wirklichkeit aufgehalten?«

»Auch dort natürlich.«

»Leider nicht«, fixierte ihn Kühn. Dann bluffte er tatsächlich: »Demnächst können wir Ihnen ein Foto aus jener Nacht zeigen. Das Auto dort drauf kennen wir und Sie auch.«

»Was soll das heißen?«, riss Merkel die Augen auf.

Kühn wog seine Worte jetzt genau ab. »Die modernen Anlagen zur Geschwindigkeitsermittlung blitzen nicht mehr sichtbar. Wir haben bereits Daten abgefragt und bekommen innerhalb der nächsten Stunde ein Bild per Mail zur Prüfung.«

Jetzt schien alle Energie aus Merkel zu weichen. »Ich sag gar nichts mehr«, flüsterte er und sah zu Boden.

Lindt nahm seinen Stuhl und setzte sich direkt neben den Mann. »Ein Geständnis würde Ihnen sehr helfen. Wenn Sie nur Mittäter sind, wirkt sich das beim Strafmaß auf jeden Fall mildernd aus.«

Enrico jedoch gestand nicht. Er blieb stumm, schüttelte den Kopf, zeigte keinerlei weitere Reaktion.

»Na gut«, fuhr ihn Franz-Otto Kühn scharf an und beugte sich zum Mikrofon. »Abführen. Arrestzelle.«

Und wieder zum Verdächtigen: »Dann wollen wir jetzt Ihre Bekannte in die Mangel nehmen. Mal sehen, ob die uns dasselbe erzählt.«

Von neuem schrie Merkel auf: »Nein! Nicht die Mary. Das dürfen Sie nicht.«

Oskar Lindt legte ihm den Arm um die Schulter: »Überlegen Sie es sich. Das Beste wäre ein Geständnis.«

Unwirsch schlug Merkel den Arm weg, sprang hoch und fegte den Kaffeebecher vom Tisch. »Ich bin unschuldig! Kapieren Sie das doch endlich.«

»Denken Sie nach«, antwortete Kühn und gab seinem eintretenden Kripokollegen einen Wink. »Gesiebte Luft. Wirkt manchmal Wunder. Aber nehmt ihm alles ab. Nicht dass er uns noch in der Zelle hängt.«

Nach einer kurzen Pause nahmen sich die Kommissare Mary Pfeifle vor.

»Möchten Sie einen Anwalt zuziehen?«

Die Frau sah Oskar Lindt trotzig an: »Ich bin schon mal hier gesessen und man hat mich wieder rausgelassen. Anwalt brauche ich nicht.«

»Dieses Mal könnte es aber enger für Sie werden.«

»Weshalb? Ich habe nichts zu befürchten. Gar nichts.«

»Also hat Ihr Freund, dieser Merkel, den Johannes Klumpp erschlagen?«, zog Franz-Otto Kühn die Befragung an sich.

»Ich war nicht dabei«, antwortete Mary knapp und spitz.

»Sie wissen doch, wie sich der Überfall zugetragen hat.«

»Wir waren auch nicht dabei«, meinte Lindt und sah ihr prüfend ins Antlitz.

»Was schauen Sie mich denn so an?«, zischte die Frau erbost. »So wie damals auf dem Friedhof.«

Lindt beugte sich vor. »Ich lese in Ihrem Gesicht. Ich lese, ob es stimmt, was Sie uns sagen. Und glauben Sie mir, ich habe schon in Tausenden von Gesichtern gelesen. Mir macht niemand so schnell etwas vor.«

Mary blickte ihn an. Sie verzog keine Miene und hielt die Augenlider halb geschlossen. »Nichts hab ich getan. Überhaupt nichts. Und der Enrico noch viel weniger. Lassen Sie uns endlich in Ruhe!«

»Wie wollen Sie eigentlich die vielen Schulden tilgen? Ihre und die von Merkel?«, hakte Franz-Otto Kühn nach. »Wald verkaufen? Den Wald, der seit Generationen zum Hof gehört? Wollen Sie Ihren Kindern das Erbe entziehen, um einen Bankrotteur zu unterstützen?«

Mary ließ sich nicht beirren: »Was genau werfen Sie mir vor? Und was können Sie beweisen?«

»Die Staatsanwaltschaft wird Herrn Merkel und Sie wegen gemeinschaftlichen Doppelmordes anklagen. Tatmotiv: Geld!«

»Sie sind verrückt!«, sprang Mary auf. »Völlig übergeschnappt. Legen Sie Beweise vor oder lassen Sie uns frei.«

»Setzen Sie sich, aber augenblicklich!«, befahl Kühn. »Wer von Ihnen hat Johannes Klumpp erschlagen?«

»Zwei Vermummte, die haben den Überfall begangen. Das hat Ihnen der Enrico doch gesagt.«

»›Die Botschaft hör ich wohl, allein mir fehlt der Glaube.‹ Goethes Faust, falls Sie den mal gelesen haben«, antwortete Kühn und lehnte sich mit einem überlegenen Lächeln zurück.

»Wussten Sie, dass der Joe noch gelebt hat?«, fuhr nun Oskar Lindt in gesenktem Tonfall fort. »Jemand hat ihm dann mit einem Messer von hinten in den Hals gestochen.«

Mary wurde sichtbar blass und sank zurück auf den Stuhl. »Ab... ab... abgestochen?«

»Wie ein Stück Vieh«, flüsterte Lindt. »Kein schöner Tod. Zwar schnell, aber sehr schmerzhaft, wenn das Rückenmark durchtrennt wird.«

Die Frau warf reflexartig und unbewusst einen Blick auf ihre Hände.

»Sie hatten das Messer in der Hand?«, wollte Lindt wissen. »Klebte da noch Blut dran?«

»Nein«, schrie Mary auf. »Da ...«

»Sie sollten es nur entsorgen? Ich verstehe. Liegt es auch in der Murg?«

Sie rührte sich nicht.

»Hat er Ihnen nicht gesagt, was er damit angestellt hat?«

Ein Schauer schüttelte die Frau von oben bis unten. Trotzdem blieb sie stumm.

»Sie sind erst dazugekommen, als der Joe bereits tot war? Stimmt's?«

»Die müssen sich geprügelt haben«, kam aus Marys Mund. »Mit einem Spaten.«

»Wegen dem Geld, was der Enrico noch schuldig war?«

Mit geschlossenen Augen nickte die Frau ganz leicht.

»Die Stichverletzung im Genick haben Sie nicht gesehen? Lag er auf dem Rücken?«

»Er musste doch weg«, stieß sie aus.

»Wer hatte die Idee, das Ganze wie einen Überfall aussehen zu lassen? Sie?«

Mary schwieg.

»Haben Sie beide ihn in den Kastenwagen geladen und nach Heselbach zur Brücke gefahren?«

Null Resonanz.

»In dieselbe Plane eingewickelt wie auch Ihren Mann?«

Die Frau verdrehte schlagartig ihre Augen, dass nur noch das Weiße zu sehen war. Ihr Kopf kippte zur Seite.

Lindt konnte gerade noch verhindern, dass sie vom Stuhl rutschte. »Los, auf den Boden mit ihr. Beine hoch«, rief der Kommissar.

Nach zwei Minuten war die Ohnmacht vorbei. Mary öffnete die Augen. Lindt kniete neben ihr. »Wo ist die Plane jetzt? Vergraben, im Mist?«

Die Bäuerin des Eichwaldhofes gab keine Antwort, aber Lindt sah in ihren Gesichtszügen, wie recht er hatte.

Am nächsten Tag gestand Mary Pfeifle. Unter dem Druck der Spuren auf der ausgegrabenen grünen Plastikplane hatte sie keine Wahl. Zudem waren ein spitzes Messer und ein Spaten darin eingewickelt gewesen.

Beim Prozess hielt man ihr Handlung im Affekt zugute. Sicherlich der Rat ihres Verteidigers, die Tat so darzustellen: Wieder einmal Streit mit dem sturzbetrunken heimgekommenen Ehemann. Völlige Verzweiflung der Angeklagten. Ein zufällig hinter dem Scheunentor stehendes

Flacheisen. Ein kräftiger Schlag damit auf den torkelnden Bauern.

Das Gericht schenkte ihr Glauben.

Die Kinder hatte sie ferngehalten, ihren Freund um Hilfe angefleht. Es sollte nach Unfall aussehen. Sturz von der Murgbrücke, voll alkoholisiert.

Wenige Tage später der handfeste Streit im Materiallager. Mary Pfeifle sah keine andere Möglichkeit, ihren Kopf aus der Schlinge zu ziehen, als bei der Gerichtsverhandlung alles so zu berichten, wie sie es wahrgenommen hatte.

Sie hatte Merkel gesucht und in seinem Firmenraum gefunden. Johannes Klumpp war auf dem Boden gelegen – tot, ein blutiges Messer daneben, in der Ecke ein Spaten.

»Ich hab dir geholfen – jetzt bist du dran«, hatte Enrico sie aufgefordert. »Der Joe wollte endlich Geld sehen und ist auf mich losgegangen. Ich hab mich nur gewehrt.«

Die grüne Kunststoffplane, in der Frieder Pfeifle transportiert worden war, lag noch in Merkels Transporter. Ohne einen klaren Gedanken fassen zu können, hatte Mary ihrem Geliebten gehorcht, Klumpp auf dieselbe Weise zu entsorgen wie den Ehemann. Die Idee, es wie einen Überfall aussehen zu lassen und dem Toten Merkels Personalausweis einzustecken, um Verwirrung zu stiften, schob Mary auf ihren Freund. Das Gericht konnte ihr nichts anderes beweisen und Enrico nahm die Schuld auf sich. Findige Anwälte hatten für genau abgestimmte Aussagen gesorgt.

Merkel zu fesseln und die Plane zu entsorgen, war Marys Aufgabe gewesen. Auf eine andere Idee, als mit dem Mistgreifer ein tiefes Loch in den Dunghaufen zu baggern, um sämtliche belastenden Gegenstände darin verschwinden zu lassen, war sie nicht gekommen.

Dass ihr Geliebter durch die Schlägerei mit Johannes Klumpp nicht nur multiple Prellungen, sondern auch schwere innere Verletzungen erlitten hatte, war für sie und Merkel nicht erkennbar gewesen. Zu viel Adrenalin im Blut.

Ihr Auftauchen bei der Bergung von Joes Leiche? Kein Zufall, sondern Verzweiflung, um auf diese Weise einen Hinweis auf ihren gefesselten Freund geben zu können. Dass man sie zuerst vom Toten fernhalten würde, hatte sie nicht geahnt. Das Entgegenkommen der Kommissare, die Leiche doch identifizieren zu dürfen, war folglich lebensrettend für Merkel gewesen.

Während sämtlicher Tage, an denen der Strafprozess gegen Mary Pfeifle und Enrico Merkel vor dem Rottweiler Landgericht stattfand, war Oskar Lindt dort anwesend. Er hatte es geschafft, nicht als Zeuge benannt zu werden, verfolgte aber im Zuschauerraum die komplette Verhandlung mit größter Aufmerksamkeit.

Als die Urteile endlich verkündet wurden, verspürte er trotzdem keine Hochstimmung. Mary Pfeifle wurde zu einer recht kurzen, Enrico Merkel zu einer längeren Freiheitsstrafe verurteilt. Beide lediglich wegen Totschlags – dem Antrag von Staatsanwalt Borngräber auf Mord wollte das Gericht nicht folgen.

Lindt fühlte sich dennoch nicht erleichtert. Auch durch diesen Fall war seinem inneren Konto eine neue Last hinzugefügt worden. Ein weiteres Päckchen, das er zu tragen hatte. Ausweglose Situationen, die Menschen zu Verbrechern machten, und er hatte dazu beigetragen, sie für mehrere Jahre hinter schwedische Gardinen zu schicken.

Bei Berufskriminellen und bei Taten von besonderer Niedertracht verspürte Lindt regelmäßig eine Befriedigung, wenn die Verurteilten ins Gefängnis wanderten. In diesem tragischen Fall schwankte er.

Mitleid? Nein, eigentlich nicht, denn die Geldgier war eindeutig. Trotzdem machte ihn das Schicksal der Verurteilten mehr als nachdenklich und bedrückte ihn. Wie sollte er damit zurechtkommen?

Vielleicht konnte ihm Carla mit einer ausgedehnten Wandertour helfen?

Dunkle Wälder, grüne Täler, frische Schwarzwaldluft auf hohen Bergen – dem Himmel nah …

ENDE

Weitere Krimis finden Sie auf den
folgenden Seiten und im Internet:

WWW.GMEINER-SPANNUNG.DE

BERND LEIX
Schwarzwald Hölle

978-3-8392-1854-9 (Paperback)
978-3-8392-4965-9 (pdf)
978-3-8392-4964-2 (epub)

AUSWEGLOS »Und was haben wir bisher so getrieben in unserer Dienstzeit?« – »Die Bösen gefangen und hinter Schloss und Riegel gebracht.« – »Genau. Aber wenn wir mal schneller wären? Wenn wir ein Mal, nur ein einziges Mal verhindern könnten, dass etwas passiert?«

Familiendrama am Rande des Nationalparks Schwarzwald: Auf ihrem Bauernhof machen sich Vater und Sohn das Leben zur Hölle. Die Heimat verkaufen? Niemals! Ein heftiger Streit entbrennt. Das Unheil scheint unvermeidbar, aber eine Verwandte will das Schlimmste verhindern. Verzweifelt bittet sie den Karlsruher Kommissar Oskar Lindt um Hilfe. Ist es schon zu spät, oder kann der erfahrene Mordermittler eine Bluttat gerade noch verhindern?

GMEINER SPANNUNG

BERND LEIX
Blutspecht
....
978-3-8392-1604-0 (Paperback)
978-3-8392-4497-5 (pdf)
978-3-8392-4496-8 (epub)

KEINER SOLL SICH GETRAUEN Herbst 2013, wenige Monate vor Einrichtung des Nationalparks Schwarzwald: Die Widerstände gegen das Naturschutz-Großprojekt der grün-roten Landesregierung werden geringer. Doch nicht alle geben auf: Organisation Blutspecht will den Park um jeden Preis verhindern. Niemand soll sich getrauen, beim Nationalpark zu arbeiten. Niemand, der dort mitmacht, soll sich sicher fühlen. Ohne Personal kein Park! Ebenso einfach wie genial. Eine blutige Spur zieht sich durch den Schwarzwald.

BERND LEIX
Mordschwarzwald

978-3-8392-1387-2 (Paperback)
978-3-8392-4095-3 (pdf)
978-3-8392-4094-6 (epub)

STUTTGART 21 IN GRÜN? Aufruhr im nördlichen Schwarzwald: Die grün-rote Landesregierung plant einen Nationalpark! Die Bevölkerung zwischen Bad Wildbad und Freudenstadt ist gespalten: Tourismusmagnet oder Ökodiktatur? Befürworter und Gegner des Projekts stehen sich unversöhnlich gegenüber. Als die heftigen Unruhen sich immer weiter ausbreiten, schickt die Landesregierung den erfahrenen Karlsruher Kommissar Oskar Lindt als verdeckten Ermittler in das Krisengebiet …

GMEINER SPANNUNG

WWW.GMEINER-VERLAG.DE
Wir machen's spannend

Das Neueste aus der Gmeiner-Bibliothek

Unser Lesermagazin

Bestellen Sie das kostenlose Krimi-Journal in Ihrer Buchhandlung oder unter www.gmeiner-verlag.de

Informieren Sie sich ...

www ... auf unserer Homepage:
www.gmeiner-verlag.de

@ ... über unseren Newsletter:
Melden Sie sich für unseren Newsletter an unter www.gmeiner-verlag.de/newsletter

f ... werden Sie Fan auf Facebook:
www.facebook.com/gmeiner.verlag

Mitmachen und gewinnen!

Schicken Sie uns Ihre Meinung zu unseren Büchern per Mail an gewinnspiel@gmeiner-verlag.de und nehmen Sie automatisch an unserem Jahresgewinnspiel mit »mörderisch guten« Preisen teil!

GMEINER SPANNUNG